차마 그 사랑을

BÖSE SCHAFE
by Katja Lange-Müller

Copyright ⓒ Verlag Kiepenheuer & Witsch, Köln, 2007
Korean Translation Copyright ⓒ MUNHAKDONGNE Publishing Corp., 2010
All rights reserved.

This Korean edition is published by arrangement with
Verlag Kiepenheuer & Witsch, Köln through
Bestun Korea Literary Agency Co., Seoul.

이 도서의 국립중앙도서관 출판시도서목록(CIP)은
e-CIP 홈페이지(http://www.nl.go.kr/cip.php)에서 이용하실 수 있습니다.
(CIP제어번호: CIP2010000026)

Böse Schafe 차마
그 사랑을

카챠 랑게-뮐러 장편소설
배정희 옮김

문학동네

오뚝이야,

오뚝이야,

네 다리를 보여줘.

(일본 글에서 번역 : 저자 미상)

·
·

　우린 매트리스를 하나씩 차지하고 누워 있어. 나란히가 아니라 머리를 맞대고. 네 관자놀이를 흐르는 동맥의 맥박이 내 뺨에 느껴져. 너의 머리카락이 내 코를 스치지만 간지럽진 않고, 그저 샴푸 향과 체취만 전해질 뿐이야. 우린 몇 분, 아니 몇 시간을 거의 꼼짝 않고, 아무 말 없이, 그저 숨만 얕게 쉬고 있어. 네 눈은 감겨 있고, 내 눈은 열린 창을 올려다보고 있어. 창으로는 구름 하나 없는 하늘, 밝지도 어둡지도 않은 하늘 한 조각 말고는 아무것도 안 보여.

　이 순간 알고 싶은 거라곤 지금 아침이 밝아오는지, 아님 저녁이 어두워오는지, 단지 그뿐이야. 피로하지도 않고, 그렇다고 정신이 맑지도 않고, 몸이 무겁지도, 가볍지도 않

아. 담배를 피우고 싶은 것도 아니고, 먹거나 마시거나, 화장실에 가고 싶지도 않아. 너와 떨어져 있고 싶은 마음도 없고, 널 포옹하고 싶지도 않아. 난 자유야. 무엇을 향해 자유로운 게 아니라 모든 것으로부터 벗어나 자유로운 거야, 그렇지만 외롭지 않아……

너와 나, 우리 두 사람을 생각하면 내 눈앞에서 바로 이런 영상 필름이 돌아가. 이 영화를 보면 영화에 출연한(연기하고 있다는 말은 맞지 않아) 내 모습도 보여. 지금의 나라는 여자가 아니라 몇 년 전의 더 젊고, 더 예쁘고, 거의 언제나 너와 함께 있던 나.

이미 약간은 빛바래고 여기저기 긁힌 이 필름은 도로 되감기지는 않아. 빨리 돌리거나, 마음에 드는 시퀀스들만 선택해 그 장면에 멈춰 있게 할 수 있을 뿐이야. 전화벨이 울리거나 우편배달부가 벨을 누르는 바람에, 이 환영이 전부 날아가버릴 때까지 말이야. 어떨 때는 무슨 방해를 받아서가 아니라, 오늘은 더 가깝고 내일은 더 먼 잠의 기슭에 도착하는 바람에 그 환영이 사라지기도 해.

영화가 계속될수록 사건은 점점 줄어들어. 이 영상을 너무 많이 돌려 닳고 닳아 버벅거리는 옛날영화나 TV영화와 비교하기는 좀 뭣해. 내 망막 위로 연이어 깜빡이며 지나가는 이 영상들은 그리 선명하지 않아 서로 엇비슷해 보이는 슬라이드필름에 가까워. 이 필름의 순서는 돌릴 때마다 달라져. 언제, 얼마나 자주 눈을 감았다 뜨고 또 감는가에 달려 있지…… 구름도 별도 없는, 어스름한 여명 속 창문만 한 하늘 한 조각, 적신호처럼 붉은 천이 덮인 매트리스가 놓인 내 방, 움직임 없는 우리의 육체, 베를린 거리의 우리, 조의 사무실에 있는 너, 낡은 잡동사니 상자 앞에 앉아 있는 나…… 아니 이런 것들보다 내 상상력의 힘이 이 영상 하나하나와 그 전체를 만들어가는 거야. 네 머리카락의 체취, 네 관자놀이와 내 뺨의 끈끈한 온기, 우리의 엇박자 숨결, 그리고 자유를 기약하는 저 무욕의 상태. 이런 것들이 없다 해도 그 영상을 영화에, 또 슬라이드필름에 비유할 수 있는 건 내 상상력 덕분이야. 내가 느꼈던, 그리고 새로 느끼고 있는, 자유를 기약하는 저 무욕의 상태. 난 그걸 처음 느낀 이후부터 행복이라 부르고 있어. 사람을 현혹시키는 전혀 드라마틱하지 않은 행복, 행복에 대한 그 모든 기억을 가지고 다시 내게로 되돌아오는 행복.

우리 영상이 찍히고 있던 시간, 우리 영화가 실시간으로 진행되고 있던 그때, 너하고는 좀처럼 아무 상관 없다는 듯 굴던 너의 느낌에 대해 물어봤어야 했을까? 넌 네 감정을 언어로 표현할 수 있었을까? 아니면 눈길, 표정, 몸짓, 가끔은 페니스를 이용해 육체적으로 표현하는 게 더 편하다고 생각했을까? 북극곰처럼 자부심에 찬 너의 표정, 다른 데 정신이 팔린 듯한 너의 무관심, 가끔 드물게 나타나는 너의 활동성 혹은 사랑의 발작, 그런 게 무슨 이유 때문인지 감히 네게 물은 적이 있었던가? 그런 걸 알고 싶을 때면, 사실 알고 싶을 때가 참 많았지만, 난 여자들이 하는 그 모든 단순한 물음 가운데 가장 전형적이라 할 "자기, 무슨 생각 하는 거야"라는 문장으로 내 속내를 감추었어. 그러면 여전히 말을 아끼던 너는 전형적인 남자의 방식대로 거의 언제나 "아무 생각도 안 해" 또는 "뭐 특별한 생각을 하는 건 아냐"라고 대답했지.

너는 확실히 이런저런 이야기를 하고 싶어하는 사람은 아니었어. 늘 말이 없었고, 아니 그보다 더 중요한 건 말을 삼갔다는 거야. 기분이 좀 나을 때면 표어나 선전 문구, 요점을 콕 집어낸 문장으로 말을 대신하던 넌 아주 두꺼운 환상소설을 즐겨 읽었지. 너는 입보다는 눈과 손으로 말하는데 더 능숙했어. 너도 나처럼 숙련 식자공이었으니까.

어제 저녁, 아주 오랜만에 다시 내 주둥이에 맛 좋은 음식을 넣었다. 자유롭다는 건 참 멋진 일이고, 태양은 아주 따뜻했다. 하지만 취미는 멀리하고 있다, 아주 철저히. 내 계획은 돈을 벌고, 가라테를 하고, 머물 데를 찾는 거다.

네가 직접 쓴 문장을 왜 너한테 다시 인용하고 있는지 궁금하겠지? 그건 우리가 함께하는 동안엔 한 번도 보지 못했던, 날짜 없이 내용만 적힌 너의 노트가 나를 그 시절로 데려갔기 때문이야. 그리고 내 이름이 한 번도 나오지 않는, 정확히 여든아홉 문장을 네가 기억이나 하는지, 만약 기억한다면 얼마나 제대로 기억하는지 알 수 없기 때문이기도 해. 내 이름은 나오지 않지만, 아니 바로 그 때문에 난 이 문장들을 꼭 시간순으로는 아니더라도 한 문장 한 문장 또박또박 우리 이야기가 끝날 때까지 네게 되풀이할 생각이야.

오, 해리, 만약 누군가가 네 노트를 손에 넣어 호기심에 읽었다면, 그 사람은 과연 짐작이나 할 수 있었을까. 너의 삶에 나라는 사람이 존재했다는 사실을. 네 삶이 바로 내 인생이었고, 지금도 내 인생인, 그런 나라는 사람이 있었다는 걸.

2

우리가 만난 건 우연이었어. 아니면 뭐였을까. 아마도 운명, 뭐 그런 거겠지. 우린 그냥 지나쳐버릴 수도 있었으니까. 우리가 각자 길을 가고 있던 그날, 넌 혼자가 아니었고, 난 내가 태어나 서른아홉 살까지 살았던 곳을 떠나온 지 채 일 년도 안 된 처지였어.

나와 관련된 1987년 4월 17일의 장면들은 언제든 기억할 수 있어. 적어도 그 처음 몇 시간은 너하고도 상관있는 장면이고. 매트리스 위 우리 둘의 목가적인 풍경과 달리 이날의 장면들은 점점 더 선명해지고 점점 더 세밀해져서 바로 지금, 거의 펼쳐놓은 그림처럼 또렷하게 눈앞에 보여. 실제 일어난 일이라기보다는 마치 내가 지어낸 것처럼, 내 강력

한 그리움이 불러낸 환상의 결과처럼 말이야.

지하철이 놀렌도르프 광장에 섰어. 지하철에서 내리자 케밥 노점, 카페, 만물상점, 꽃집으로 빙 둘러싸인 인적 드문 널찍한 공간이 내 앞에서 경배하듯 고개 숙였어. 그 모습에 난 다시 한번 기뻐했지. 오전에 싸구려 지갑과 잔돈을 잃어버렸지만, 마리엔펠더 수용캠프를 거쳐 서베를린에 입성한 동독 난민에게 지급되는 일 년 무료승차권은 여전히 잘 간직하고 있어 다행이었거든. 봄의 태양은 하늘 높이 떠 환하게 번쩍거리는 백색 광선을 광장 위에 던져주고 있었지. 비 없는 후텁지근한 해빙기를 지난 후라서 놀렌도르프 광장 역시 천진하고도 무기력하게 느껴졌어. 형광녹색 아노락 재킷을 걸친 왜소한 소녀가 왼쪽에서 내 시야로 뛰어들어오네. 보조가방을 등에 멘 품새로 보아 학교를 빼먹을 생각은 아닌 게 분명한데.

신문가판대 옆 진열대에서 아직 날짜가 남아 있는 잡지 〈빙고-BZ〉를 집어들었어. 돈 주고 산 걸 그냥 버리기 아까워서 누군가가 따로 놓아둔 것 같았는데, 딱 나 같은 사람을 위한 것이었지. 당시 난 화끈하고 때로 아주 웃기는 제목의 가십과 귀신 이야기를 즐겨 읽곤 했거든.

나는 담배를 물고 신문을 뒤적이며 원래 목표물을 찾아

계속 걸어갔어. 그즈음 내가 좋아하던 바이에른 출신 사내의 집에 욕조를 사용하러 가는 중이었거든. 그때 너와 네 짝꿍, 두 녀석이 모퉁이에서 갑자기 나타난 거야. 너희는 행동이 이상했는데, 껄렁대는 것이, 그래, 꼭 미친 것 같았어. 마치 줄을 끊고 달아나 하룻밤 남의 집 창문 밑에서 자고 일어난, 아직은 그리 배가 고프지 않은 두 마리 개 같았다고나 할까. 그래도 동공의 번쩍거림이나 서로 장단이 척척 맞는 듯한 광기로 볼 때, 얼마 안 있어 그 자유의 대가를 톡톡히 치르리라는 게 내 눈에도 뻔하게 보이더군.

너희는 멋진 사내였어. 둘 다. 넌 파란 눈에 창백한 피부, 잿빛 금발이었고, 네 친구는 올리브색 피부에 갈색 곱슬머리, 그리고 선글라스와 은귀고리를 하고 있었지. 너희의 널찍한 어깨 위에 팽팽하게 걸린 스웨터가 노동자복지협회 헌옷센터 출신이라는 걸 알아볼 눈이 당시 나에겐 없었어.

난 화장도 안 했고, 튼실한 몸에 행커라고 불리는 넉넉하니 허리끈도 없는 통자루 코트를 걸치고 있었는데, 너희가 나한테 그랬듯 내 꼴 역시 너희 눈에 띄었던 모양이야. 그러니까 너희도 멈춰 섰겠지, 넌 내 왼쪽에, 네 친구는 오른쪽에.

"어이, 예쁜이, 어디 가는 거야?" 느릿느릿 또렷한 발음으로 말하던 너, 난 한순간 네가 맥주 서너 병은 벌써 해치웠나보다 싶었어. 그렇지만 얼굴을 가까이 들이댄 너의 숨결에서는 시큼한 술내 대신 뭔가 다른 냄새가 풍겼고, 그게 웬걸, 나한테 코코아 생각을 간절하게 불러일으키더라구. 네 말에 내가 뭐라고 대답했는지는 모르지만, 그래도 예쁜이라는 말이 효과가 없진 않았을 테고, 게다가 너의 그 아리송하게 느릿하면서 굳이 발음을 더 잘해보려는 어설픈 말투에서, 어쨌든 네가 틀림없이 베를린 사람이라는 것, 동독에서 말문이 트인 놈은 아니라는 것을 알아차릴 수 있었어. 그날 난데없이 너희 품속으로 뛰어들기 전까지, 그때까지 베를린장벽 이쪽의 서베를린에서 너희처럼 젊고, 베를린 남자에 대한 상투적인 기대에 딱 들어맞는 재미있는 도시 사내를 만난 적이 없었어. 마리엔펠더 캠프를 떠난 뒤 몇 달 동안 좀 알게 된 몇 안 되는 사람들은—욕조를 사용하게 해주기로 한 바이에른 사내처럼—모두 남독 출신이었는데, 이들은 서베를린이라는 '독자적인 정치체'를 일종의 중간 캠프 정도로 생각하더라구. 대학 공부를 할 수 있는 곳, 그곳에서는 '건너편' 우리 동독에서 말하듯 '연방제 구호'나 '깃발로'라는 말 따위는 아예 합법적으로 무시해도 되는 것 같았어. 이 남독 사람들이 나 같은 '외국인'과 자신들을 본질적으로 구분하지 않는다는 것, 그들 역시 뭔가로부터 도망쳐왔다는 것, 그리고 서베를린 주민의 절반은 북독민, 남독민, 서독민, 동독민과 터키인, 이탈리아인, 그리스인, 중국인, 프랑스인, 미국인이라는 사실을 내가 이해하게 된 것은 한참 뒤였어.

서베를린에서 처음 산 책은 화폐개혁 이후 손에 쥔 새 돈으로 어느 술집에서 구입한 해적판이었는데, 책 표지에 '1986년 12월 초'라고 적어놓았더랬지.

기억 속에 동베를린의 지형도를 담은 채 베를린 서부를 가로질러 달리고 난 다음에야, 나는 이 도시가 진짜로 하나의 도시라는 것을 알게 되었다. 양쪽에 남아 있는 집들은 전후에 들어선 집들과 닮았다. 동서 베를린은 '별수 없이 골라든 선물'을 떠올리게 한다. 그 내용물이 별로 입맛을 당기지(서독 사람이라면 '맛있지'라고 표현하겠지) 않아 집어드는 사람 없이 몇 주나 그대로 굴러다니는 슈퍼마켓 자체 브랜드의 과자상자 같다. 플라스틱 과자상자 속에 쪼그리고 앉은 초콜릿, 오래되어 잿빛 피막이 생겼거나 한번 깨물었다가 "에이" 하며 도로 내려놓은 초콜릿, 오른쪽에는 속을 넣은 초콜릿, 왼쪽에는 금박으로 돌돌 말아놓았지만 껍질을 까면 다른 초콜릿이랑 털 한 올까지—초콜릿에 털이 있다면—완전히 똑같은 그런 초콜릿 말이다.

그런데 그 책에 책갈피로 꽂아둔 1987년 3월 14일자 달력에 내가 이렇게 메모해놓았더라.

나는 돌아다니면서 사람들을 보며 생각했다. 저 남자, 저 여자, 그리고 저 남자, 저 여자…… 언젠가 그들도 나처럼 이곳으로 온 거겠지. 계속 가기 위해 혹은 다시 가기 위해. 늦어도 막차는 타야겠다고 하면서. 하지만 기차는 이미 오래전에 끊겼고, 다시는 출발하지 않았지. 그때부터 우린 정거장에서 여행 중이지, 그 이름 서베를린 '동물원역'.

"난 해리, 여긴 벤노." 꾸벅 인사가 아니라 무릎만 살짝 굽히면서 넌 말했어. 난 마지못해 "난 조야"라고 답했어. 여기 서쪽에서 매번 내 소개를 할 때마다 바로 터져나오던 킥킥 웃음소리가 나올까봐 두려워하면서. 사람들 대부분이

"조야? 아, 그래. 그다음은? 성은 콩이야 소스야?"라고 했거든. 그럴 때면 나는 내 이름에 아무 책임이 없다고, 책임이 있는 건 우리 엄마라고 대거리했지. 엄마가 '첫 출산'의 그 '힘든 순간'에도 독일 파시스트에게 처형당한 자신의 아이돌인 빨치산 여전사 조야 코스모뎀얀스카야를 떠올리며 내 '인생길을 밝게 비춰줄 별'로서 정한 것이라고 설명했고, 그러면 더 재미있어하며 난리도 아니었어. 그다음부터는 두 번 다시 그런 설명을 하지 않았지.

그런데 너희는 웃어대지 않았어. 대신 이렇게 말했지. "그래, 조야, 어때? 우리 코코아 한잔 마시러 갈까?"

네 눈길에 응수하던 나의 눈길에서 넌 알아차렸을 거야. 속내를 들킨 내가 얼마나 당황했는지. 네 숨 냄새가 내 마음속에 일으킨 생각을 넌 어떻게 알아냈을까? 너희의 등장이 날 불안하게 만든 데다 그중 한 명이 내 생각을 읽고 있다는 생각에 진짜 섬뜩했지만, 한편으로는 흥분되기도 했어. 왜냐하면 그 한 명이 바로 너였으니까. 난 팔을 내저었어. 마치 그렇게 해서 지구를 떠날 수 있거나, 아니면 최소한 그런 수줍은 방법으로라도 내가 그렇게 골렸니 하고 말해주려고 말이야.

무언가가 날 네게로 끌어당겼고, 그와 동시에 또다른 무언가가 끌려가지 말라고 경고했어. 경험에 바탕을 둔 편협한 마음의 관성이 보내는 경고였지. 언젠가 할머니가 말씀하셨듯, 대부분의 모험이란 결국에는 값비싼 대가를 치른 하룻밤에 불과하다는 그 오랜 경험! 게다가 크리스토프의 욕조가 날 기다리고 있기도 했고. 날 사로잡아 네 목에 얼씨구나 매달리게 할 그 막연한 욕구를 따르기에는 기분이 그리 산뜻하지가 않았어. 아님 그 욕구는 배꼽을 통해 내 몸속으로 기어들었던 걸까, 횡격막 뒤에 모였다가 확 퍼지면서 내 기분을 올려주는 가스처럼?

안 돼, 하고 난 대답했어. 약속이 있다고.

"오케이." 지금껏 아무 말도 없던 네 동행이 다행이라는 티를 팍팍 내며 네 소매를 어찌나 거칠게 잡아끌던지, 네 트리코 천*으로 된 옷에서 무슨 찌지직 우는 소리가 날 정도였어. 다르게 말하면, 넌 그 자리에 꿈쩍도 않고 서 있었다는 거지. 넌 그냥 그렇게 가고 싶지 않았던 거야. 그건 나도 마찬가지였고. 그래도 난 마음속에서 이리저리 싸움질하는 감정이 시키는 대로 했어. 네게서 눈길을 거두지 못한 채, 여전히 네 쪽으로 얼굴을 돌린 채 달리기 시작했던 거

---

* 속옷, 운동복 등에 사용되는 신축성 있고 매끄러운 직물.

야. 그러곤 소리쳤어. 어쩌면 나중에 같이 갈지도 몰라.

　　그러자 넌 네 동료의 손길을 뿌리쳤고, 그 바람에 옷소매가 종잇조각처럼 찢어지고 말았어. 넌 쫓아와 날 따라잡았어. 그리고 단호하게, 거의 협박하듯 말했어. "좋아, 세시다. 바로 여기야." 나는 지나가던 여자와 부딪치는 바람에 앞을 보고 달려야겠다고 마음먹었고, 그러자 너도 더이상은 쫓아오지 않았어.

3

엄청나게 큰 욕조를 사용하게 해주겠다는 크리스토프를 알게 된 건 1월, 모든 동독 여자의 로망인 말리부의 이름을 딴 빈터펠트 광장의 술집에서였어. 말리부 클럽 바닥에는 복사뼈까지 빠지는 고운 백사장 모래가 깔려 있었지. 테이블 사이에는 인조 야자수와 함께, 담배 연기와 햇볕 부족으로 반쯤 시들어버린 진짜 벤자민 고무나무가 서 있었고. 플라밍고의 모습을 본뜬 커다란 핑크색 네온 형광등이 검은 벽을 쭈욱 따라가면서 달려 있고, 천장에는 어질어질한 푸른빛을 던지는 둥근 램프 하나가 매달려 있었어. 무엇보다도 그 파란 불빛 때문에 난 말리부를 무척 좋아했어. 그 불빛 아래서는 클럽에서 주문할 수 있는 햄버거며 돼지갈비,

은박지에 싸서 구운 감자가 애처로울 정도로 창백해 보였거든. 그러다보니 꼭 필요한 양 이상은 절대 먹지 않게 되더라구. 다른 음료의 반값밖에 안 하는 아주 소량의 칵테일과 위에 구멍이 안 날 만큼, 꼭 그 정도 양의 음식만 말이야.

다른 자리가 없어서 크리스토프는 내 맞은편에 앉게 되었어. 그는 삼십 분가량 목을 길게 빼다시피 하고 흘러 들어오고 나가는 사람들 너머로 문 쪽을 열심히 살펴보면서, 딱히 따로 주문할 필요도 없이 계속 날라다주는 배불뚝이 로제 와인을 번개처럼 한 병 한 병 비워댔어. 그러다 기다리던 인물—그 인물의 이름이 아드린네라는 걸 곧 알게 되었지—이 나타나지 않자 너무 급히 술을 들이켠 탓에, 그리고 아마도 분노 때문에 예쁜 얼굴이 벌겋게 달아오르더니, 기름때 낀 가죽 손지갑으로 와인잔 옆을 탁탁 치며 자리에서 일어섰어. 그리고 뭔가를 찾는 듯 돌아서는데, 그 모습이 꼭 수숫대 끝까지 올라와 더이상 어디로 가야 할지 몰라하는 애벌레 같은 꼴이었어. 그런데 언제나 쫓기듯 종종거리던 깡마른 여종업원이 도무지 보이질 않는 거야.

유산 잘 챙겨요, 하고 나는 큰 소리로 말하며 조심하라는 뜻으로 손가락을 내 손지갑에 갖다댔어. 그러자 크리스토프는 불안스레 자기 재산을 붙드는 대신 마치 내가 자기를 돈보다 더한 것에서 해방시켜주기라도 한 듯 씨익 웃으며 대답했어. "아니, 아직은 유산이 아니죠, 내가 아직 살아 있으니까."

크리스토프는 다시 자리에 앉더니 화장실 문을 닫느라 정신없는 여종업원을 손짓해 불렀어. 그러더니 나한테 뭐라도 한잔 꼭 대접하고 싶다며 자기는 로제 와인 한 병을 더 주문했지. "반갑습니다. 난 바이에른 사람 크리스토프 마이어예요."

난 이름과 출신지를 말해줬고, 우리는 각자의 원래 역할에 맞춰 조금씩 놀라워했지. 그는 동독에서 온 내가 보드카를 안 좋아하는 게 놀랍다고 했고, 나는 유명한 뮌헨 생맥주를 파는 이 클럽에서 바이에른 사람인 그가 그 웃기는 분홍색 와인만 마시는 것을 놀라워했어. 크리스토프는 아우크스부르크 출신으로 "브레히트의 생가 가까이"에서 자랐고, 교육학을 공부하러 육 년 전 베를린으로 왔다고 자기 신분을 밝혔어. 그런데 "언젠간 아이들을 가르치리라"는 생각을 진지하게 해보지 않은 탓에 공부가 금방 "지루해졌다"고 했어. 지금은 '품페'라는 청소년 프로젝트에 적극적으로 참여하며 주말에는 아르바이트도 하는데, 그게 돈이 좀 된다고 했지.

"넌? 그래, 어느 악마가 네가 동독에 등 돌리게 말을 몰아주었남?" 크리스토프는 그전에 만난 몇몇 사람들처럼 '사회주의에 대한 배신'이라는 죄목을 나한테 뒤집어씌울 만큼 눈치 없진 않았어. 그는 자기가 더 중요한 일을 처리해야 하거나 가끔 어머니한테 가야 할 때 주말 아르바이트를 대신 뛰어달라고 제안했고, 한참 뒤 우리가 비틀거리며 말리부 클럽을 나설 즈음에는 자기 욕조도 사용하게 해주겠다고 했어. "자, 우리 집 열쇠야. 이거 아드린네 주려고 갖고 온 건데, 걔는 이걸 원하지 않는 것 같아. 네가 오고 싶을 때 오면 돼. 우린 대부분 일찍 집을 나가서 주로 밖에 있거나 여자친구들 집에 가 있거든."

크리스토프의 주먹이 내 어깨를 싱겁게 툭 쳤어. 그의 입에서 나온 "안녕" 소리는 꼭 "야옹" 소리 같았지만, 그래도 그는 돌아서서 슬프지만 위풍당당한 사내라면 으레 그렇듯 다리를 쩍 벌리고 약간은 뻣뻣하게 팔자걸음으로 걸어갔지. 밤이 끝나기 직전이었어.

어둠이 크리스토프를 삼키자, 나도 손 안의 열쇠를 따끈따끈 데워가며 동물원 방향으로 걷기 시작했어.

사실 난 크리스토프를 데려가고 싶었어. 아니, 오히려 욕조 때문에라도 그의 집으로 따라가고 싶었어. 하지만 서독 남자들 틈에 끼여 살게 된 후로는, 반만이라도 제대로 된 환경에서 자란 서쪽 남자는 한 번도 얻어걸린 적이 없었지. 물론 난 특별한 여자는 아니지만, 긴 다리와 고운 피부, 빵빵한 가슴과 입술은 내세울 만했어. 내가 동독에 있을 때는 서독 남자들한테 나름 이국적이라는 강점이 있었는데. 서방에서 온 손님은 나와의 관계에 있어 가까움과 멂의 정도를 정할 자유가 있었고, 그 방문객 중 몇몇은 아무튼 덜 까탈스러웠던 것 같아. 그중에 정치학과 대학생 두 명이 있었는데, 하나는 마르부르크에서 왔고 다른 하나는 브레멘 출신이었어. 둘은 차례로 나의—브레멘 출신이 표현했듯—'호감' '덕분'에 자신들의 '신부'와 동독 신부들의 '에로틱의 차이점'을 '경험적으로 검토'하게 되었지. 하이델베르크 치과의사 하나도 꽤 또렷하게 기억나. 또 우리 집 오븐을 보고 좋아서 어쩔 줄 몰라하며, 발가락으로 뜨거운 사기 타일을 톡톡 건드리면서 "이야, 이거 미치겠는걸" 하고 자꾸 소리치던 정관수술한 미국인 독문학도도 있었어. 내 주변이나 우리 동독의 다른 지방 출신 남자 몇몇은 내 연애방식이 복잡하지 않고, 또 확고한 관계를 추구하지도 않는다고 대단히 높이 평가해줬지. 동독 남자들은 진짜 예쁜 미녀 앞에서는 오히려 불안해했어. 그런 미인들은 보통 말하듯

'지배당하고 싶어하고, 이러저러하게 기분에 맞춰 즐겁게 해주기를 원하니까' 말이야.

자, 그래서? 나는 내 알량한 매력을 강조하려고 립스틱이며, 그물스타킹이며, 얇은 블라우스 밑의 야시시한 브래지어 등등 온갖 노력을 기울였어. 저녁이면 술집에 앉아 지루하게 버티기도 여러 번이었지만, 되는 일은 하나도 없었어. 돌아온 것이라곤 나의 서독 입성과 관련된 이런저런 주변 사정에 대해 너그러운 척하거나 혹은 비판적으로 가르치려드는 관심뿐이었지. 말리부 클럽에서 처음 같이 술을 마실 때 크리스토프가 '독럽'*이라는 태양계 내의 실존 자본주의 행성 베를린에의 연착륙을 축하한다고 나한테 말해준 것처럼 말이야. 사람들의 진부하고 야유 섞인 반론에 동의의 미소로 반응하긴 했지만, 크리스토프같이 말하는 사람들을 이미 너무 많이 봤기 때문에 이런 말장난이 실제로 크리스토프가 지어낸 것인지 아니면 〈타이타닉〉** 편집진이 지어낸 것인지 혼자 의아해했어.

이 다정스런, 뭘 모르는 사람 눈에는 아주 만사태평하게

---

* 독일과 유럽을 합친 말.
** 독일의 시사 만평지.

비치는 젊은 사내들의 '의상 코드'를 읽는 법을 난 '의상 코드'라는 말의 뜻을 정확히 알기도 전에 이미 배웠지만, 그들은 마치 투명 비닐에 싸여 있는 것 같았어. 나는 그들의 시선을 좇아갈 수도, 그들에게 말을 걸 수도, 그들의 대답을 듣고 그들의 숨결을 느낄 수도 있었지만, 그들을 실제로 만질 수는 없었어. 이건 그 남자들 손 위에 내 손을 올려놓고 한동안 그냥 내버려두고 지켜보면서 알아차린 사실이야. 핏줄이 툭툭 불거져나온 서독 남자들의 깔끔하고 강인한 손은, 따뜻한 열기를 품었음에도 무감각하더라니까. 아니면 내 손가락 끝이 마비된 거였나?

남자들 역시 나와의 이런 벽을 느낀 것 같았어. 내 손은 여전히 접촉을 원하고, 내 신경계는 뭔가 일어나기를, 내 맥박을 뛰게 하고, 기초체온을 상승시키고, 후각을 예민하게 해줄 무슨 일이 일어나기를 기대하는데, 남자 쪽에서는 대부분 슬며시, 그래, 조심스레 자기 손을 치워버리는 것이었지.

나는 원격조종을 받은 듯 팔라스 아테네 거리 12번지에 도착해 두번째 뒷마당의 건물 5층에 있는, 크리스토프와 그의 세 친구가 공동으로 빌린 방 다섯 개짜리 집의 현관문을 열고 들어갔어. 그리고 깊숙하고 부드러운 곡선을 그리는 욕조 바닥 위로 가느다란 물줄기를 불규칙하게 흘려보내고 있는, 가로로 긴 수도꼭지를 끝까지 틀었지. 이런 욕조를 볼 때마다 간호조무사 시절의 병원 요강이 생각나는데, 모양이나 소리만 비슷한 게 아니었어. 그나마 다행스럽게 발치에 매달려 있는 다 낡아빠진 30리터 가스보일러가 한 시간 만에 다 비어도, 기껏해야 삼분의 일밖에 채워지지 않는 것도 이 욕조와 병원 요강이 꼭 같은 점이었지. 난 보통 때는 물을 받는 시간을 이용해 이 선택받은 권리에 대한 복수로서 설거지를 하거나 셔츠를 다리거나, 아니면 수프 재료를 천천히 다듬곤 했어. 목욕 후에 수프를 즐겨 끓여 먹었거든. 그리고 어쩌다 크리스토프가 한밤중에 집에 들어올 수도 있고, 아니면 그의 친구인 안톤, 스벤, 브루스 중 한 명이 들이닥칠 수도 있으니까, 그들도 먹을 수 있으면 좋고.

그렇지만 그날 금요일엔 바로 옷을 벗어던지고 덜덜 떨며 녹으로 얼룩진 욕조 바닥에 몸을 눕혔지. 난 높은 곳에서 가늘게 흘러나오는 물이 두 다리 사이 민감한 부위에 떨어지는 그런 자세로 눕지 않았어. 보통 때 같으면 스스로에게 허락했을 그 기계적인 오르가슴보다는 빨리 목욕을 끝내는 게 더 좋았으니까.

목욕을 끝낸 뒤 제대로 물기를 닦아내지도 않고 벌거벗은 채 부엌 테이블에 앉아, 욕실에서 찾아낸 접이식 거울을 앞에 놓고 머리를 손질하고 화장을 했어. 어찌나 신경이 날카로웠던지 거울을 다시 욕실에 갖다놓는 것도 깜빡했고, 입술 그리는 솔도 떨어뜨렸어. 설렁설렁 드라이하고 곱슬곱슬하게 빗어준 뒤 핀을 콕 찔러 위로 치켜올린 머리는 헤어스프레이를 너무 많이 뿌려 찐득하니 뻣뻣해진 탓에 마치 의자 쿠션에서 터져나온 속통, 아니면 얼어붙은 개미집 혹은 텅 빈 까마귀 둥지 같은 꼴이 되고 말았어. 너무 철 이른 듯한, 우스꽝스럽게 자잘한 체크무늬 여름 원피스를 홀러덩 둘러 입고, 집 안에 굴러다니던 헬무트 콜*에게나 맞을 듯한 파란색 남성용 재킷 하나를 그 위에 걸친 뒤, 미안하지만 재킷 좀 빌려가겠다는 쪽지 하나를 남기고 현관문을 닫았지. 한 시간, 약속 시간까지 아직 한 시간이나 남았기에 그동안 이리저리 궁리를 해봤어. 너와의 약속을 지켜야 하는지, 아니면 그냥 나가지 않는 게 더 나을지.

그래도 난 약속을 회피하지 않았어. 나중에 감상적인 상

---

* 독일 통일을 이끌었던 전 총리로 체격이 크고 뚱뚱하다.

상을 하며 뭔가를 놓쳤다고 스스로를 괴롭히긴 싫었거든. 그리고 결정을 요구하는 바로 그 상황에서 난 알았으니까, 아니 알았다고 생각했으니까. 엄마가 불평하시던, 그리고 결국 엄마와 날 이렇게 영원히 이별하게 만든 나의 '대범한 성향'은 순전히 엄마 탓이라는 걸. 빨치산 여전사 조야 코스모뎀얀스카야의 센 팔자는, 정치적인 세상 이치는 다 그만두고라도, 세상 만물이 가진 그 자기보존 본능에 저항했던 그녀 자신의 자업자득이었던 거지!

너희가 도착했을 때, 쪽팔리지만 내가 먼저 카페 앞에 서 있었어. 그래, 너희 말이야. 네가 또 그 벤노와 함께 왔으니까. 네 눈빛을 보니, 나도 까먹고 있는 내 생일을 기억하고 있나 싶더라구. 넌 삐죽하니 기다랗고 이파리도 가시도 없는, 이제 막 피기 시작한 빨간 장미 한 송이를 내밀었어. 다른 한 손은 등 뒤에 감춘 채. 넌 발로 술집 문을 밀어 열고서, 입구에서 멀리 떨어진 구석 테이블을 골라 앉더니 여종업원에게 생크림 올린 코코아 세 잔을 주문했어. 손님은 우리뿐이었어.

그제야 난 네 얼굴을 찬찬히, 햇빛과 등불빛 아래 최대한 자세히 뜯어보았지. 앞으로 최소한 한 시간은 함께 있으리라는 게 확실해졌거든. 네가 쳐다보는 모든 것을 되비쳐주는 네 동공의 그 열기 어린 광채에도 불구하고, 너의 커다란 연회색 눈은 늙은 잉어의 눈과 비슷했어. 부드럽고 면도하지 않은 너의 계란형 얼굴도 창백했고, 도톰한 왼쪽 귀는 오른쪽 귀보다 머리에 더 바짝 붙어 있었어. 한동안 자르지 않은 머리카락이 타래져 이마를 덮었고, 눈 아래 그늘은 너의 기다란 금빛 속눈썹 때문만도, 그렇다고 어지러운 빛 때문만도 아니었어. 제일 마음에 들었던 것은 도톰하지만 남성적인 입과 가운데가 오목하게 팬 강인한 턱이었는데, 그 턱만 보면 마치 수염이 까칠까칠 난 애기 궁둥이 같았지.

여종업원이 찻잔을 가져와 코코아를 따라주고, 재떨이를 새것으로 갈아주었어. 헌데 내가 첫 모금을 꿀꺽 마시기도 전에, 넌 등 뒤에 감추고 있다가 옆 의자에 치워두었던 물건을 장미꽃 옆에 내려놓았어. 유리잔에 넣은 뒤 물을 채워 벽 쪽에 세워두었던 장미 옆에. 너는 환하게 미소 지으며 말했어. "열어봐." 벤노도, 그런 상황에서 으레 주변 인물이 짓는 배경화면 같은 표정을 지었어.

약간 긁힌 보라색 상자의 뚜껑을 열자 나무톱밥 속에 숨막힐 정도로 끔찍한 모습의 피에로, 아님 하를레킨이라고 불러야 하나, 암튼 하얀 광대 인형이 누워 있었어. 구주희 모양의 파란 모자에 녹색 옷깃, 빨간 광대 코, 하트 모양의 뾰로통한 입, 멍청하게 쳐다보는 유리 눈알과 그 아래 검은 눈물……

한순간, 어쩌면 몇 분이었을까, 너무 어이가 없어 표정 관리를 할 수가 없었어. 마침내 눈을 들어 벤노와 너를 쳐다볼 수 있었을 때, 너희 얼굴에 비친 실망한 기색을 보고 내가 표정 관리를 못했다는 걸 알아차렸지. 고마워. 나는 거의 기어드는 목소리로 말했어.

넌 아무 말도 하지 않았고, 벤노는 그런 곤란한 상황을 벗어나는 데는 명수라는 듯 너스레를 떨기 시작했어. 네가 이 "소중한 예술가 인형을, 이 하나밖에 없는 수공품을" 다른 무엇보다 더 좋아했다는 것, 바로 이 인형이야말로 딱 나한테 어울린다고 믿었기 때문에 "단 한 푼도" 아까워하지 않았다고 얘기했지.

그 말이 한번 더 날 미치게 만들었어. 단지 너에 대한 실망감 때문만은 아니었어. 아니, 대체 내 외모의 어떤 점이 이 유치한 괴물과 닮았다는 건지, 나는 정말이지 알고 싶었어.

실례한다는 말을 남기고 화장실로 뛰어 들어간 나는 세면대 위 거울에 비친 나라는 인간의 한 부분 한 부분을 자세히 뜯어보았어. 찢어진 쿠션 속통, 까마귀 둥지 혹은 개미집 같은, 뭐 이젠 비유조차 하기 싫은 내 허접스러운 올림머리, 조그만 빨간 입술, 검게 아이라인을 그린 눈. 진짜네. 나는 거울 속 내 모습을 보고 혼잣말을 했어. 여기에 눈물이라도 한 방울 흘려준다면 딱 그 톱밥 속 인형이네.

해리, 다른 여자라면 다시 그 자리로 돌아갔을까. 손지갑을 들고 나왔다면, 화장실 유리창에 마침 창살이 없었다면, 어느 여잔들 다시 그 자리로 돌아갔을까. 그러나 난 손지갑도 그대로 두고 나왔고, 화장실 유리창에는 창살도 있었어.

손지갑을 그냥 두고 나오다니, 그것도 별로 신뢰감을 주지 못하는 낯선 남자들한테 두고 왔다니, 도무지 좋은 징조가 아니었어. 지난번 지갑을 잃어버린 뒤로 항상 브래지어 안에 돈을 끼우고 다닌 것이 그나마 위로가 되었지만, 지갑을 두고 나온 그 자체가 어찌나 경악스러웠던지, 이 카페까지 오게 만든 마음속 욕망도 어느새 가라앉아버렸고, 화장실에서 돌돌 밀려 나오는 갈색 종이수건으로나마 요리조리 모양새를 다듬고 닦아내고 싶은 간절한 마음도 죽어버렸어.

다행히 너희는 카페 안쪽 구석 자리에 그대로 있었어. 그래서 최소한 지갑 걱정은 덜었지. 그런데 좀 전에 자리를 떴을 때와 달리 너희 사이에 의자가 비어 있었어. 한숨을 푹 쉬며 털썩 주저앉는 날 너는 쳐다보지도 않았지. 너희는 기분이 상한 듯, 단단히 화가 난 것 같았어. 내가 그 선물을 별로 좋아하지 않았기 때문일까, 그래서 너희가 서로 다퉜나, 아니면 내가 전혀 모르는 다른 무엇 때문에 얼굴이 일그러진 걸까, 난 혼자 생각했어.

나는 인형을 집어들고 "예쁜 것" 하며 쇳소리로 말했는데, 그 가성에 나도 깜짝 놀랐어.

"그거 너 가져." 벤노가 말했는데, 완전 무슨 친척 아저씨가 하는 말 같은 것이 스스로도 당황한 듯했어. 마치 그 아저씨가 준 돈으로 내가 뽑기를 해서 그 망할 놈의 인형을 따기라도 한 것처럼 말했으니까. 게다가 덧붙여 한다는 말이 "아무도 뺏어가지 않아"라니, 맙소사.

"오버 좀 그만해." 너의 그 말이 우리의 서툰 연극을 끝장냈지. 그리고 너는 썩은 미소라도 억지로 지어 보이려 했지만, 벤노도, 나도 쳐다보지 않는 네 눈길에서 내가 네 기분을 완전히 망쳤다는 걸 알 수 있었어. 네 기분만이 아니었어. 분위기도 완전히 박살났지. 우리는 바위처럼 침묵했어. 코코아도 다 마셔서 하나도 안 남았고.

그때가 바로 너와 어떤 식으로든 엮이지 않고 영원히 빠져나올 수 있는 마지막 기회였는데. 그 뒤로 언제 내가 그렇게 가뿐하고, 당당하고, 우아하게 방향을 틀 수 있었을까. 지갑과 장미꽃, 그 창피스런 광대 인형을 집어들고, 빈 코코아잔 사이에 내 몫의 돈을 놓으면서 안녕이라고 말하기만 하면 됐는데. 셋이서 잘못된 만남의 기념비를 세우고 있던 구석 테이블에서 몇 발자국 안 떨어진 곳에는 문이 활짝 열려 있었어. 그 문밖의 모든 사람들이 적어도 나보다는 기분 좋게 돌아다니고 있었지. 그런데 바로 그 결정적인 순간, 나는 내 똥궁둥이를 들어올리는 대신 너의 눈길을 더듬는 바보 같은 짓을 저지르고 말았던 거야. 너의 눈길은 이제 까마귀처럼 새까만 동공만 덩그러니 내 눈에 멈춰 있었어.

이 순간부터, 아니 어쩌면 우리가 처음 만난 순간부터였을까, 스멀스멀 파고드는 감정이 있었어. 내가 만약 남자애로 이 세상에 나올 운명이었다면, 그리고 '우리 베를린'의 서쪽, 서베를린에서 태어날 운명이었다면, 그 남자아이는 바로 너라는 거. 하지만 너와 나의 유년기, 사춘기, 청년기 사이에는 얼마간의 폐허와 집, 나무와 수풀과 땅에 바싹 붙어 자란 잔디만 가로막고 있는 게 아니었어. 거기엔 장벽과

탱크, 그리고 훈장이며 상금이며 특별휴가를 받으려고 껄떡대는 초조한 국경 감시병도 있었지. 이런 것들이 우리 둘을 남자, 여자라는 것보다 더 심하게 갈라놓고 있었어.

내가 너와 닮았다는 의심을 한다고 해서 혹은 그랬으면 하고 바란다고 해서 나와 네가 가까워질 수 있는 것은 아니었어. 그런 희망은 패러독스였고, 지금도 패러독스이며, 앞으로도 패러독스로 남을 거야. 어떻게도 설명되지 않는, 그저 하나의 감정적인 환영일 뿐이지.

우리는 서로 같지도 않았고 또 어울리지도 않았어, 외모로 보나 또다른 무엇으로 보나. 내가 너에게서 무엇을 찾고 있었을까. 그 생각을 하면, 일단은 '반대'라는 빈약한 말이 떠올라. '대조'라는 말로 부를 수도 있겠지. 보완 혹은 보충이라는 의미가 아니야. 넌 나와는 극단적으로 달랐어. 그리고 지금은 그 어느 때보다 더 그럴 거야. 잘못된 해석과 오류, 반격으로 이루어진, 너를 규명해보려던 나의 노력들은 그저 이기적인 것이었겠지. 어쩌면 난, 너무도 낯설었던 너와의 친밀한 관계를 통해 나 자신도 연구할 수 있길 바랐는지도 몰라. 그냥 내 속에 있을 거라 추측했거나 또는 추측할 수 있는 그 뭔가, 그걸 바로 네 속에서 발견하는 것이 그저 덜 위험하다고 여긴 거지. 나라면 결코 하지 않았겠지만, 그 일을 하는 사람을 이해할 수는 있는 일들, 넌 그런 일을 저질렀어. 넌 거부할 줄 알았지, 나라면, 내가 배운 대로, 내 의지에 반해, 나 자신을 방기했을 그 지점에서 말이야. 어떤 대가를 치르더라도 결코 굽히지 않는 사람의 모습을 네가 보여주었을 때, 비로소 난 다시 나의 의지를 느꼈어. 내가 해낼 수 없는 어떤 것을 너는 이루어냈고, 너라면 아예 빠져들지도 않을 상황들을 나는 잘 헤쳐나갔어. 그런데 다행히도 네가 한 번도 나한테 묻지 않았던 것을—왜 다행이냐면 난 틀림없이 거짓 대답을 했을 테니까—만약 지금 묻는다면, 난 아니라고 대답할 거야. 아니라고, 나에겐 네가 꼭 오빠 같았지만(이보다 더 잘 맞는 말을 난 알지 못해), 그래도 널 사랑하지 않았다고 대답할 거야. 피를 나눈 진짜 오빠가 아니라, 내가 원할 때면 언제라도 같이 자고, 섹스하고, 짝짓기하는 그런 오빠 말이야(이 세 마디 말 중에 네가 지우지 않을 말이 있을까?).

침묵은 괴로웠어. 너의 눈길도 더이상 참을 수 없었고. 그다음 오 분, 최소한 그 오 분 동안 어느 누구도 새로운 계획이나 하다못해 제안거리 하나 내놓지 못할 것 같았어. 결국 내가 제안을 했는데, 너희보다 정작 내가 더 놀라고 말

앉어. 얘들아, 들어봐. 나는 무슨 체육교사처럼 용감하게 말했지. 나 이제 진짜 가봐야 하거든, 할 일이 몇 개 있어. 혹시 일요일에 특별히 더 나은 계획이 없다면 모아비트에 있는 우리 집에서 같이 식사나 할까. 슈니첼*이랑 아스파라 거스 요리를 하려고. 아님 룰라덴**이 더 좋을까?

나로서는 해석 불가능한 어떤 일이 네 얼굴에서 일어났어. 너의 표정이 엄청 밝아지며, 마치 치켜올라간 네 눈썹 위 이마 주름 밑에 숨어 있던 온갖 어두운 생각들이 다 기어나와 순식간에 서로 짝짓기하려는 개똥벌레로 변하기라도 한 것 같았어. "아 그래, 우리 아스파라거스 먹어본 지 한참 됐어." 넌 큰 소리로 말했어.

나는 전화번호, 그것도 진짜 내 전화번호와 주소를 냅킨에 적어주었어.

"아하, 모아비트. 좋은 동네네, 맞지 벤?" 넌 명랑하게, 그리고 이상하게 발음을 쭉 늘이며 말했는데, 마치 내가 막 해준 우스갯소리라도 외우려는 듯했지.

우리는 저녁 여섯시로 약속을 정하고 헤어졌어. 인형을 다시 상자에 넣고 한쪽 겨드랑이에 끼운 뒤, 다른 겨드랑이

---

* 송아지고기에 밀가루, 빵가루, 계란을 입혀 기름에 튀긴 일종의 커틀릿.
** 소고기를 넓고 긴 조각으로 잘라 야채소 등과 함께 마는 요리.

에는 지갑을 끼우고 장미는 입에 문 다음 눈짓을 하며 난 퇴장했지. 너희는 굳이 좀더 앉아 있고 싶다고 주장했어.

밖으로 나와 숨을 깊이 들이마시고는 그냥 아무 생각 없이 달리기 시작했어. 너희가 정말 집에 올지 안 올지가 나한테는 전혀 상관없는 일이 아니었어, 너 때문에. 하지만 이틀 뒤, 고기수프 2리터에 과일샐러드 한 대접, 아스파라거스 4킬로그램, 슈니첼 열 조각을 앞에 놓고 혼자 앉아 있었으면 좋겠다고 해야 할지, 아니면 그렇게 될까 두렵다고 해야 할지 내 마음을 정말 모르겠더라고. 암튼 양은 그 정도는 되어야겠지 싶었어. 너희를 기다리다가 허탕치고, 오밤중에 그 음식을 몽땅 싸들고 애 많은 이웃집 문 앞에 갖다놓는 일이 생기더라도 말이야.

빈터펠트 광장 뒤 '원숭이 술집'은 너희가 꼭 가보고 싶어할 만큼 매력적이지는 않은 곳이라 난 혼자 그곳에서 일단 맥주 한 잔을 들이켰어. 그 상황을 벗어난 것이 기뻤지만, 벌써 네가 보고 싶어졌어. 내가 여기 서베를린에서 한 사람을 알게 되었다는 것, 그것도 속이 훤히 들여다보이는, 부대자루를 걸치지 않은 한 남자를 알고 있다는 사실을 차츰 떠올리게 되더라구.

당시 나는 투명한 부대자루를 여전히 동독식으로 셀로판 봉지, 플라스틱봉지라고 불렀을 거야. '플라스틱봉투'라는 서독식 표현이 쉽게 입에 붙지 않았을 때였으니까(어쨌든 서독에 완벽하게 적응하려면 플라스틱봉지를 플라스틱봉투라고 부르는 이런 사소한 희생쯤은 견뎌내야겠지).

분명 그 뒤로도 연거푸 한 잔 두 잔 비웠던 게 분명한데, 그다음 날 도무지 그 술집이 기억나지 않았어. 하지만 아홉 시 반 정각에 꽃 가판대 아르바이트를 해야 한다는 사실은 기억하고 있었지. 부엌과 방 사이에서 브래지어, 팬티, 신발, 여름 원피스와 카디건과 지갑을 차례로 다시 찾아냈어. 창문턱에 올려둔 양치 컵에는 수돗물에 담가 잘 돌본다고 했는데도 완전히 시들어버리고 만 네 장미가 꽂혀 있었지.

하지만 광대 인형은, 마치 그걸 꿈에서 본 듯 흔적도 없이 사라져버렸어. 결코 두 번 다시 내 손으로 열었을 리 없는 그 보라색 종이상자째. 아, 해리, 내 비노니, 우리 광대 인형이 이 세상 어디로 흘러가더라도 그 상자가 영원히 잘 보관해주길. 개, 고양이, 그리고 소위 이성을 가진 모든 인간의 눈길을 제발 피할 수 있길.

먹는 건 똥이다, 똥이 되기 전에 벌써 똥이고, 우리 같은 놈한테서 다시 나오려 하기도 전에 이미 똥인 거다. 어렸을 때부터 먹는 건 나에게 어떤 즐거움도 아니었다. 난 아무거나 있는 대로 먹었다, 필요한 만큼, 가능하면 적게. 그다음 몇 년 동안은 상황이 더 좋아졌다. 그래서 먹는 데 돈을 안 써도 되었고. 하기야 뭐 남은 돈도 없었지만. 하지만 지금은, 아무것도 모르는 사람들 사이에선…… 나한테 잘해주고 싶어서 접시에 음식을 가득 담아준다. 그러면 삽질해야 한다, 안 그러면 이상하게 쳐다본다. 드디어 포크를 내려놓아도 되는 순간, 나는 언제나 칭찬 몇 마디를 해준다. 굉장한 소스예요, 맛있어요, 구이는 엄청 부드럽네요. 그러면 사람들 얼굴이 암놈이랑 막 한탕 붙어먹은 유니콘처럼 빛난다.

할렌제 전철역 입구 바로 옆에 있는 가판대는 일 년 중 서리가 내리지 않는 계절에 주말과 공휴일에만 장사를 했어. 가판대는 쉰 살가량 된 조용하고 땅딸막한 프란츠의 소유였는데, 크리스토프의 말로는 동베스트팔렌 사투리를 쓴다고 했어. 성이 뭔지는 한 번도 들어보지 못한 이 프란츠가 아침이면 장미, 튤립, 국화, 백합, 거베라와 야자수잎 묶음을 수송차에서 내려놓고 갔고, 저녁이면 돈, 빈 양동이, 파라솔, 나무 선반 두 개, 그리고 크리스토프나 내가 진열대로 사용하는 육중한 쪽문까지 챙겨 갔지. 프란츠는 꼭 비네를 데리고 왔는데, 노랑과 검정 줄무늬가 있는 이 뚱뚱한 셰퍼드 암캐는 식은 소시지에 대한 희미한 열정을 갖고 있었어. 그것 말고는 아무 관심도 없는지 비네는 도무지 짖지도 않고, 수송차의 물건 싣는 자리를 떠나는 적도 없었어. 프란츠나 내가 가판대를 분리해서 매점 안에 옮겨놓고, 비네가 좋아하는 소시지를 매점에서 받아다 줘야, 그것도 프란츠가 독특한 멜로디의 휘파람 소리로 먹으라고, 아니 제대로 '드십시오' 하고 청해야 수송차에서 내려왔어.

맨 처음 크리스토프가 그려준 할렌제 다리 옆의 약속 장소로 갔을 때, 프란츠는 벌써 도구 몇 개를 길거리에 늘어놓으며 나를 기다리고 있었어. 그는 자기가 하는 일에 내가 쭈뼛쭈뼛 관심을 갖는 것을 알아차리고는 하던 일을 멈추고 내 쪽으로 다가오며 이상하게 수줍어하면서 고개를 까닥했어. 그리고 잠깐 동안 아래위로 훑어보더니 머뭇거리며 손을 내밀었는데, 그 손이 어찌나 거칠던지 진짜 정원사구나 싶었지. 프란츠는 나와 시선이 마주칠 때마다 얼굴이 자꾸 빨개지니까 머쓱했는지 그냥 내 가슴 부근에 시선을 두고 다정하다기보다는 무심하게 말했어. "그래, 네가 새로 온 사람이구나. 저기 저건," 그는 가위 비슷한 도구를 가리켰어. "가시 제거기야. 장미를 다듬을 때 필요해. 문턱 오른쪽에 가위가 걸려 있고, 그 옆에 꽃테이프 한 롤이 있는데, 포장지로 싼 꽃다발을 고정시키는 거야." 프란츠는 양동이

쪽으로 고개를 돌렸어. "꽃값은 정해져 있지만, 이십 마르크가 넘으면 좀 깎아줘도 돼. 그리고 이건," 나한테 더러운 담배상자 두 개를 건네주며 말했어. "돈 넣는 통이야. 작은 통에는 지폐, 큰 통에는 동전. 그리고 손님이 많지 않을 땐 여기 앉아 있으면 돼." 그는 펼쳐진 파라솔 아래 놓인 앉은 뱅이의자를 발로 툭 밀쳤어. 그리고 다시 한번 고개를 까닥하고는 비네를 향해 휘파람을 불었지. 잠시 후 둘은 수송차에 올랐고, 곧 차와 함께 사라졌어.

내 첫 손님은 세 여자였어. 샤를로텐부르크로 쇼핑을 가는 길인데, 가게들이 대부분 열시 넘어서 문을 여니까 시간을 좀 보낼 셈이었나봐. 내 옆에 차를 세우고, 폭스바겐에서 내려 주문을 했어. "싱싱한 걸로 줘요, 십오 마르크어치 정도. 양치류는 넣지 말고, 여러 가지 색깔 꽃으로."

내 서툰 오른손 안에서 꽃줄기 열 개가 옆으로 삐져나왔다가 모아졌다가 또 삐져나왔다가 다시 모아지기를 거듭하다 겨우 정리되는 꼴을 고스란히 지켜보고 있어야 했던 이 손님들, 조급증이 점점 커졌을 테니 내가 아무리 서두른다 한들 어찌 기다릴 수 있었겠어. 마침내 내 작품을 받아든 여자는 아무 말도 하지 않았어. 마찬가지로 한참 걸렸던 두

번째 작품, 그 손님 역시 아무 말 없이 받아들고 돈을 건넸지. 세 여자 중 제일 나이 든 여자만이 유일하게 세번째 꽃다발을 그럴싸하게 만드느라 바쁜 나에게 깔보듯 야유 어린 동정을 보냈어. "그 채소 몽땅 종이에 대충 싸서 줘요. 집에 가서 내가 직접 할 테니"라고 말한 뒤, 잔돈은 그대로 두고 가버렸지.

여자들이 떠나고 나서 한 시간 정도는 손님이 없었어. 그래서 꽃 포장 연습을 할 수 있었지. 점심시간까지 손작업이 그나마 나아질 수 있었던 건 그사이에 꽃 한 송이든 꽃다발이든 사러 온 사람이 아무도 없었던 덕분이야. 그러나 네시부터 입에서 술 냄새를 풍기는 남자들이 몰려들어, 크리스토프가 '작업 개시 술판'에서 눈을 반짝이며 '용의 밥'이라고 말했던 꽃다발을 주문하면서 내 이마에 다시 땀방울이 맺혔지.

밸런타인데이, 어머니날이 벌써 몇 주나 지났는데도 남자들이 동독에서처럼 길게 줄을 서서, 줄기가 긴 '부르군트' 장미 다발하고 오십 마르크 지폐를 바꿔 갔어. 부르군트는 얼마 후 네가 선물해줄 장미와 세밀한 부분까지 똑같이 생겼지만, 네 장미는 솔로, 그러니까 한 송이였고 끝까지 한 송이로 남았지. 단 하나, 꽃도 내 사랑도 둘도 아닌

46

단 하나……

　그 토요일, 그러니까 가판대에서 일한 지 세번째 토요일이자 우리가 만난 뒤 첫 토요일이었던 그날 아침에 나는 프란츠에게 좀 일찍 마쳐도 되는지 물었어. 애 셋 딸린 이혼녀 언니 이야기를 하나 지어냈지. 언니가 갑자기 아파서 내가 애들을 먹이고, 씻기고, 재우고, 노래 불러주고 또……
"그래 됐어, 더 듣고 싶지 않아." 프란츠가 내 말을 자르더라구.

　점심때 일찌감치 프란츠가 왔어. 내가 차에 물건 싣는 걸 도와주려 하니까, "그냥 둬, 내가 좀더 팔 거야"라는 거야.

　지금까지도 별로 많이 안 팔렸어요. 나는 당황해하며 담배상자를 내밀었어. 그는 그저 고개만 끄덕했지. 프란츠는 확인차 돈을 헤아려보거나, 나한테 가지고 간 게 있느냐고 물어본 적이 한 번도 없었어. 그래서 나는 그렇지 않아도 시간당 팔 마르크로 넉넉히 쳐주고, 그것도 현금으로 주는 프란츠의 돈을 조금씩 도둑질하기 시작했는데, 항상 팔린 꽃하고 담배상자 안의 돈이 크게 차이 나지 않도록 아주 조심했지.

　나는 크리스토프가 어떻게 돈을 빼돌리는지 몰랐고, 감

히 그걸 알아내려 하지도 않았어. 크리스토프 덕에 이 좋은 아르바이트 자리를 얻었으니까. 나는 크리스토프가 정직하지 않다거나 혹은 최소한 나만큼 프란츠의 눈을 속이고 있겠지 하는 생각은 전혀 못했어. 그래서 내 좀도둑질의 에너지를 야금야금 손님 쪽으로 옮겨갔지. 그러니까 프란츠가 생각하는 것처럼 가격을 대충 깎아준 게 아니라, 오히려 원칙대로 값을 몇 푼 더 얹어 받았던 거야. 양치류, 잎사귀, 풀 같은 것은 원래 공짠데, 그러니까 정확하게 말하면 꽃값에 이미 포함되어 있는데, 이런 것들까지 값을 다 따로 받았던 거지.

그 토요일, 우리 식사를 앞두고 나는 처음으로 프란츠의 눈을 속이고 돈을 훔쳐냈어. 아스파라거스는 그리스산이라 해도 4월 중순에는 값이 꽤 비쌌고, 거기다 맥주, 와인, 치즈, 과일, 케이크, 초콜릿, 코냑, 스카치, 윌리엄 배 브랜디도 있어야 했으니까.

5

일요일 오전부터 결혼식 잔치 준비라도 하는 것 같았어.
맑은 고깃국, 사과와 오렌지, 파인애플을 썰어 넣은 바닐라
푸딩, 그리고 모듬샐러드와 마리네이드*는 따로 나누어 미
리 준비해두었고, 아스파라거스는 불 위에 올려놓았지. 부
드럽게 두드려놓은 얇은 송아지고기에 밀가루, 계란 노른
자, 빵가루를 묻히며 한참 뒤적거리고 있는데, 벨이 울리면
서 사람 소리가 나는 거야. 아래에서 올라오는 소리가 아니
라 바로 등 뒤 현관문에서 나는 소리였어. 깜짝 놀라 빵가
루가 묻은 왼손으로 머리를 매만졌어. 속살거리는 소리가

---

* 고기나 생선을 조리하기 전에 맛을 들이거나 부드럽게 하기 위해 재워
두는 액체.

들리는가 싶더니 두번째 벨이 울렸지. 금세 너희 목소리라는 걸 알아차렸어. 네가 큰 소리를 내며 걸걸하게 웃었어. 빵가루를 머리에 묻히고 땀이 흥건한 채 얼룩진 앞치마를 맨 내 상태가 말이 아니라는 건 나도 느꼈지만, 아무리 그래도 절대 너처럼 그렇게 걸걸하게 웃지는 못할 거야. 너희가 너무 빨리 왔던 거지. 약속 시간보다 거의 두 시간이나 먼저 왔으니까. 나는 음식 준비를 다 끝내고 나서 샤워도 하고, 머리도 만지고, 화장도 좀 하고, 옷도 갈아입고, 그러고 나서 상을 차릴 생각이었는데. 이젠 앞치마만 겨우 풀고, 입고 있던 낡은 청바지를 벗어던지고 가벼운 원피스로 급하게 갈아입는 것 말고는 아무것도 할 수 없었어. 잠깐만, 나갈게. 나는 바보같이 소리치고 쿵쿵거리며 다시 부엌으로 들어갔어. 그리고 의자 두 개를 밀어놓다가, 문득 정신이 번쩍 들어 의자를 뛰어넘어 샤워부스로 달려가 수도꼭지를 틀어 차가운 물 밑에 머리를 갖다대고는 솟아오르는 눈물을 억누르려 애썼지만 소용없었어. 이삼 분 뒤, 머리에서 물이 뚝뚝 떨어지는 채로 너희 앞에 서더라도, 그게 눈물인지 뭔지 너희는 어차피 모를 테니까 그나마 다행이었지.

"미안해, 너무 심심하더라구. 뭐 좀 도와줄까?" 넌 왼손으로는 포장한 술병을 내밀며 다른 손으로 내 오른손을 잡으려 했어. 하지만 난 가슴 위로 팔짱을 끼고, 문제가 있다는 걸 알아차리라는 뜻으로 그냥 쳐다보기만 했지.

너는 아무 말도 없었고, 벤노가 말했어. "안녕. 나쁜 뜻은 아니었어."

나는 말없이 고개만 끄덕인 다음, 식기와 접시, 유리잔과 테이블보, 그리고 테이블보에 어울리는 색의 냅킨을 너희에게 건네주고 방으로 들여보냈어. 잠시 후에 너희는 다시 나한테 왔어. 벤노는 샤워부스 옆 벽에 기대섰고, 넌 냉장고에 걸터앉았지. 의자 두 개를 쌓아 부엌에서 유일하게 비어 있는 한쪽 구석으로 밀쳐두었는데도 우리 집의 작은 부엌은 그날따라 유난히 더 비좁기만 했어. 고기를 굽는 와중에도 내 젖은 머리카락을 프라이팬 위에서 연신 말려가며, 너희가 떠드는 소리를 들었지.

"이런 게 바로 잘사는 중산층이구나, 이 집 말이야." 네가 말했어.

그러니까 벤노가 대꾸했지. "부엌에 샤워부스가 있는데? 욕조도 있으면 좋겠네. 욕조를 여기 가운데에 놓고 정원용 호스를 싱크대 수도꼭지에 연결하면 되겠어."

"냄새 진짜 지독하다." 네가 말했어.

"냄새에 절어 죽는 게 얼어 죽는 것보다야 낫지." 벤노가 대꾸했고.

"자, 이제 입 다물고 방으로 가서 자리에 앉자. 그다음에 다시 입을 벌리자구. 슈니첼이 다 됐어." 내가 말했어.

내 기억으로는 괜찮은 저녁이었어. 너희는 입으로 들어가는 것보다 더 많은 말로 칭찬해줬고, 나는 너희보다 술을 훨씬 많이 마셨지. 넌 별로 많이 먹지 않았고 술은 전혀 안 했어. 네게 와인은 "썩은 포도주스"처럼 "역겨웠다"는 거, 그리고 그 외 음식에 대한 몇 가지 다른 의견을 넌 나중에 고백했지.

그날 밤 어느 땐가 나는 의자에서 일어나 매트리스 두 개 중 하나로 옮겨 앉은 뒤 잠에 곯아떨어졌던 게 틀림없어.

갈증 때문인지, 새 울음소리 때문인지, 아님 창문으로 떨어지는 아침 햇빛 때문인지, 암튼 잠에서 깨어 주위를 둘러보니, 다른 매트리스 위에 네가 있더라구, 너 혼자 말이야. 벤노는 갔는지 네 옆에는 없었어. 나는 남은 음식과 술자리 흔적이 그득한 테이블을 밀치고 비칠비칠 복도로 걸어 나왔지만, 벤노는 거기에도, 또 부엌에도 없었어. 나는 구겨지고, 이상하게도 단추가 풀린 옷을 벗어던지고 물을 마셨어. 목욕 가운을 찾았는데, 늘 걸려 있던 방문 뒤 옷걸이에 없는 거야. 복도 옷장에서 손에 잡히는 대로 비옷을 주워 입고 까치발로 다시 방에 돌아와보니, 네가 내 목욕 가운을 덮고 자고 있었어. 무지 큰 발은 야위었고, 얼굴은 긴장이 확 풀린 게 마치 마취에 빠진 것 같았지. 턱은 가슴까지 쑥 내려와 있었고, 뾰족하지 않고 이상하게 넓적한 혀끝이 입술에서 쑥 삐져나와 있었어. 입만 반쯤 헤벌어진 게 아니고, 눈꺼풀도 그랬어. 눈꺼풀로 못다 덮인 동공이 위로 올라가, 흰자위만 멀거니 날 쳐다보고 있었지.

그 일요일부터 넌 내 삶을 떠나지 않았고, 네 친구 벤노는 두 번 다시 나타나지 않았어.

내가 한 번인가, 기껏해야 두 번 정도 심드렁하게 벤노에 대해 물었더니, 넌 그냥 이렇게 말했지. "모르겠어, 어디로 꺼져버렸는지."

6

그날 아침 늦게, 난 근육통이 심하긴 했지만 일어날 기운은 있었어. 매트리스에서 몸을 일으켜 내 이불을 너에게 덮어주고, 옷장에서 몇 가지 물건을 챙겨 샤워를 하고 옷을 갈아입고 아침식사를 준비하러 부엌으로 갔지.

막 자리에 앉아 너무 되직해져버린 베이컨 계란 요리를 심드렁하니 뒤적이며 머그컵에 대고 연신 하품을 하는데, 부엌문 앞에 네가 나타났어. 내 목욕 가운 깃을 가슴팍에 움켜잡고 몸을 덜덜 떨며 내가 챙겨준 그릇 앞에 앉긴 했지만, 너는 아무것도 안 먹겠다, 커피도 안 마시겠다며 콜라나 좀 달라고 했지.

나는 그 시각에 그런 상태로 손님을 맞은 적이 없었고,

게다가 알지도 못하는 낯선 남자와 집에 함께 있어본 적도 없을뿐더러 그 남자가 나와 아무 상관 없는 상대도 아니어서 기분이 영 찜찜했어. 당시 내 눈에는 비판적이고 암울해 보였던 네 눈길에 억지 미소로 응대했지만, 사실 볼 위로 당기는 피부며 퉁퉁 부은 눈두덩, 그리고 눈물이 나는 걸 다 느끼고 있었어. 잠에서 깼을 때 단추가 다 풀려 있었는데, 도무지 그럴 만한 이유가 기억나지 않아 그 생각이 머릿속을 떠나지 않았지. 우리가 서로 만졌나, 아닌가, 만졌으면 좋겠다고 나 혼자 그냥 바라는 건가? 너의 비판적이지는 않지만 암울한 눈길을 낚아채는 데 성공한 순간, 그 눈이 어찌나 빤히 쳐다보던지 내가 딴 데로 시선을 돌릴 수밖에 없었어.

해리, 동공이 활짝 열린 너의 그 시선을 내가 얼마나 경탄하고 또 증오했는지, 알기나 해? 그 무엇과도 비교할 수 없을 만큼 고요하고 텅 빈 네 눈은 아무 의도 없이 완전히 자유롭게 해석할 여지를 나에게 주었고, 또한 너에 대한 나의 모든 착각을 박살냈어. 그건 마치 날 언제나 나 자신에게로 다시 던져주는 검은 파도 같았어. 한번 몰아칠 때마다 힘이 빠지기도 하지만, 한편으로는 더 강하게 만들어주기도 하는 검은 파도.

"왜?" 넌 거친 목소리로 말했지.

나는 무슨 말을 해야 할지 몰라 몇 분 동안 불에 그슬린 식탁 자국을 바라봤어. 아직은 담배를 피우고 싶지 않아 그저 콧구멍으로 네 담배 연기나 들이마시고 있었어. 딱히 답을 듣고 싶다기보다는 그저 당황해서, 이제 뭘 할 건지, 둘이서 산책이라도 갈까 하고 물었어.

"아니, 오늘은 안 나갈래. 우리 좀 쉬면 어떨까?"

쉰다는 말을 네가 무슨 뜻으로 한 건지 잘 모르겠더라구. 나란히 누워 음악 듣기, 벽에 등을 기대고 담배 피우기, TV 보면서 졸기, 이런 모든 것, 네가 가끔 "빈둥거리기"라고 부르던 일이 너한테는 쉬는 것이었지. 하지만 그 월요일, 아직 너의 말 습관을 몰랐던 나는 후들거리는 무릎으로 널 따라 겨우 방으로 들어갔어. 난 매트리스 위에 주저앉았고, 놀랍게도 넌 내 위, 아니 최소한 내 옆이 아닌 다른 매트리스에 벌렁 드러누웠어. 우린 가만히 누워서 얕게, 마치 양지의 도마뱀처럼 거의 아무 소리도 없이 숨을 쉬었지. 내가 선명하게 느낀, 또 내 귀에 들려오기도 하던 유일한 소리는 우리 머리가 가볍게 닿을 때 내 머리카락이 버석거리던 소리뿐이었어.

네가 벌써 잠들었다는 생각에 실망해 나도 그냥 잘까 망설이는데, 네가 이야기를 시작했어. 네가 직접 들려준 이야기 가운데 가장 긴 이야기였지. 베를린 테겔 교도소에서 나온 지 겨우 이 주 되었고, '베를린 궁둥이' 뒤펠쉬트에서 이루어지는 '향정신성의약품법 제35조에 의거한 처벌 대체 치료 조처'에 참가한다는 의사를 밝힌 덕에 집행유예 중이라고. 그런데 감옥에서 나오자마자 "사고가 터졌고, 그게 그렇게 나쁜 일도 아니고 그냥 사소한 농지법 위반일 뿐인데" 너희한테 "최악의 결과"가 생길 수도 있게 되었다고. 일이 그렇게 된 차에, 넌 "중절도죄" 선고를 함께 받았던 벤노에게 "우리를 붙잡은 그 똥덩어리 찔끔거리는 녀석들에게 단단히 복수해야 한다"고, 그러니까 "일단은 토껴야" 한다고 분명히 말해줬다고. 벤노가 어떻게 생각하든, 뭐 어차피 대부분 네 의견에 따라 일은 흘러가게 되어 있지만.

넌 누운 채 천천히, 낮은 목소리로 이야기했어. 나는 감옥이란 말을 듣자마자 매트리스에서 벌떡 일어나 네 앞에 우뚝 섰지. 두 다리를 쩍 벌리고, 주먹을 허리에 댄 전형적인 그 자세로 말이야. 근데 넌 눈 감고도 다 보인다는 듯 그저 비아냥대며 입만 비죽거렸어. 그러곤 네 손이 거미 흉내를 내며 이불 밑에서 굼틀굼틀 기어나오더니 내 맨발을 더듬거려 찾아냈지. 내 발목을 무슨 봉지처럼 움켜쥐고 깜짝 놀랄 정도로 세게 누르는 바람에 난 그만 네 앞에 무릎을 꿇고 말았어. 넌 내 목에 팔을 얹었고 난 네 가슴에 얼굴을 묻었어. 흥분했다기보다는 화가 났지만, 그래도 좀더 많은 것을 기대하며 너에게 반응하려고, 아니 먼저 선수를 치려고 너에게 꽉 붙들린 상태에서 되는대로 내 청바지 단추를 잡아당겨 풀었어.

그런데 넌 입술을 뾰족하게 세우고 하는 조그만, 너무나 우스꽝스럽고도 보드라운 애기키스만 해주고 마치 고무 동물 인형에서 공기가 새듯 나한테서 삑 하고 빠져나가버렸어. 애기키스를 받은 내 볼은 마치 뭐에 물리거나 쏘인 것처럼 몇 시간 동안 벌겋게 달아 있었지.

그 순간이나, 또 그 몇 년 뒤나, 암튼 단 한 번도 그런 키스를 받을 거라곤 생각해본 적이 없었어. 애기키스라는 말은 그리 정확하지 않아. 왜냐하면 해리, 너의 그 첫 키스는 아기가 해주는 키스라기보다는 아기에게 해주는 키스 같았으니까. 그 키스가 믿을 수 없을 정도로 사랑스럽지 않았다면, 또 내가 그렇게 놀라지 않았다면, 나는 아, 이 남자는 날 원하지 않는구나 혹은 날 완전 물 먹이려 하는구나 하고 생각했을 거야. 네 입술은 내 입술을 피해 그저 내 입언저리 왼쪽 끝만 건드렸고, 바로 그 때문에 내 마음은 더 많이 흔들렸지만, 그 순간 이후로 난 알게 되었어. 그 키스는 내가 받아야 했던 때에 그 누구도 해주지 않았던 바로 그 키스라는 걸.

그다음에 밀려온 감정, 슬픔과 기쁨이 뒤섞인 감정은 내가 1984년 5월 독일로 옮겨 오기 두 해 전, 울란바토르에서 이르쿠츠크로 비행기를 타고 가는 길에 활주로 갓길에 심어져 있던 전나무를 보면서 눈물 속에 웃음 지으며 느꼈던 감정과 같았어. 그때 나는 시베리아 전나무를 보면서 열 달 동안 나무 한 그루 보지 못했다는 사실을 깨달았어. 이해하겠어? 다시 나무를 보게 되었을 때 난 알았어, 그동안 나무를 그리워했다는 걸, 그것도 엄청 많이.

네 키스는 그 비슷한, 달콤한 고통을 불러일으켰어. 그 뒤에 온 따끔함은 아마도 나의 수치심 때문이었을 거야. 왜냐하면 내가 기억할 수 있는 모든 키스, 가장 어린 시절의 키스조차 모두 너에게 기대했던 키스, 그러나 네가 해주지 않았던 그 키스였거든. 해리, 사람을 불안하게 할 만큼 천진한 너의 그 첫 키스가 너무나 부드러웠기에 지금도 그 생각만 하면 몸이 뜨거워져. 넌 자기연민이라는 게 상당히 낯설었던 여자에게 그 키스를 해줬던 거야. 전혀 성적이지 않았던 그 키스를 받은 영원한 몇 초를 겪기 전에는, 나라는 여자는 아이였을 때 바로 그런 입맞춤을 원했을 거라는 걸, 다른 어떤 키스도 아닌 바로 그런 입맞춤을 갈구해왔다는 걸 상상하지도 못했어. 그래서 그땐 부끄러워 못했던 말을, 아마 말했다면 넌 당황했을 테지만, 지금 네게 해줄게. 꼬맹이 조야가 옛날에 받았던 키스, 걸쭉한 쌀죽처럼 그냥 꿀꺽 넘겼던 그 아빠키스는 남자키스였어. 꼬맹이는 그걸 좋아하지 않았지만 별수 없다고 생각했지.

우리 아빠를 밀어내고 아빨 대신했던 남자들도 다른 식으로 키스하지 못했고, 아빠보다 더 잘하지도 않았어. 엄마키스나 할머니키스란 건 없었어. 나중에 몇몇 여자들이 키스했을 때도 남자들과 그리 다르지 않아서, 나한테는 여자키스가 남자키스보다 굳이 더 좋을 것도 없었지.

네 가슴에 기대어 아무 저항 없이 이리저리 흔들리고 있는 동안 넌 말했어. "자, 조야, 모든 레이서가 알고 있듯 좋은 타이어는 비싼 법이야. 나는 체포령으로 추적당하고 있어. 집행유예를 어기고 도주해 법정 소관 치료를 기피했으니까. 공식적으로 인정된 다른 기관에서 빨리 치료를 받지 않으면, 감방으로 다시 돌아가야 해."

난 네 말뜻을 완전히 이해하지 못한 채 여전히 나 자신,

정확히 말해 네 키스가 가져다준 혼란 속에서 한참을 허우적거리며, 뭔 방? 뭐에 대한 치료? 하고 되물었어.

그러자 넌 이상하게 듣기 좋은 단어 하나를 발음했는데, 나는 그 영어 단어의 뜻을 몰랐지만, 아니 오히려 몰랐기 때문에 더 혼란스러웠지만, 그래도 이전에 들었거나 읽었던 맥락에서 그 뉘앙스가 아주 암울했다는 건 어찌어찌 알고 있었어.

"정키." 난 그때 처음으로 그 말이 사전에서 주장하듯 '마약중독자'가 아니라 (인간) 말종, 쓰레기를 가리킨다는 걸 너한테 들었지.

난 빼앗기는 게 겁나서 얌전하게 굴었던 적은 한 번도 없다. 감방에 있으면, 그걸 계속하든지, 아니면 굽은 숟가락*을 자진해서 내놓든지, 이나저나 마찬가지다. 어느 것도 더 당기지가 않으니까. 모든 게 정상으로 돌아가면 언제나 할 일은 있고, 돈 벌고, 약물 숨기고, 정맥주사를 놓고, 하기 전에는 미리 기뻐하고, 하고 나서는 물건이 전처럼 좋지 않다고, 그냥 속이 안 좋아지는 게 전처럼 여전히 엉망이라고

* 마약중독자가 주사를 위해 약물을 녹이는 데 쓰는 숟가락을 가리킨다.

실망하다보면 시간은 흘러간다. 하지만 때려 맞는다고 바로 죽지는 않는 파리처럼, 그렇게 그냥 뒈지고 싶지는 않은 거다. 뇌는 없지만 그래도 살아 있는 거다. 좋은 계획이란 감방 바깥세상이나 연말에만 있는 것이다. 바깥에 나갈 때가 되면 실제로는 부활절이나 성령강림절이라도 꼭 연말 같다.

어째서 내가 반응을 못했는지는 모르겠어. 그저 키스 때문이었나. 내 유년의 야만 속으로 나를 쪼그라들게 하지는 않았지만, 이상하게도 다시 어려지고 싶고 자꾸 그런 뽀뽀를 받고 싶은 마음을 불러일으켰던 그 키스 때문이었을까. 아니면 절반쯤 감긴 네 눈과 그 아래 검은 그늘이 내 마음을 움직였을까? 그것도 아니면, 동독에서 크고 작은 못된 짓거리로 붙들린 적은 있었지만, 너와는 달리 엄마의 권력 덕분에 진짜 감옥은 피해갈 수 있었던 데서 나온 어떤 여유로운 동정심 때문이었을까.

아무튼 난 한참 동안 침묵하고 있었어, 고집스럽게, 그리고 확신을 하면서. 아마도 그 바람에 넌 계속 이야기를 할 수밖에 없었겠지. 너는 노이쾰른 출신 운송업자였던 아버지가 네가 네 살 때 엄마를 창밖으로 밀었다고 얘기했어.

엄마 스스로 또는 실수로 떨어졌을지도 모르지만. 네 아버지 말마따나 엄마는 언제나 술을 많이 마셨으니까, 괴로워하다가 떨어졌을 거라고 넌 생각한다고. 그 뒤 넌 외할머니가 계신 뤼네부르크로 보내졌고, 할머니의 두번째 남편이 갑자기 돌아가시기 전까지 거기서 지냈다고. 어차피 너도 학교 갈 나이가 되어 아버지는 다시 널 데려와 새 부인에게 떠맡겨버렸다고. 그 여자 이름이 로지였다나. 네 아버지는 그녀를 로지난테라고 불렀고, 다른 사람들도 그랬다고. "로지라고 불렀던 그 로지난테의 진짜 이름은 아마 로스비타였을 거야. 우리 지방 사람이 아니라 오버팔츠 출신의 왕거친 여자였어."

난 한마디 한마디에 귀를 기울였어. "왕거친" "오버팔츠"라는 말은 대략 '프라길'이라는 단어나 '수리남'이라는 나라 이름보다 더 희한하게 들렸지. 오버팔츠는 독일 어딘가이고, 왕거친은 도대체 무슨 뜻이야?

"엄청 거칠다는 뜻이야." 너는 대답했지. "로지난테는 거칠고 평범했는데, 두 다리는 빼빼하고 배는 토실토실한 게 꼭 돈키호테의 늙은 암말 같았어. 안 그럼 왜 우리가 로지보다는 로지난테, 또는 로지난테 이모라고 부르는 것이 그 여자한테 더 어울린다고 생각했겠어?"

그 로지난테가 주점을 하나 꾸렸는데, 술집 이름은 "당연한 거지만 그래도 참 안 어울리게" '로즈네'였고, 마치 "황량한 압축공기 창고" 같은 술집이었다고. "로지난테의 치맛자락에는 내 나이 또래 머슴애가 하나 대롱대롱 매달려 있었는데, 걔가 뚱보 베른트였어." 그 녀석은 "상태가 참 안 좋아서, 대부분은 이유가 있지만, 어떤 때는 아무 이유 없이도" 빽빽 울어댔다고.

로즈네 술집 카운터 앞에 앉아 있던 로지난테의 손에서 그 베른트와 네가 자랐다고 했지. 매일 오후 둘이서 플라스틱 인디언 인형과 레고 블록을 들고 술집에 갔다고. 물론 손전등도 들고 갔는데, 술집이 너무 어두워 손전등 없이는 놀 수 없었으니까. 놀지 않을 때면 "대부분은 아가리 꽉 물고" 있었다고. 첫째는 손님들의 신경을 거스르면 안 되니까, 둘째는 너희 사이에 이야깃거리가 거의 없었으니까. "뚱뚱하지만 물러터진 겁보"였던 베른트는 "결코 네 마음에 들지는 않았지만", "그렇다고 너와 전혀 상관없지도 않았다"고. 학교생활에서는 베른트가 너보다 먼저 볼 장 다 본 처지였고, 너희가 술집의 바 모서리를 넘겨다볼 수 있을 만큼 자랐을 때쯤, 그러니까 맥주잔을 씻거나 맥주를 호프통에서 뽑고, 매일 똑같은 음식(삶은 소시지, 빵조각, 햄버거 고깃덩어리, 오이피클, 얼음처럼 찬 감자샐러드)을 주방에서 직접 들고 와 먹을 만큼 컸을 때쯤, "첫번째 마리화나를 말았다"고. 아무도 너희를 제대로 돌보지 않았다고. 손님들은 불만에 가득 차 있거나 만취했거나 아니면 둘 다였고, 로지난테는 항상 술을 따르거나, 이리저리 손님들 손에 끌려 다니거나, 건배를 하거나, 쓰러져 있거나, 정신없이 퍼 자고 있었다고. 네 아버지는 차를 몰거나, "조각을 꿰매 맞춘 너덜너덜한 가족들" 앞에 "간간이 얼굴을 내비칠 때면 아무것도 아닌 일에 머리끝까지 화를 냈다"고.

8월의 어느 일요일, 베른트가 막 열두 살이 되고 넌 열두 살을 코앞에 두고 있을 때, 한번은 그 영감탱이가 "너무 심하게 매질해서" 너희는 햄버거 고기로, 정확히 말해 햄버거 고기에 독을 타서 "자살하기로" 마음먹었다고 했어. 둘이 자판기에서 HB 담배 네 갑을 뽑아, 담배 필터를 분리하고 종이를 벗겨낸 뒤 흰 빵 옆에 있던 미리 양념해둔 햄버거 고기 반죽에 담뱃잎을 섞어 넣었다지. 로지난테가 가스레인지 옆으로 와서 고기 반죽을 일인분씩 납작하게 눌러 뜨거운 기름에 던져넣으면서도 전혀 눈치채지 못했다고. 고기 냄새는 여느 때와 다름없었고 그 맛도 항상 그렇듯 여전히 형편없다는 걸 안 것은 한 시간 후 햄버거 고깃덩이 몇 개를 먹은 다음이라고. 먼저 베른트가 얼굴이 시퍼레지더니 토하러 화장실로 걸어가지도, 그 자리에 서 있지도 못했다고. "그나마 어느 정도 격조 있게"라고 넌 굳이 강조했지만, 얼마 안 있어 너도 같은 꼴이 되었다고. 둘은 병원에 실려가 위세척을 받아야 했고, 담뱃잎 햄버거를 한 개 또는 기껏 두 개밖에 먹지 않은 단골손님 다섯 명도 같은 꼴을 당했다고. 우선 너희의 '위와 아래'로 빠져나온 것과 그 다섯 손님의 위 속 내용물 분석 결과로 사건의 전모가 밝혀졌다나. 이 일로 너흰 아버지한테 한번 더 매질을 당했다지. 물론 너희의 "조그만 바보 같은 똥궁둥이 때문에 자기 손을 더럽힐까" 걱정을 안 해도 될 만큼 설사가 멈추고 멀쩡해진 뒤에.

네 인생에서 "저항 없이 받아들였던 마지막 매타작"이 있고 나서 일주일 뒤 그 "늙은 똥구덩이 게딱지"가 네 엄마의 어머니, 네가 너무나도 사랑한 뤼네부르크 외할머니가 말 그대로 "횡사하셨다"고 지나가는 말로 알려줬지. 할머니가 "토끼에게 먹일 풀을 베다가" 자기 집 뒤 풀밭에서 심장마비로 쓰러지셨다고, 그것도 하필 너희의 자살 시도가 실패로 돌아갔던 바로 그날에.

넌 그 대목에서 침묵 속으로 빠져들었고 난 여전히 따뜻하고 포근한 네 가슴에 기대 누워 있었어. 너희가 구토를 하며 뒤틀린 배를 잡고 웅크린 채 로즈네 바 뒤에서 데굴데굴 구르는 모습을 상상하는 동안 넌 잠이 들었어. 나 역시 피곤해졌지. 소년이었던 네 모습, 그리고 여드름과 수염이 나기 시작한 베른트, 내가 모르던, 나중에도 만나지 못했던 그 베른트의 이미지 위로 다른 그림들이 끼어들었어.

열두 살 즈음 네가 햄버거 고기 사건을 겪었다면, 난 열두 살하고도 육 개월이 지난 때에 여동생과 엄마, 아빠와 함께 한적한 브란덴부르크 숲 호수 근처의 허름한 시골집에 있었어. 우리, 그러니까 부모님과 난 만족스런 생활을 하고 있어. 아주 드문 일이지. 물을 겁내는 여동생 올가만—이 이름은 엄마의 두번째 우상인, 1942년 베른부르크의 처형수용소에서 살해된 독일 여성 공산당원 올가 베나리오에게서 따온 거야—호수 위로 비스듬히 자란 수양버들 근처에 시큰둥한 표정으로 외따로 앉아 있어. 올가는 우리가 곧 수영하러 간다는 것, 같이 가자고 졸라댈 거라는 것, 그리고 언제나 그렇듯 그게 별 소용없을 거라는 것을 잘 알고 있어.

185센티미터의 건장한 엄마가 제일 먼저 발가벗고, 엄숙하게 우리에게 "버드나무 위로"라고 공표했듯 나무 위로 올라가고 있어. 난 물가로 가서 엄마를 쳐다봐, 자세히, 꼼짝 않고, 마음은 혼란스럽지만 아무런 동정심 없이. 축 처진, 임신선을 따라 주름이 잡힌 엄마의 배. 햇볕이 비춰 따뜻한데도 음란하게 빳빳해진 갈색 젖꼭지, 그러면서도 아래쪽 흰 살 팬케이크 두 개를 가리키고 있는 젖꼭지가 달린 엄마의 무거운 젖가슴. 그 젖가슴이 처음에는 따개비처럼 보이다가, 그다음에는 꼭 사마귀같이 보여. 엄마는 앞으로 쫙 뻗은 양팔 사이에 금발 고수머리를 딱 끼우고, 무릎을 쿨렁쿨렁 구부려 반동을 줘서 뛰어올라. 꿍음이 울려. 몇 초간 보이지 않던 엄마가 물이 솟구쳤다가 떨어지는 그 자리에서 다시 물 밖으로 나와. 그리고 자신이 일으킨 소용돌이로부터 왼쪽으로 멀리 떨어진 곳에서 다시 나타나며 분명하지 않은 목소리로 웅얼웅얼 노래를 해. 낡은 테디베어 인형을 뒤로 제치면 나오던 그런 소리로. 그러고는 엄마는 쩌렁쩌렁 울려퍼지도록 크게 웃으면서, 물 밑에서부터 한 팔을 치켜들어. 그 손이 나를 향해 손짓해. "어서 해, 조유슈카, 바보처럼 굴지 말고! 나무 꼭대기까지 올라가. 너도 할 수 있다는 걸 보여줘, 조유슈카! 엉덩이로 물폭탄 만들지 말고 머리부터 들어가는 다이빙을 보여달라구." 그래서 난 있는 대로 용기를 내 엄마가 수없이 보여줬던 자세를 따라 팔을 머리 위로 올리고 깊숙이 잠수해 들어가. 그러니까 진짜 꽤 깊이까지 바로 들어가는 거야. 물은 녹색을 띠고, 내가 다시 수면 위로 떠오른 주위에는 온통 공기방울 천지야. 드디어 엄마를 기쁘게 해드렸다는 생각에 난 뿌듯해하지. 엄마는 정말 입이 귀에 걸리도록 얼굴 가득 웃음을 띠고 수영해서 내게 다가와 말해. "용감한 딸내미, 엄마 등에 붙어." 엄마는 내가 그걸 제일 좋아한다는 걸 알거든. 엄마 몸통을 감싸 안으면, 내 매끄럽고 납작한 소녀 배가 잠시 엄마의 차가운 엉덩이를 스쳐. 엄마는 웃기는 하마 역할을 해. 입으로 숨을 내쉬고 코로 공기를 들이마시며 이리저리 물속에서 날 끌고 다니지. 그러면 난 발길질하는 엄마의 한쪽 다리를 잡는 거야. 그러는 사이 아빠가 우리 모르게 어느새 뒤로 몰래 다가와. 갑자기 아빠가 내 작은 가슴을 확 붙잡고 레몬 반쪽처럼 짓이기면, 그제야 난 아빠가 온 걸 알게 되지. 난 놀라움과 고통으로 소리 지르며 엄마를 잡은 손을 놓아버리고, 죽을 것 같은 공포심으로 버둥거려. 아빠의 손이 나를 자유롭게 놓아주고, 난 숨이 멎어버려. 앞이 캄캄해지고 귀에서는 윙윙거리며 천둥소리가 들리고, 팔다리는 말을 안 듣고, 도무지 더이상 움직일 수가 없어.

난 가라앉고 또 가라앉아, 내 생애 첫 기절의 바닥에 닿을 때까지.

네가 그렇게 깊이 잠들지 않고 내 눈꺼풀이 아래로 처지지만 않았다면, 그날 내 이야기를 해주었을 거야. 아둔한 우리 엄마는 아무것도 눈치채지 못했고, 난 엄마한테 몇 년 동안 아무 말도 할 수 없었다는 게 절망스러워. 하지만 지금이라면 행복에 겨워 말했을 거야. 너와 함께가 아니라면 그 어디에도 없을 행복에 겨워.

네 손이 내 바지 허리춤으로 들어와 배를 쓸어내리는 바람에 잠에서 깼어. 너무 강하지도 적극적이지도 않고, 그렇다고 새 천의 질감을 검사하는 것 같은 남성복 재단사의 손길도 아니고, 소화가 힘든 갓난아기를 마사지하는 듯한 손길도 아니었지만, 그나마 아기를 만지는 그 손길과 가장 비슷했던 것 같아. 마침내 우리는 그걸 했어. 그냥 심드렁하게도 아니고, 그렇다고 열정적이지도 않게, 그저 서로 하나가 되고 싶었기 때문에, 그런 경우 으레 그렇게 하는 것처럼. 그 처음, 그리고 그런 은밀한 시간이면 언제나 그랬지만, 넌 그야말로 의학적 의미로 날 '다뤘어'. 마치 날 안심시키고 안정시켜야 하는 환자처럼 다뤘지. 사실 난 불안하거나 심지어 거칠었던 적도 없었는데. 난 내가 빨리 절정에 도달한다는 거, 그리고 네 거시기를 믿어도 된다는 걸 알고 있었어. 남자의 손은 그 남자의 페니스와 닮았다는 상투적인 말이 있지만, 정말이지 너의 손처럼 네 것은 힘차고 따뜻했고, 결코 과민하지 않았어.

넌 완전 항복하고 내 밑에 누워 있었어. 신음 소리도 내지 않았고 눈을 뜨고 내 눈을 들여다보지도 않았어. 하지만 내가 끝났다는 걸 알아차리고는 내게서 빠져나가며 내 엉덩이를 잡아 네 말따나 "야자수에서 내려놓았어". 요즘은 여자들이 피임약을 먹는데, 감옥에서 십 년을 살고 나와서 모르나 하고 혼자 의아해했어. 난 그걸로 충분하냐고 물었지.

"네가 원하면 계속해도 돼." 넌 말했어. 하지만 내가 그 말을 어떻게 이해했는지 알아차린 넌 한 손으로 내 머리를 밀어 네 거시기와 멀리 떼놓고 다른 손으로는 네 걸 잡으려는 내 손을 잡아, 내 입이 닿지 못하도록 했어. 난 그 상황을 받아들였지만, 고민에 빠졌어. 그리고 또다시 네가 아니라 스스로에게 물었어. 혹시 내가 물지나 않을까, 어설프게 하지나 않을까 겁이 나서 이러는 건가. 하지만 오럴 실력이야말로 정말 자신 있어하는 유일한 건데. 어쨌든 네가 허락한 데까지만 하고 나서 생각했어, 좋아, 언젠간 내 실력을 너에게 확실히 보여줄 거야. 그러고 나서도 난 계속 혼란스러웠어.

난 곧 알아차렸어. 네게 있어 섹스란 세상에서 가장 자연스러운 일이지만, 가장 중요한 것은 아니었다는 사실을. 너도 알다시피 나도 섹스를 좋아해, 단 사랑하지 않거나 혹은 그리 깊이 사랑에 빠지지 않았을 때만. 대부분의 사람들도 마찬가지겠지만 섹스에서 제일 좋은 것, 유일하게 마음에 드는 것은 오르가슴이지. 안전장치가 날아가버린 내 사고 시스템이 순간적으로 아웃되는 그런 과격한 폭발 상황 말이야. 이런 폭발적인 순간은 내 인생의 가장 깊은 도취에서 나오지. 나 자신으로부터, 그리고 어떤 것, 그 모든 것에서 완전히 떨어져나온 듯한 느낌. 이건 술에 왕창 취하더라도 느낄 수 없어. 분화구가 나를 삼켰다가 다시, 내 생각이지만 온전히, 그대로 도로 내뱉는데, 나는 그 분화구 언저리에서 그 일을 지휘하는 데 온 신경을 집중하고 있는 거야. 누가 날 만지는 것보다 더 흥미로운 건 내가 다른 사람을 조작하는 거야. 어떤 것도 이보다 더 권력과 의미를 느끼게 해주지 못해. 그래, 해리, 난 훌륭한 연인이 되고 싶은 욕심이 있었어. 그렇게 해서 나의 육체적 결점을 별거 아니게 만들고 싶었지. 너를 알기 전, 그리고 그 후에도 난, 나와 가까이하려 했던 몇몇 여자들과 꽤 많은 남자들이 나와 자고 싶어한다는 걸 알고 있었어. 어떤 사람은 스포츠를 할 때와 같은 명예욕에서, 어떤 남자 혹은 여자는 수집가 같은 욕심으로 말이야. 그들이 그 외 다른 무엇을 원해야 했을까, 그건 나도 잘 모르겠어. 특히 남자들은 바로 알아챘지, 나라는 인간은 사랑 같은 복잡한 건 방해만 된다고, 섹스만으로 충분하다고 생각한다는 것을. 한번 사랑에 빠진 적이 있는데, 그때 난 여러 복잡한 열등감으로 괴로워했어. 자신이 못나고, 멍청하고, 병들었다고 느껴졌거든. 내가 죽어라 두려워하는 이 사랑이라는 병에 약이라곤 단 하나뿐이었어. 호감 가는 사람, 하지만 내가 진짜 원하는 대상과는 비슷한 데가 가장 없는 사람과의 섹스. 하지만 해리, 내가 다시 사랑이라는 병에 걸렸다는 걸 알아차리자마자, 난 나이가 많았으면 좋겠다 싶었어. 나의 성(性)이 나에게나 다른 누구에게나 전혀 중요하지 않게 되어버린 나이, 그래서 어떤 치료제도 필요 없고, 부작용이 있는 권력이나 탐욕도 아무 소용 없는 그런 나이 말이야.

자신만의 골방을 갖는 문제는 당분간 연기되었다. 구호는 '무슨 일이 있어도 바깥에 머무르자'. 나는 모든 것을 상상할 수 있다, 'never more rainbow', 탄광 노역, 내일부터 양손이 없어지거나, 내일모레 완전히 죽어버리는 것까지. 하지만 그들이 유효기간 내내 날 붙들어 감금하는 것만은 절대 생각할 수 없다. 내가 그 신호를 제대로 해석해서 월요일에 한 가지 조치를 취하는 데 성공하기만 한다면, 위험은 일단 제거될 거고, 인생은 거의 아름다울 것이다.

?

월요일 아침, 네가 네 것으로 정한 매트리스 위에는 내 목욕 가운, 베개, 홑이불만 널려 있고, 가스레인지 옆 부엌 선반에는 신선한 하드롤 세 개와 십 마르크 지폐 한 장이 모자란 내 돈뭉치, 쪽지 하나가 놓여 있었어. "조야에게, 나 뭐 좀 빨리 해결해야 하거든. 금방 돌아올 거야, 네 돈도. 안녕. 해리."

네가 돌아오리라는 데는 희한하게 눈곱만큼의 의심도 들지 않았지만, 네 멋대로 구는 데는 화가 났어. 귀에 대고 간단히 속삭일 수도 있었고, 적어도 뽀뽀 정도는 해줄 수 있는 거 아니냐구. 하지만 잼을 바른 하드롤 하나를 먹고 나니, 너의 고운 마음씨가 나를 깨우고 싶어하지 않았던 것이구나 하는 생각이 들었어. 나는 너와 함께 보낸 시간 때문에 구름 위로 둥둥 떠다니는 기분도 아니었고, 사실은 도무지 기쁘지가 않았어. 기껏해야 모든 게 너무 빨리 진행되어 더이상 혼자가 아니라는 사실이 놀라울 따름이었지. 너를 눈앞에 그려보았어. 베를린 토박이, 큰 키에 체조선수 같은 몸매, 눈에 띌 정도로 희지만 고상한 창백함이라고는 할 수 없는 넓은 이마, 톱니 모양으로 주름진 턱, 놀라울 정도로 어둡게 번득이는 청회색 눈. 나는 윌리엄스 배 브랜디 한 잔으로 내 사냥감을 자축했어. 월요일 아침까지만 해도 널 내 수확물로 생각했으니까. 네가 감옥에 있었다는 사실—그것도 상당히 오랫동안—은 그저 너의 부수적인 품격을 높여주었을 뿐이야. 내가 살았던 곳에서는 열 살짜리가 우스갯소리, 수표 사기, 인민 재산 탈취 따위의 시시껄렁한 죄로 쉽게 감옥에 들어갔으니까. 인민 재산 탈취죄를 생각하자 네가 지나가듯 던졌던 무슨 "중절도죄"라는 말이 기억나서, 그게 무슨 말인지 직접 물어보리라 마음먹었어.

두 시간 후, 너의 설명에 따르면 그 중절도죄는 "약국 침입"이었고, 너희를 "방해"한 경찰 하나가 그날 밤 "멍청하게도" 총에 맞았는데, 네가 쏜 건 아니었다고. 넌 "유감스럽게도" 실패한 아편 함유 마취제 절취 시도에서도 역시, 언제나 그렇듯 그냥 망만 봤다고 진술했다지. 너는 "상습범"으로 간주되어 "집행유예 보호관찰 처분"이 내려졌는데, 이는 "뻔뻔스러울" 정도로 과중한 처벌이라고 했어. 그리고 "하지만 이젠" 하고 담배를 깊이 한 모금 빨면서 "우리 이 이야기는 그만하고, 앞으로 어쩔 건지나 고민하자"라고 말했지. 쇠네베르크의 아이제나흐 거리에 트리아데라는 이름의 "엄격한 협회"가 있는데 "완전 중국 마피아" 같다고 너는 히죽거리며 덧붙였어. 벌써 "그 음식점 뚱뚱이 대장"과 간단하게 얘길 나눠봤는데, 네 상황을 설명했더니 "완전히 전망이 없지는 않다"고 했다고. "오늘 가야 돼, 나랑 너 말이야, 요 마우스 인형아. 내 운명은 네 손안에 있어." 그렇게 말하며 너는 영악하게도 날 가슴께로 끌어당겨 열정적이면서도 수줍은 키스를 내 이마에 했어.

난 한마디도 묻지 않고 머리채를 쓸어 모아 단정하게 말총머리로 묶은 뒤, 자루 같은 헬무트 콜 스웨터를 훌러덩 둘러 입고, 신분증을 챙겨 너와 함께 지하철역으로 갔어.

너는 나에게 조각 장식된 두짝문에 진짠지 가짠지 대리석 기둥이 엄호하고 있는 빌헬름 양식의 건물 현관문을 열어주었어. 우리 같은 사람은 그런 건물에 아무 이유 없이, 아무 두려움 없이는 들어가지 못하는 법이지. 건물 안에선 소독약과 종이 냄새가 약간, 그러니까 병원과 관청 냄새가 나더라구. 병원이나 관청에 어울릴 법한 흰색으로 칠해진 널찍하고 긴 복도에는 방향 표지판과 점자, 여러 가지 전등과 스위치가 있었고, 초인종 위아래 혹은 옆에는 이름과 숫자가 적힌 문패들이 붙어 있었지.

1층 동쪽 복도 끝, 유일하게 아무 글씨도, 어떤 숫자도 쓰여 있지 않은 맨 왼쪽 문을 넌 두드렸어. 초인종도 없는데 윙윙 소리가 나더니 딱딱하고 재바른 발소리가 울렸고, 문손잡이가 내려가더니 네온 형광등의 밝은 빛 속에서 몸집이 좀 작고 단단한 듯한, 서른 살 정도 되어 보이는 남자가 흐릿하게 눈에 들어왔어.

그는 "응, 일단 들어오지"라고 말할 뿐 너에게도, 나에게도 손을 내밀지 않았어. 등 뒤에서 문이 닫히고, 나는 문 안쪽에 체 게바라 포스터가 붙어 있다는 걸 스쳐가는 눈길로 알아보았어. 세 개의 책상 가운데 하나 앞에 놓인 접이식 의자로 가는 동안 사내는 계속 말했어. "난 조야, 그냥 조. 해리는 이미 알 거고. 그런데 네 이름은?"

조야 에디트 크뤼거, 사는 곳은 모아비트, 비르켄 거리

11번지. 나는 달걀 구르는 듯한 축음기 음반 소리를 흉내 내며 대답했어. 그 조란 사내가 군대식 말투로 반말한 것을 내가 마음에 들어하지 않는다는 걸 좀 알아차렸으면 좋겠다는 뜻으로.

"크뤼거?" 너는 다시 내 성을 반복해 말했고, 그때 우리 성이 같다는 걸 알게 됐어. 그래, 해리, 나중에 반(半) 게이인 스위스 남자와 잠깐 동안이지만 결혼한 뒤로 내 성은 마이발트가 되었어. 그 스위스 남자를 넌 결국 한 번도 만나보지 못했지.

조는 "조야면 됐어"라고 하고는 우리 두 사람, 너하고 내가 주말까지 소위 동행그룹을 조직해야 한다고 말했어. 트리아데의 첫 단계에는 최소한 여덟 명, 더 좋은 건 열 혹은 열두 명의 "깨끗한, 그러니까 어떤 약물에도 중독되지 않은 믿을 만한 사람들"이 필요하고, 그 사람들이 두 달 동안 "시간대를 바꿔가면서" 자기들 집에서 너와 함께 지내야 한다고, "널 돌보고, 네가 의미 있는 일로 시간을 보내도록 돕고, 치료 시간에 맞춰 널 데려오고 데려가야" 하는데 "절대 시간 엄수"라고. "시간 지키기, 시계와 같이 살기"가 중독자가 배워야 할 가장 중요한 점이라는 거지. "몇 분만 지각해도, 그게 너 때문이든 동행그룹 누구 때문이든, 아무튼 너는 여기서 쫓겨날 거고, 그게 또 어떤 결과를 부르든 해리, 너 그거 졸라 똑똑히 알아야 한다." 두번째 단계는 첫번째와 마찬가지 수준으로, "다중독성 경험을 밝혀내고", 너의 "인격 프로필"을 살펴보고, 너의 "갈등 임계점을 높이는 것"이 목적인 개별 면담으로 이루어진다고 했어. 이 면담은 조나 아니면 자기 동료 중 하나가 전체 '거주그룹 단계'가 진행되는 동안 규칙적으로 매주 2회 내지 3회 정도 너하고 같이 해나갈 건데, 만일 "네 쪽에서 요구"가 있으면 좀더 오래할 수도 있다고, 그건 우리가 어떻게 해나가느냐에 달려 있다고 했어. 세번째 단계는 완전한 자립을 향해 가는 과정으로, 집과 일자리 찾기, 그리고 관청 관련 잡무로 이루어진다고 했어. 이 마지막 한 달 동안 다시 네 단계가 각각 나뉘어 진행되는데 "아편류 물질에 대한 자발적 시한 지정 관리"가 진행되고, 그렇게 되면 다 통과한 거나 마찬가지라고. 조는 말하는 동안 한순간도 너한테서 눈을 떼지 않았고, 우리 중 누구도 중간에 질문을 하지 못했어. 휴식시간이 끝나자 조는 손바닥을 한 번 탁 치면서 명령했어. "자, 해리, 이제 나랑 가자. 조야, 넌 여기서 기다려."

혼자 남은 난 접이식 의자에 앉아 곰곰이 생각해봤어. 조라는 이름이 진짜인지, 널 어디로 데려갔는지, 거기서 뭘 요구할지, 그리고 자신이 짠 계획이라면서 감시원들을 왜 '동행그룹 인간들'이라고 비아냥대는지, '졸라 똑똑히'라는 그의 말이 얼마나 모자라게 들리는지에 대해. 그 말이 말로만 권위적인 척하는 입 큰 개구리 같은 인간의 얄팍하니 길쭉하게 찢어진 입에서 튀어나오는 건 정말이지 바보 같았어. 또 조라는 이름은 어떻고, 하필이면 조라니.

의자에서 일어나긴 했지만 담배를 피우러 나가진 않고 그냥 방 안에서 이리저리 왔다갔다했는데, 한눈에 봐도 이제 막 칠을 하고 새로 이사 들어온 방이었어. 화분 하나 없고, 선반에는 책 한 권도 안 보였고, 손잡이 달린 찻잔이나 헝겊 동물 인형 하나 없었어. 책상의 소음 방지 고무판 위에도, 막 흰 칠을 한 거친 벽에도 그림 하나 없었고, 서베를린 제약회사가 대중적으로 잘 알려진 제품을 점잖게 선전하는 무지하게 큰 탁상용 달력 하나가 달랑 놓여 있을 뿐이었지. 달력은 누군가에 의해, 아마도 조겠지만, 붉은색, 파란색, 녹색 숫자며 알파벳, 점과 선, 그리고 조그맣고 꼼꼼한 글씨로 꽉 메워져 있었어. 나는 한참 동안 그 기호들을 연구해보았지만, 그 현학적인 혼란을 도무지 해석할 재간이 없더라구.

너희가 돌아왔을 때, 창백하고 번들거리는 네 얼굴에는

붉은 자국이 나 있었지만, 넌 왠지 마음의 짐을 던 듯한 표정이었어. 조의 태도도 더이상 아주 잔인하게 느껴지진 않았고, 눈빛이 좀 둔해진 듯했는데, 그게 약간 실망한 탓인지, 그냥 피곤해서였는지는 모르겠어. 조는 오른손은 너에게, 왼손은 나에게 내밀며 말했어. "금요일 저녁 일곱시 괜찮을까. 그룹 전체가 여기로 오면 좋겠어. 만약 직장인이 끼어 있으면 시간이 더 늦어질 수도 있고. 주도권은 말이야, 조야, 너한테 있어. 해리의 들쑥날쑥한 지인들을 염두에 둘 수는 없거든. 그러니까 네 주변 사람들한테 해리를 위해 쓰는 한 시간당 일 마르크를 받을 수 있다고 하고, 거기에 교통비, 식비, 세탁비누, 우표 비용까지 제공된다고 말해. 돈 얘길 들으면 이 일을 결정하기가 좀 쉬워질 거야."

조는 내 손을 놓고 네 손은 여전히 붙든 채 '망원경을 들여다보는 작은 사나이'를 연기하는 코미디언처럼 우스꽝스럽게 몸을 돌리더니, 고개를 떨군 네 눈을 쳐다보려고 했어.

"넌 내일 열한시에 다시 소변검사 하러 오고. 내가 다시 정할 때까지는 매일같이 와. 그게 안 되면, 나머지 난리법석 피울 일도 아예 없는 거야. 그리고 난 네 보호관찰자한테 전화를 걸 거고."

이 말을 한 뒤 조는 직각으로 팔을 올리고 손가락으로 문 쪽을 가리켰어. 문간에서, 눈부신 네온 불빛에 반사된 조의 실루엣은 범죄자 혹은 어둠이 내린 베를린의 교차로에 서 있는 교통경찰관의 모습과 비슷해 보였지.

아이제나흐 거리를 내려와 지하철역을 향해 걸어가는 동안 너는 내 어깨에 팔을 두르고 손을 내 옷깃 사이에 넣었어. 목에 닿는 너의 따뜻한 숨결 때문에 내 목의 솜털이 뻣뻣하게 일어났어. "근데 조야, 코코아 한잔 마시러 안 갈래?" 넌 내 귀에 숨을 불어넣으며 말했지.

난 고개를 저었지만, 넌 가장 가까운 술집으로 날 끌고 갔어. 그 술집 문을 들어서자마자 너는 갑자기 코코아가 아니라 "얼음을 가득 넣은 더블 베일리스 한 잔"을 마시고 싶다고 말했지. 나한테는 물어보지도 않고 500밀리미터 밀맥주를 주문해주었고.

그날 밤, 도통 잠이 오지 않았어. 너와 하던 짓을 하지 않아서만은 아니었어. 넌 매트리스에 눕자마자 말도 붙일 수 없을 정도로 늘어져버렸어. 그날 예외적으로 완전히 감겼지만, 그래도 살짝 파들거리는 네 눈꺼풀 밑으로 네 눈을 보았고, 이마에 땀을 흘리며 꿈을 꾸기에 깨워보려고도 했어. 난 매트리스 가장자리에서 몸을 일으켜 소리를 죽여가며 전화번호 수첩과 종이, 볼펜을 찾았어. 그리고 생각을 더 잘하기 위해 부엌 식탁 위에 와인 한 병, 와인잔 하나, 재떨이를 올려놓았지.

누구에게 이 배를 함께 타자고 할 것인가? 나는 아직 아는 사람이 그리 많지 않았어. 그리고 그 몇 사람 가운데 내가 자기들을 필요로 한다는 걸 이해할 사람이 있으리라는 법도 없었고. 내가 그들을 필요로 하는 이유, 그건 나에게 너, 정키(비록 네 몸에 마약 기운이 없다고 하더라도), 네가 필요하기 때문이었어. 어쨌든 오늘 소변검사에 합격했으니 마약 기운이 없는 거지. 이 일은 시간을 꽤 잡아먹을 텐데, 그리고 조가 말한 그 시간 엄수 계명은 자유를 사랑하는 인간들, 우리 같은 백수에게는 쥐약인데.

나는 전화번호 수첩을 꼼꼼히 뒤져 대략 열다섯 명의 이름과 전화번호를 수첩 맨 앞장에 옮겨 적었고, 이 가운데 여덟 명만 건져도 충분하다고 혼자 되뇌었어. 하지만 설득할 수 있다고 생각했던 사람들이 끝까지 못해내면 어떻게 한다지. 그 사람들이, 혹시라도 갑자기 여행을 가야겠다며 두 달을 채우기 전에 두 손 들어버린다면? 조한테 이런 걸 물어봐도 될까, 아니 차라리 물어보지 말까? 어쨌든 조가 말한 돈 얘기도 꺼낼 수 있으니까. 물망에 오른 약 스무 명, 내가 장벽 이쪽에서 찾을 수 있는 이 사람들은 모두 약간의 가욋돈을 벌 수 있다면 좋아라 할 만큼 부유하지 않은 사람들이었어.

조가 최소한이라고 말한 여덟 명 가운데 두 명은 벌써 모인 셈이었어. 나하고 크리스토프가 될 가능성이 아주 높았지만. 크리스토프는, 그건 내가 잘 아는데, 아무 여자 부탁이나 들어주는 그런 남자는 아니지만, 그래도 내가 부탁하면 분명 열광하며 이 일을 해줄 테고, 내가 너와 함께인 것을 기뻐하며 나를 위한 우정의 봉사 정도는 기꺼이 해줄 것 같았어. 그리고 정 다급하면 같이하는 꽃 가판대 일을 안 하겠다고 으름장을 놓을 수도 있었고. 하지만 그건 내 문제, 그러니까 우리 문제를 더 크게 만들지도 모르겠다 싶기도 했어. 네가 돈에 전혀 쪼들리지 않았다면, 우리가 두번째로 함께 하루를 보내고 난 다음 날 아침 아무 말 없이 내 십 마르크를 빌려가지 않았겠지. 그리고 내가 베일리스와 맥주 값을 다 계산하지도 않았을 테고. 앞으로 경제적인 부분을 어떻게 할지에 대해 네가 일어나는 대로 가능하면 조심스럽게, 그러나 딱 부러지게 이야기해야겠다고 나는 생각하고 또 생각하면서, 피로에 지쳐 거의 눈이 먼 채 애꿎은 텅 빈 와인잔만 째려보고 있었어.

식탁에서 일어나 다 마신 와인병 세 개를 쓰레기봉투에 넣고 세수를 한 뒤 냉장고에서 버터를 꺼내고 봉지에서 빵을 꺼낼 즈음 어느덧 어스름하게 아침이 밝아왔어. 수돗물한 잔을 부어 커피를 끓여 보온병에 담고, 빵에 버터를 발라 두어 입에 다 먹어치우고, 옷을 입고, 전보다 더 쪼그라든 내 전 재산을 브래지어 속에 찔러넣고, 다시 한번 네 얼굴을 들여다봤어.

더러운 창유리로 들어온 아침 햇살이 땀으로 번들거리는 네 이마 위에 비스듬히 떨어졌어. 이불을 들어올려 네가 걸친 목욕 가운의 촉감을 느끼며 네 머리며 눈썹, 입술을 쓰다듬었어. 너는 아무것도 느끼지 못했어. 내가 여기서 누워버리면 점심때까지 자버리겠지. 아니야, 난 몇 시간 동안 우리 그룹에 함께할 지원자를 찾아 전화를 걸어야 했어. 그때까지 밖에 나가 잠깐 산책을 할 생각이었어.

아래층까지 거의 다 내려갔던 나는, 그걸 꼭 의심이라고 말하기는 싫은데, 그래, 혼란스러운 조심성 때문에 다시 집으로 돌아와 위기 상황 대비용으로 샤워실 뒤에 숨겨놓았던 백 마르크 지폐 두 장을 마저 챙겨 나왔어.

그렇게 이른 시간에 모아비트 거리를 걸어보는 건 처음이었어. 이렇게 인적이 드문 경우를 본 적이 별로 없었지, 아니 더 정확히 말하면 한 번도 없었어. 그 이상야릇한 정적을 방해할 만한 자동차 한 대도 지나가지 않더라구. 오직 칼새들만 구름 없는 하늘에서 벌레를 쫓는지 아니면 자기들끼리 서로 쫓는지 위를 향해 지저귀며 횡횡 날아다닐 뿐이었어. 발트 거리와 투름 거리가 만나는 모서리에 있는 이십사 시간 영업 술집에서 어떤 남자가 술 취한 낯짝을 활짝 열린 창 밖으로 디밀고 있다가 내게 심란한 눈짓을 보내더니 커튼을 치고 사라졌어. 꽃이 핀 빨간 가시나무 위로 참새 한 떼가 날아들더니 시끄럽다기보다는 불안하고 새된 소리로 재재거리기 시작했어. 마치 방금 자기들이 한 짓이 잘못된 것이라는 걸 스스로 잘 알고 있다며 대들기라도 하는 듯했어. 서부 부두에 정박한 배 갑판에 높직이 달려 있던 유리 조각이 얼마나 유혹적으로 악랄하게 번쩍거리던지, 나는 그쪽을 제대로 바라보지도, 아예 눈을 돌려버리지도 못하겠더라구.

부두의 안벽 위에 주저앉아 마지막으로 피운 담배꽁초

불로 새 담배에 불을 붙이고 슈프레 강을 바라보았어. 뚜렷한 목표를 갖고 달려가는 듯하던 내 의욕이 이제 태양의 열기에 마비되는 것 같았어. 그건 네가 나타난 뒤, 너보다도 날 더 사로잡았던 의욕이었지. 내게 과제가 하나 떨어졌다는 거, 아니 선물처럼 주어졌다는 게 맞는 말일까. 나는 그때까지 늘 해왔던 것처럼 드디어 다시 한번 투쟁할 수 있게 되었던 거야. 하지만 이번엔 무엇에 대한 대항이 아니라 나를 필요로 하는 누군가를 위한, 그의, 비록 웃으면서 한 말이지만, "운명"이 "내 손안에 있는" 그 사람을 위한 투쟁이었어! 나는 자는 네 얼굴을 눈앞에 그려보았어. 너무나 창백한, 날 완전히 신뢰하는 얼굴이었기에 나 역시 다음 몇 주와 몇 달은 마치 동화같이 흘러갈 거라고, 열 명, 그러니까 용처럼 굳센 한 팀과 함께하는 어린애 장난이 될 거라고 감히 희망했어. 그 팀에는 너, 나, 크리스토프, 조가 들어가고, 아직 여섯 명이 더 있어야 했지.

여덟시 조금 지나 서부 부두 식당 카운터에서 사각 봉지 코코아와 고기소를 넣은 빵 반쪽을 계산한 뒤, 어쩌면 내 남은 평생이 다 걸릴지도 모를 산책을 아주 여유롭게 계속했어.

열시에 다시 투름 거리 지하철역에 섰어. 크리스토프 말고는 우리 일에 끌어들일 만한 사람 중 누구도 열한시 전에는 일어나지 않았을 것 같아 전전긍긍하며, 카르슈타트 백화점에서 저번에 잃어버린 것처럼 저렴하고 모양도 비슷한 손지갑 하나와 상당히 값비싼 빨간색 목욕 가운을 샀어. 네가 내 가운을 계속 입을 수 있도록 내 걸 새로 하나 산 거지.

어떻게든 이겨내야 한다. 그만큼 다시 더 좋아질 거다. 트리아데의 조가 내가 오줌 쌀 때 거시기를 빤히 쳐다보는 것만 관둔다면, 저녁엔 파우스탄*이 둘, 셋 이상은 안 들어 있다. 그렇지만 조가 감시를 관두겠어? 녀석에게 가짜 소변검사를 슬쩍 들이밀 수는 없을까. 조도 그 속임수는 알고 있다. 그는 사회복지사가 아니거든. 그리고 난 스페인이나 그런 데로 완전 토끼지는 못한다. 돈이 없으니까. 지금 내 빔보** 눈으로는 어떤 새끼도 나한테 뭘 사주지 않을 거다.

넌 또 집에 없었어. 나는 열한시 정각에 조한테 가야 하는 네가 아무리 빨라도 한 시간 안에는 돌아오지 않으리라는 걸 알고 있었지. 그래서 털썩 주저앉아 전화기를 가슴팍

---

* 급성 및 만성 신경장애, 불안장애에 쓰는 안정제의 일종.
** 얼간이, 바보라는 뜻의 영어 단어.

에 끌어당겼어. 보통 때는 제일 말하기 어려운 사람한테 먼저 전화하는데, 이번에는 제일 말하기 쉬운 상대한테조차 전화하기가 참 어렵더라. 내가 잘 알지 못하는 사람들에게 도움을 청하는 게, 나도 아직 잘 모르는 너라는 사람을 어떻게 해서든 내 옆에 두기 위해 도움을 청해야만 하는 내 속내를 밝히는 게 창피했거든.

이 시간쯤이면 벌써 나갔을 거라고 생각하면서도 맨 먼저 크리스토프에게 전화를 걸었어. 벨이 두 번쯤 울리자 전화를 받더라구. "너구나, 잘됐다. 방금 전화하려던 참이었어." 그는 유쾌하게 말하며 내가 말할 틈도 없이 자기가 아프다고, 더이상 학교를 참을 수 없다고, 브루스가 주말에 런던에 가는데 같이 가려고 "병원 진단서를 끊었다"고, 그러니 이번 주에 꽃집 일을 미루고 다음 주 토요일에 자기 대신 일을 해줄 수 있겠느냐고 묻더군.

나는 아침 공기를 마시면서 그의 말허리를 잘랐어. 그렇게 할게, 근데 조건이 하나 있어. 네가 나를, 더 정확히는 우리의 엄청 중요한 일을 좀 도와준다면 나도 그렇게 할게. 이렇게 일단 크리스토프의 관심을 불러일으킨 뒤, 너와 나, 트리아데와 조에 대한 얘기까지 쏟아내는 데 성공했어. 크리스토프, 제발, 일단 이 그룹 모임에 나오기만 하면 돼, 그 뒤부터는 네 마음대로 아파도 되고, 어디든 가도 돼. 내가 네 대신 다 뛰어줄게, 가판대 일, 해리 일, 아니면 다른 일까지도. 네가 다른 계획이 있어 아르바이트를 할 수 없으면, 언제든 대신해줄게. 돈도 삼분의 일 줄게, 원래는 네 돈이기도 하고, 네가 가끔 일을 할 수 없어서 나한테 들어오는 거니까. 혹시 프란츠를 설득할 수 있다면 좀더 얹어줄 수도 있을 거야. 어쨌거나 결론적으로 나는 프란츠의 꽃을 아주 잘 팔고 있고, 이제 곧 성수기도 시작되니까. 그리고 해리 일은, 그냥 알아두라고 하는 말인데, 돈도 나와. 네가 실제로 해리를 위해 애를 쓰든지, 내가 네 담당 시간까지 넘겨받든지 암튼 너는 내 돈까지 챙길 수 있어.

"그래 뭐, 둘이, 그러니까 너랑 그 해리가 떨어질 것 같지 않으니까, 너의 달콤한 독버섯에 너무 자주 물을 줘야 하는 것만 아니라면 인심 좀 쓰지 뭐. 그래도 내가 그 사람 한번 잘 뜯어봐야겠다." 크리스토프가 말했어.

여유를 부려가며 크리스토프를 압박하기는커녕, 아무 이유 없이 관대하게 굴면서 그를 매수한 나 자신에게 화가 났어. 그렇지만 이제 최소한 거절은 안 할 거라는 희망이 생겼으니 다행이었지. 크리스토프는 이 일이 워낙 나한테 중요하니까, "예외적으로 이 무의미한 이타적 실험에 열광하는 걸 스스로에게 허락한다"고. 그리고 내가 가판대에서 버는 수입의 "삼분의 일 분배 이념"도 "대체로 수락할 만하다"고 덧붙였어.

나는 방향을 바꿔 누구도 나를 알아차리지 못하게 했지만, T가 나를 본 건 분명히 봤다. 그는 아가리를 다물고 있지 않을 거다. 다만 저들이 날 어디서 찾으려 들 것인지? 유일하게 아는 사람은 내 오랜 동지 B이다. B에게 어떻게든 편지를 써야 하는데, 그러려면 일단 그를 찾아야 한다. 그저께부터 땅으로 꺼졌는지 보이지 않는다.

"안녕, 벨라." 크리스토프의 과장되게 끈적끈적한 인사말이 여전히 귀에 울리고, 앞으로 어떻게 해나갈지, 알파벳순으로 할지, 직관에 따를지 한참 궁리하고 있는데, 네가 뒤에서 소리 없이 다가와 내 목을 만졌어. 순간 난 질겁했지. 여분의 열쇠를 매트리스 밑에 넣어두었던 게 바로 생각나지 않았거든. 너는 요란스런 모양의 녹색 플라스틱 머리핀을 나한테 던져주더니, 다시 그걸 집어들어 한 손으로 내 고불거리는 앞머리를 모아 미용사처럼 솜씨 좋게 핀을 꽂아주고는 내 머리에 키스하며 정말 예쁘다고 말했어.

오래 나가 있었네. 내가 말했어.

"저거 찾는다고 머리핀 상자를 몽땅 다 뒤졌거든." 넌 내 목소리에 가득 묻은 비난은 전혀 알아차리지 못한 듯 평화롭기 짝이 없게 말했지. 네 손가락이 머리핀과 내 목을 쓰다듬자, 내 머리는 점점 멍하니 텅 비고, 점점 무거워지면서 네 배 위로 숙여졌어. 아직 사람들한테 전화를 다 하지 못했는데. 네 셔츠를 열고 배꼽에 혀를 대고 널 바닥에 밀어뜨리고 싶었지. 하지만 사그라지지 않는 책임감의 찌꺼기가 더 힘이 강했나봐. 나 혹은 우리를 사로잡으려는 그 무지함과 건방짐, 그리고 그리움으로 뒤섞인 음탕함은 곧 엷어지더군.

누구 같이할 만한 사람이 또 있을까. 내가 물었어.

아무 대답이 없던 너의 부드러운 시선이 흐려지면서 금세 울어버릴 것만 같았어. 넌 정말 울 것 같은 목소리로 "혹시" 하고 말하더니 바지 뒷주머니에서 갈색 가죽지갑을 꺼내 거기서 약간 빛바랜 컬러사진 두 장을 내놓았어. 하나는 검은 말과 아주 예쁘고 젊은 여자 기수의 사진이었고, 나머지는 소파 가장자리에 그 여자아이 혼자 앉아 있는 사진이었지. 브래지어를 하지 않은 봉곳한 가슴 사이에서 기다란 진주목걸이가 달랑거렸고, 그 가슴 위로 하늘색 민소매 티

셔츠가 찰싹 달라붙어 있었어. 가운데 가르마를 탄 숱 많은 금발 생머리가 어깨까지 찰랑찰랑 내려와 있었고, 화장기 없는 얼굴에 빨간 입술을 가운데로 모아 가볍게 벌린 채, 무성한 속눈썹 밑으로 눈을 내리깔고 보기에도 우아하게 담배를 말고 있었어.

"마리아야. 물방울처럼 깨끗한 아이지. 언젠가부터 나한 테 더이상 답장을 안 써." 넌 말했어. 그러곤 마리아에 대해 계속 이야기해줬지. 마리아는 "진짜 기독교 신자의 딸"로 "뮌스터 근처 시골 마을에 사는데, 장기 복역자에 대해 따뜻한 마음"을 가졌다고. 마리아가 얼마나 부드러운 사람이 며, 노란 종이에 쓴 그녀의 마지막 편지가 너무 간단해 네 가슴이 얼마나 저렸는지. 그리고 마리아는 감옥에 있을 때 도 세 번이나 방문해 성경 구절을 읽어주고, 손을 잡아주 고, 그 "커다랗고 동그란 파란 눈"으로 널 바라보았다고. 하지만 넌 단 한 번도 그녀에게 "집적거리"거나, 네가 달라 고 부탁한 마리아의 사진을 "자위용으로 악용"하려는 생각 을 한 적이 없었노라고.

뮌스터는 좀 멀지 않아? 나는 툭 내뱉듯 말했어. 내가 질 투하고 있다는 걸, 아니 마리아를 시기하고 있다는 걸 감추 려 애쓰면서. 사실 난 나이가 좀 들면서 누굴 질투해본 적이 없었어. 하지만 한 번이라도 그 같잖은, 소유에 대한 불쾌한 욕망만 폭로하는 저급한 감정에 휩싸일 때면, 그건 대개 시기심 때문이었어. 그러니까 다른 사람, 나보다 더 아름다운 사람의 매력에 대한 시기심이지. 시골의 순진한, 하필 이름도 마리아인 이 소녀의 경우, 그녀의 고귀한 순수함에 대한 너의 위선적인 열광에 난 크게 한 방 먹어버린 거야. 어젯밤에는 나와 섹스를 해놓고, 그래 오늘은 고귀한 순수함이 뭐 어쩌고 저째? 나는 너를 살려보겠다고 이러고 있는데, 내 마음 섭섭한 건 아랑곳없이 꼭 미성년자 같은 그 실처럼 얄팍하고 말에 푹 빠진 금발머리 바보 계집애에 대한 사랑이나 고백하다니. 아직 갑담배도 못 사는 주제에, 마리아라는 이름에 어울리지 않게 담배는 무지 피우고 싶어 손담배나 마는 계집애 같으니! 하기야 그렇게 안 하면 용돈이 빠듯해 말 먹일 귀리도, 가짜 진주도, 노란 꽃무늬 편지지도 못 사겠지.

그래, 해리, 난 더이상 묻지 않았어. 마리아의 전화번호도, 주소도. 만나고 싶지 않았으니까. 우리 팀에 넣고 싶지 않았던 거야. 그나마 여기서 기차로 최소 여덟 시간은 걸리는 곳에 있으니 다행이었지. 에라이 그 시골 마을 교회나, 아니면 그 똥망아지 위에 올라타고 깜깜한 숲 속에서 영원히 길을 잃고 헤매기나 해라. 그런 내 마음을 이해했는지 넌 아무 말 없이 사진 두 장을 도로 네 똥지갑에 쑤셔넣고는 두 번 다시 내 눈앞에 들이밀지 않았어.

테이블 앞에 앉아 있는 내 옆에 한참 동안 서서 그저 묵묵히 나의 모욕적인 침묵을 감당하고 난 뒤 넌 "피곤해" 하고 중얼거리며 매트리스와 이불을 끌고 부엌으로 갔어. 내가 뒤쫓아오길 바라는 것 같지는 않았어.

마리아 얘기로 푹 주저앉아버린 기분 때문에 그다음 전화 통화부터는 그리 애원조로 얘기하지 않았고, 그 덕분인지 세 시간에 걸친 열일곱 통의 통화에서 꼭 필요한 남녀 여덟 명뿐 아니라 예비 후보까지 하나 얻었어.

의기양양하게 부엌에 있는 너에게 쏜살같이 달려가 쉬는 건지 아님 진짜 잠든 건지 모를 네 앞에 버티고 서서 가슴 위로 팔짱을 끼고 아주 큰 소리로 말했어. "헤이, 해리, 다 잘됐어. 우리를 위한 아홉 명의 수호천사를 잡았어." 네게 말하는 내 목소리를 들을 때면 늘 나 스스로 좀 낯설었던 거, 너 그거 알아차렸니. 우리가 처음 만났을 때도 그랬는데. 내가 했던 말들, 네 취향에 맞을 거라고 생각했던 그 말들은 언제나 그 직전까지 내 머릿속에 있던 말과는 다른 것이었어. 나는 내 마음에는 들지만, 내게 주어지지는 않았던 역할을 하고 있었어. 네가 그걸 꿰뚫어 보았는지, 그랬음에도 나의 거짓된 놀이를 좋아해준 건지, 해리, 난 그게 알고 싶어. 꼭 내 허영심 때문만은 아니야.

8

몇몇 우스꽝스럽고 같잖은 인물들과 사귀게 된 것 같다. 제일 우스운 건 클라라다. 창녀나 쓰는 향수 냄새를 풀풀 풍기고, 연애시를 쓰고, 예전에 발레단에 있었다고 우겨대는 극좌익의 개성 없는 여자. 틀림없이 나같이 팔팔한 젊은 사내에게 호감이 있을 거다. 클레헨*이라고 부르며 마음껏 놀려먹어야지. 성숙한 검은머리 아가씨 마를레네도 스트레스가 있을 리 없다. 생긴 건 꼭 푸들머리를 하고 있는 식초한 방울 같지만, 밴드에서 노래를 하고 도어스의 광팬이다. 도어스 앨범도 다 갖고 있단다. 그럼 앞으로 나에게 즐거운

---

* 클라라의 애칭.

시간이 오는 거야! 그리고 율리아가 있는데, 사춘기도 되기 전에 물기가 다 빠져버린 게 어떤 관점에서 보든 넙빤지처럼 납작한 아줌마다. 헝겊 동물 인형의 눈을 닮은 녹색 눈으로 사람들을 슬프게 바라보면서, 얼마 전에 어떤 로미오하고 헤어졌으니까 자신을 율리라고 불러주면 더 좋겠다고 하더군. 율리는 원래 숙련 금속세공사지만 밤에는 그리엔 아이젠 장례대행회사에서 대기전화 서비스를 한다. 그리고 지난 삼 년 동안 직접 만든 패션 액세서리를 여름에 포르멘테라*에서 팔았단다. 하지만 올해는 그렇게 안 한다는데, 나 때문에도 그렇고, 힘들게 번 돈을 호텔비나 비치의자나 상그리아**에 몽땅 다 써버릴 수밖에 없기 때문이기도 하단다. 남자 멤버 중 하나인 프랑크는 동독 출신에 화가이고 수염을 길게 기른 봉두난발 사낸데, 자기하고 있는 시간에 내가 모델을 해주면 되겠다고 말했다. 그럼 되겠네, 초상화야 누드야? 내가 물었다. 우리 팀에 같이 들어온 프랑크의 아내 한나는 다리가 목까지 올라올 정도로 길고, 손은 무어인 같고, 입은 영화배우 클라우스 킨스키를 닮았고, 직업도

---

* 스페인 동쪽 지중해의 발레아레스제도에 있는 관광객이 많이 찾는 네 개의 섬(마요르카, 메노르카, 이비사, 포르멘테라) 가운데 하나.
** 붉은 포도주에 소다수와 레몬즙 등을 넣어 차게 마시는 음료.

클라우스 킨스키와 같다. 이 여자는 내가 설거지하고 청소하고 다림질할 수 있는지를 자꾸 알려고 했다. 나한테 그런 엿 같은 짓을 다시는 요구하지 못하도록 모든 걸 한번 해줄 테다. 금발의 라인 하류지역 사람 토마스와, 그 토마스의 동지인 가죽바지 차림의 땅딸한 바이에른 사람 크리스토프는 자신들을 진정한 괴짜라고 생각한다. 헌데 무엇으로 괴짜임을 증명할 건가? 무슨 생각을 하는지 알 게 뭐람. 교류라? 어디서 어떻게 하는지 힌트를 줄까? 이 회색곰 해리에게 가라테 좀 배워볼래? 예비 후보 이름은 마크다. 미국인이고 조각가인데, 고요함 그 자체이며 그룹 멤버 중에 내가 감탄해 마지않는 유일한 사람이다.

해리, 네 비망록 혹은 네가 네 글을 뭐라고 부르든, 네 글의 그나마 상세한 이 부분에서도 나에 대해서는 입도 벙긋 안 하는구나. 왜 난 없는 거니, 마치 우리가 한 번도 만난 적이 없었던 것처럼? 첫번째 의심은, 이건 내가 생각하는 다른 이유보다 그나마 긍정적인 방향인데, 만약 가택수사를 당해 네가 다시 체포될 경우, 또는 오랜 지인들이 갑자기 방문해 네 노트가 다른 사람, 그러니까 들어가서는 안 될 사람의 손에 들어갈 경우를 두려워했기 때문이라는 거야. 이런 경우를 피하기 위해, 막연하게라도 나라고 추측할 만한 어떠한 흔적도 남기지 않으려 내 이야기를 몽땅 빼야 겠다고 생각했던 게 아닐까 싶은 거지. 또다른 의심은 어떤 고상한 이유도 인정하지 않는 거야. 물론 나에게는 당연히 더 마음 아픈 경우이고, 또 처음 경우와도 굳이 모순되는 건 아니야. 그러니까 너에겐 네 신비의 영약과, 다시 감방 에 들어갈지 모른다는 두려움 외엔 이 넓은 세상의 모든 것 이 전혀 중요하지 않았던 거지. 나까지 포함해서.

네 말처럼, Anyway, 그 어떤 경우든 나는 네가 정말 날 어떻게 생각했는지, 좋아하긴 했는지, 좋아했다면 얼마나 좋아했는지에 대해 내 이성을 걸고 머리를 쥐어짤 수밖에 없어. 미안하게도 다시 한번 반복하자면, 나란 사람은 너에 게 있어 단 한마디도 글로 쓸 의미가 없는 존재였으니까. 아니면 어느 누구도 읽을 수 없도록 나에 대해서는 일부러 단 한 줄도 남기지 않을 만큼, 그 정도로 네게 의미 있는 존 재였거나. 대부분의 경우, 상당히 일방적이었던 우리의 대 화를 마치 책처럼 자세히 보관하는 엄청난 용량의 코끼리 같은 내 기억력이 없었다면, 난 꿈을 꾸었다고, 여전히 꿈 을 꾸고 있다고 생각할 수밖에 없었을 거야. 우리가 나눴던 말뿐 아니라 네가 나와 함께, 나를 위해, 그리고 나에게 반

대해 했던 것들 혹은 하지 않았던 것들도 모두 꿈에 지나지 않는다고.

그런데 맙소사, 네 노트 9페이지의 글에 배어 있는 버르장머리 없는 그 거만함은 어디서 나온 거니? 10, 11, 12페이지에서 비록 아마추어 같긴 하지만 사람들의 본모습을 비슷하게 드러낸 글, 그에 못지않게 야비한 네 연필 스케치의 스타일에서도 보이는 이 거만함은 어디서 오는 거냐구?

아, 해리, 이 가짜 토끼야. 어떤 때는 더, 어떤 때는 덜했겠지만, 그래도 열심히 네 편이 되어주었던 그 사람들을 어째서 가명이나 이니셜이 아닌 실명 그대로 부르고 있니? 이러니 어떻게 네가 그 누구를 염려해서 나를 보호하느라 내 이야기를 쏙 뺐을 거라고 좋게 생각해줄 수가 있겠니? 어떤 멍청한 경찰이라도, 그리고 네 쪽의 그다지 영리하지 않은 사내들이라도 트리아데니 하는 표제어나 우리 팀 사람들의 실명을 통해 날 찾아내는 건 식은 죽 먹기일 텐데. 그리고 너의 이유 없는 배은망덕함이 유독 마크만 감싸고도는 이유는 또 뭔지? 조, 클라라, 마를레네, 율리아, 프랑크, 한나, 토마스, 크리스토프의 죄라면 너에게 잘해준 것밖에 없지 않니? 비록 나 때문에 그렇게 해준 것이긴 하지만, 어쨌든 너를 도와주려 했고, 또 실제로 도와주었던 그 사람들한테 이게 웬 심술이니?

그래, 클라라는 늙고 수다스럽고 선량한 데라곤 조금도 없는 여자이긴 해. 그 여자의 말은, 더군다나 한때 발레복을 입고 무슨무슨 지방 무대에서 뛰었다는 얘기는 아무도 안 믿지. 가끔은 엄청 쪽팔리고 무지 냉랭한 연애시를 하루에 열 편에서 스무 편까지 짓는가 하면, 기회가 있을 때마다 서베를린 동독통일당이 돈줄을 대는 이데올로기 잡담으로 우리를 괴롭혔던 것도 사실이고. 그래도 그녀는 너한테 물기가 없어 먼지같이 깔깔한 쿠키도 구워주고 밍밍한 차도 끓여줬잖아? 치료 시간에 초까지 정확히 맞춰 너를 데려다주었고, 심지어 그게 아침 여덟시인 적도 있지 않았니?

그리고 R을 카나리아처럼 도르르 말아 발음하는 마를레네는 너와 같이 달고 신 수프를 먹으러 갔고, 네가 한 번 나한테 고백한 것처럼 가끔은 너보고 저녁에 자러 오라고 노래를 했고, 아마도 네 잠을 설치게도 했을 거야. 모든 걸 미루어 볼 때 그녀가 네 마음에 들었던 눈치였으니까. 그렇지 않았다면 넌 진짜 위선자 중에서도 최악의 위선자야.

네가 걸핏하면 그 헝겊 동물 인형 눈 같은 초록색 눈을 아주 깊이 들여다보았던 율리는 어떻고? 율리는 직접 만들었다는 은목걸이를 너한테 선물했고, 넌 한 번도 그 목걸이를 벗지 않았어. 내가 꼭 그 이유 때문에 율리를 좋아하지 않았던 건 아니야. 멍청하고 게으르고 감상적이고 거식증까지 있으면서도 별 특징이 없는 그녀를 말이지.

그리고 너랑 몇 시간이나 돌아다니면서도 감방 이야기를 꺼내지 않고, 그냥 네가 원하는 대로 아이스크림이며 케이크를 실컷 사주고, 브라질 왕지네 세 마리가 신어도 다 못 신을 만큼 양말을 잔뜩 선물해주었던 프랑크, 그 프랑크는 왜 너의 그 엿 같은 캐리커처에는 나오지 않을까? 어쨌거나 넌 그의 캐리커처가 얼마나 괜찮을지 알고는 있었을 거야. 너 자신을 그린 페이지에서 넌 한 번도 있는 그대로 드러나지 않고 그냥 평범한 사람처럼 보이더라. 용감하기도 하고 비겁하기도 하고, 슬프기도 하고 웃기기도 하고, 영리하기도 하고 멍청하기도 한 사람, 모든 것이 동시에 존재하는 그런 인간처럼.

이불 홑청 다리는 법을 가르쳐주고, 네가 다림질하는 동안 너에겐 매우 먼 곳, 자기 고향 도시인 튀링겐의 에르푸르트에 대해 냉소와 그리움에 잔뜩 들떠 이야기했던 한나. 한나는 네게 여러 역할의 연기를 보여주면서, 지금 연습하는 인물이 네 마음에 드는지 물어보며 그날 저녁에 만나게 될 극장 관객처럼 진지하게 널 받아들였지.

토마스와 크리스토프가 널 어떻게 대해야 할지 잘 몰라 했던 건 사실이지만, 왜 그랬는지는 나중에야 차츰 밝혀졌어. 중대한 이유가 하나 있었지. 그 이유가 밝혀지면서 클라라, 마를레네, 한나, 그리고 율리까지 너와 거리를 두었지. 그래도 프랑크, 마크, 나는 그러지 않았고, 조 역시 한 번도 그런 적이 없었어. 결국 폭탄은 떨어졌지만, 그 폭탄으로 너 역시 끝장날 수도 있었지만 말이야. 이유는, 너도 알고 있겠지만, 나중에 다시 얘기하자.

우리 팀이 처음 만나기로 한 금요일 저녁, 너와 나는 약속 시간보다 삼십 분 먼저 나와 아이제나흐 거리에서 기다렸어. 너는 네 스웨터가 "너무 철학자스럽다"고 불평했고, 그래서 내가 오는 길에 사준 '검은색 무정부주의자 셔츠'를 입고 있었지. 난 네 낡은 스웨터가 든 비닐봉지를 들고 불안하게 지하철역 방향을 주시하면서 담배를 한 대 두 대 피웠고, 가끔 땀이 밴 손바닥을 닦을 요량으로 가는 올에 성긴 나사 무늬 코듀로이를 걸친 네 넓은 등을 쓰다듬었어. 넌 쿨하게 굴면서 빗을 꺼내 머리도 빗고 민트향 나는 사탕을 씹으며 이완운동도 했어.

협조하겠다고 한 사람들이 모두 일찌감치 나와 겸연쩍어

하거나 혹은 호기심 어린 시선을 서로에게, 또 너에게 던지며 나와 인사를 나눴어. 다들 아무것도 묻지 않고 여유롭게 우리 뒤를 따라 복도를 지나 조의 방문 앞까지 왔어. 그 문을 열면 시민대학 무료 맛보기 강좌를 듣게 될 거라고 기대하는 모습들이었지.

일곱시 정각에 우리를 맞이한 조는 여전히 너에게도 나에게도, 그리고 다른 누구에게도 손을 내밀지 않았어. 책상 세 개 중 아마도 조의 것인 듯한 책상이 옆으로 치워져 있었고, 그 빈자리에 의자 열두 개가 반원형으로 놓여 있었지.

"자, 안녕들 하시오. 여러분, 이제 자리에 앉으시죠……" 조는 짐짓 무심하게 말했지만, 잘 기억해보면 나와 눈길이 마주쳤을 때 그의 눈에는 희미하지만 최소한 조직가로서의 나를 칭찬하는 듯한 존중심이 어려 있었던 것 같아. 왜냐하면 그러한 에너지를 가진 조직가가 없으면 조는 고객을 확보할 수 없고, 그러면 아마도 보수가 상당한 일자리를 잃게 될 테니까. 조는 이를 아주 잘 아는 듯했어.

자리에 앉지 않고 강의실의 교수처럼 우리 앞에서 왔다 갔다하던 조는 다시 한번 자기는 "조, 그냥 조"라고, 너를 위해 돈이 좀 나온다고, 치료의 목적과 성공 여부가 우리 모두의 "참여"에, 그리고 얼마나 "규칙"을 잘 지키는가에 달려 있는데, 이는 물론 "여기 있는 누구보다도" 특히 해리, 너에게 해당된다고 이야기했어. 조는 계속 말했어. "난 내가 무슨 말을 하고 있는지 잘 알아요. 나 자신이 최소 백만 마르크어치는 되는 마약을 정맥에 찔러넣었던 사람이고, 감옥에도 오랫동안 있었으니까. 해리, 자네는 내가 보기에 아주 초짜야, 처음 약물을 했을 때보다 하루도 더 나이를 먹지 않았어. 자넨 열두 살, 아무리 많아봐야 열세 살이야. 그리고 자넨 아무것도 아니고, 누구도 아니고, 그저 하나의 멍청하고 탐욕스럽고 쓸데없는 정키일 뿐이야."

이 대목에서 넌 조의 말을 가로막았어. "정키라니, 그게 무슨 말이에요? 난 쿠르드 민족해방전선을 지지한다고요." 너는 이상하게 가느다란 소리로 새처럼 꽥꽥거리며 의자에서 펄쩍 뛰었어.

네 딴에는 우스갯소리라고 했을 수도 있지만, 사실 클라라 말고는 아무도 안 웃었어. 조는 한참을 마치 위에서 내려다보듯 너그러운 눈길로 널 바라봤는데, "됐어, 해리" 하고 덧붙인 말보다 그 눈길이 더 많은 것을 말해주고 있었지.

당황함이 만들어낸 순간적인 공백 뒤―물론 조조차도

이 공백을 그리 즐기는 것 같지 않았지만—조는 네가 앞으로 어떤 과정을 겪어나가야 하는지 분명히 알게끔 우리에게 각자 이름과 전화번호, 직업, '취미'를 말해보라고 했어. 그런 뒤 질문이 있느냐고 형식적으로 물었어. 그러자 유일하게 토마스만 손을 들고 어디서, 언제 '수고비'가 결제되는지 물었어. 조가 대답했어. "한 달에 한 번, 우리가 여기 다시 모일 때. 언제나 일한 시간을 적어두세요. 그리고 이 아이가 치료 시간에 맞춰 여기에 와야 한다는 거 절대 잊지 마시고. 무슨 문제가 생기면 꼭 전화하고요."

우리는 모두 흡연자였기에 조가 우리를 너무 오래 붙잡아두지 않아서 기뻤어. 길을 하나 건너 왼쪽으로 좀더 가니까 '백조의 호수' 카페가 나왔는데, 거기서 우리는 콜라나 맥주를 주문하고, 만난 김에 다음 두 주간의 '해리 계획'을 짰어. 내가 생각했던 것보다 일이 쉽게 진행되었지. 그리고 해리 넌 앞으로 주말이면 대부분의 시간을 우리 집에서 보내기로 했고, 누군가 사정이 생기면 내가 대타를 뛰기로 확실하게 정해졌어.

9

그 이후로 넌 한순간도 혼자인 적이 없었어. 우리가 돌아가며 널 치료 시간에 데려다주면, 넌 혼자 우리가 모르는 다른 네 명의 중독자나 혹은 트리아데의 다른 한 명―대부분은 조였지만―과 함께 치료에 참가했지. 끝나면 우리 중에 시간 되는 사람이 문 앞에서 기다리다가 극장이든, 술집이든, 집이든 가고 싶은 곳으로 가면 넌 무조건 따라가야 했어. 넌 동행자 없이 어디도 갈 수 없었고, 그건 소변검사 때도 마찬가지였어. 소변검사는 이틀에 한 번꼴로 했는데, 엄격한 조가 아닌 다른 실습생이 검사하는 경우도 가끔 있었지.

대부분 아침에 출발하는 아이제나흐 거리로의 이 여행을

우리는 거의 둘이서 했어. 우리 팀 사람들이 금요일, 토요일, 주중에는 밤에 널 나한테 데려오고 데려가는 규칙적인 버릇이 생겼거든. 나는 왜냐고 묻진 않았어. 자는 동안 널 지켜봐야 한다는 책임감이 너무 무겁게 느껴졌는지, 아니면 자신들의 애정생활을 네가 엿볼까봐 혹은 냉장고 음식들을 다 먹어 치울까봐, 또는 자기들 지갑을 털어 달아날까봐 그랬을지도 모르지. 어쩌면 네가 여자친구인 나하고 있는 게 가장 좋을 거라고 생각했는지도 모르겠어.

첫 달은 아주 잘 지나갔어. 우리는 내 실업급여와 내가 꽃 가판대에서 불법으로 버는 돈 가운데 크리스토프에게 내놓지 않아도 되는 일부로 먹고 살았어. 너와 같이 소변검사에 가지 않거나 네가 다른 사람과 움직이는 동안 나는 집 청소를 하고, 깨끗이 목욕도 하고, 수프도 끓여놓고, 너와 클라라 혹은 너와 율리, 너와 프랑크가 오기를 기다렸어. 널 데려다줄 때 같이 우리 집에 올라와 렌즈콩수프에 와인 한잔 하는 걸 다들 좋아했으니까.

다시 단둘이 되면 우린 텔레비전을 보고 마를레네의 음반을 듣거나, 어둠 속에 가만히 누워 넌 콜라, 난 레드와인을 마셨어. 와인을 세 병째 비우고 나면 나는 네 페니스를 손에 쥐었지. 그건 내 거라고 생각하면서. 어느 날 저녁, 네가 날 베이비라고 부르며 곤혹스럽게 만들었을 때, 처음엔 이 소리가 환청이겠거니 했어. 네 몸에서 내려오며 날 그렇게, 베이비라고 부르지 마! 라며 신음했지.

"왜 안 돼? 베이비는 분홍색이고 부드럽고 달콤해, 꼭 너처럼. 그리고 너에겐 약간 신 우유 냄새도 나거든. 내 커다랗고 동글동글한 베이비."

그 말을 듣고 말했어. "나한테 신 냄새 따윈 안 나. 그리고 지금 엄청 화났거든. 날 뭐라고 부르든 괜찮아. 하지만 베이비는 절대 안 돼."

하지만 해리, 넌 귀담아듣지 않고 계속 그 바보 같은 한마디를 반복했어. "베이비, 베이비, 베이비……" 나지막한 소리로 읊조리며 내 입언저리에 어찌나 요령 있게 키스를 하던지 난 말문이 막히고 거의 숨까지 멎을 지경이었어. 그리고 넌 날 자빠뜨리더니 내 가슴에 얼굴을 묻었어. 아, 드디어 네가 나에게 파고드는구나 싶었지. 그때 내 의지—그 순간에 나한테 그런 게 설마 있었을까—로는 도무지 막을 수 없는 불분명한 소리가 새어나왔어. 그 순간 분명 그 소리는 행복했음에도 마치 베이비의 울음처럼, 행복하지 않게 울렸어.

어느 순간엔가 넌 잠이 들었어. 어차피 넌 자는 걸 제일 좋아했으니까. 하지만 난 잠들지 못하고, 몇 년 전에 겪었던 일을 생각하고 있었어. 그날 밤, 나는 그 일이 베이비라고 부르면 왜 안 되느냐는 네 물음에 대한 답변은 안 되지만, 그래도 관련은 있다고 생각했어. 그 이야길 해주려 했는데 그만 못하고 말았네. 넌 그렇다고 굳이 말한 적이 없었지만, 시간이 가면서 난 느꼈어. 네가 별로 이야기를 좋아하지 않는다는 걸, 말하는 것도 듣는 것도 그리 좋아하지 않는다는 걸. 해리, 이제는 내가 널 지루하게 만들 수도 없고, 넌 내가 이야기하는 동안 딴생각하며 딴청을 피울 수도 없어. 그리고 다리를 질질 끌며 방을 나갔다가 몇 분 뒤에 돌아와 그 누구도 흉내 낼 수 없는 부드럽게 거절하는 말투로 "자, 그럼 이제?"이라고 할 수도 없고.

1963년 10월 어느 토요일이었지. 나는 아침에 광역전철을 타고 쾨니히스 부스터하우젠으로 갔어. 버섯을 딸 생각이었거든. 아니, 사실 버섯보다도 며칠 전부터 이유 없이 내 기분을 짓누르는 우울증을 떨쳐내려 했던 거야. 그런데 비가 내리기 시작해 숲 근처까지도 못 가고 그냥 정거장 술집에 들어가 죽치게 되었더랬지.

술집에는 남자 손님뿐이었는데, 그중 적지 않은 수가 술에 취한 듯하면서도 눈은 번쩍거리는 게 다들 좀 이상했어. 모두 문신을 했는데, 어떤 남자는 팔뿐 아니라 손과 목, 심지어 얼굴에까지 했더라구. 빌헬름이라는 퉁명스런 사내가, 오른쪽 콧방울 옆에 그린 길쭉한 군청색 반점은 "감방의 눈물"이라는 문신으로 오직 "몇 년 감방에서 썩었던 사내들"한테서만 볼 수 있다고 얘기해줬어. 해리, 네가 선물해줬던 광대 인형이 내 마음을 그렇게 거북하게 했던 것도 어쩌면 유리 같은 한쪽 눈 아래 눈물방울을 달고 있어서였는지도 모르겠어. 하지만 이런 연상도 빌헬름이라는 이름과 감방의 눈물이라는 말 때문에 떠오른 것이겠지.

빌헬름 말로는, 자기와 술집에 있는 대부분의 사내가 일주일 전 '동독 최고 국경일'에 사면을 받아 어제 알텐부르크 근처의 '레기스 브라이팅겐 갈탄 탄광 형무소'에서 출소했고, 지난 석 달간 선로 공사 현장에서 뼈빠지게 일한 대가로 받은 "알량한 동전 몇 푼"이 다 떨어져 모두 "관 뚜껑이 닫힐" 지경에 이른 "술꾼들"이라나.

나는 빌헬름에게 무엇 때문에 징역살이를 했는지 묻는 대신 그저 왜 이 옷장같이 갑갑한 정거장 간이술집에서 곤드레만드레하면서 베를린으로 돌아가지 않느냐고 물었어.

"우리들, 그러니까 나랑 저기 있는 사람들 모두 이 지역 출신이고, 여기 주인도 전에 우리하고 같이 있었거든. 그러니 우리가 대체 어디로 가겠어? 마누라들이 기다리는 것도 아닌데? 아니지, 아니야. 부엌에서 하늘거리는 옷을 입고 서 있지도 않고, 양배추롤도 안 해준다고요." 빌헬름은(그는 나한테 빌리라고 부르지 말라면서도 자기는 나를 줄기차게 존야라고 불러댔어) 엄지손가락으로 자기 어깨 너머를 가리키며 말했어.

빌헬름의 어깨는 강직했고, 얼굴은 농부 같은 인디언빨간색인 데다 눈은 탁한 유리 같았어. 그가 마음에 들어 함께 진탕 술을 마셨는지, 아니면 빌헬름이 날 마음에 들어해 일이 그렇게 되었는지 잘 기억나지 않지만, 그래도 그때 내가 쓰레기처럼 굴지는 않았다는 것, 우리 코앞에 독주잔이 줄줄이 놓였지만 빌헬름도 정신을 잃거나 의자에서 떨어지지 않고 그저 잔을 부딪치면서 다정하게 "자 아가씨, 건배" 하고 웅얼거리기만 했던 것은 아직 기억해.

몇 시간이나 흘렀을까, 바깥에는 이미 어둠이 짙게 깔렸고, 나는 널브러져 있었어. 빌헬름은 카운터로 가더니 열쇠를 하나 들고 돌아와 내 몸에 팔을 두르고 내가 넘어지지 않게, 아니 아예 헛발질조차 못하게 세게 끌며 담배 연기가 꽉 찬 술집을 가로질러 어떤 문 쪽으로 갔어. 빌헬름이 그때 우리 앞에 남은 그 일을 다급하게 원했거나 필요로 했다는 생각은 안 들어. 하지만 기회가 좋았고 내가 있었으니까, 일종의 출소 의례 같은 거였지. 또 빌헬름은 나한테 기부든 투자든, 암튼 충분히 했던 셈이고 어차피 나도 어디선가 자야 했으니까. 하지만 빌헬름같이 몇 년 동안 형벌노동자였다가 사면받은, 그래서 석방된 몸으로 얼마 동안 있을지도 모르는 남자하고는 해본 적이 없었어.

문 뒤에 곰팡내 나는 작은 공간이 하나 있었어. 주름 잡힌 전등갓 사이로 새어나온 노란 불빛이 침대 겸용 소파를 덮은 푸르스름한 천을 물들였어. 빌헬름은 무모하게 저돌적으로 굴지 않았고, 샌들, 블라우스, 치마, 브래지어, 팬티를 벗는 나를 쳐다보지도 않았어. 내가 옆에 앉아 벌거벗은 허벅지를 아직 바지 차림인 그의 허벅지에 갖다대고 따뜻이 데우자, 그제야 거칠게 달려드는 대신 마치 내가 쉽게 망가지거나 위험할 수도 있는 이물질인 양 어색하게 조심조심 나를 잡았어. 빌헬름의 손바닥은 건조하고 단단했고, 손가락 끝이 갈라져 건드릴 때마다 약간 간지러웠어. 빌헬름의 손이 내 등을 타고 저 아래까지 내려갔을 때, 부스럭

거리는 소리가 들렸어. 밝게 비치는 위쪽 문틈으로 묵직하지만 그리 나지막하지는 않은 술집의 소음이 파고들었지만 말이야. 마침내 빌헬름도 줄무늬 스웨터를 벗고 허리띠와 지퍼를 풀고는, 날 소파 모서리로 끌고 가더니 두 무릎으로 내 다리를 벌리고, 자기 성기를 바보스럽게, 그러나 목표를 향해 똑바로, 마치 눈멀고 매끈하고 완전히 따로 독립된 생명체마냥 곧바로 내 안에 쑤셔넣었어. 그가 앞뒤로 움직이는 동안, 나는 초조해하면서도, 그렇다고 바짝 집중하지도 않은 채 빌헬름의 어깨, 털북숭이 가슴, 팔에 그려진 푸르스름한 녹색과 빨간색 문신을 관찰했어. 불타오르는 심장 두 개, 배 한 척, 칼 한 자루, 빈 단두대, 장미 한 송이, 입이 길게 찢어진 거북이 한 마리였는데, 나는 그 거북이가 마음에 들어 쓰다듬어보려고 했어. 그 순간 빌헬름이 거북이가 그려진 오른 팔뚝을 굽혔고, 그 바람에 거북이는 내가 등을 세워야 겨우 접근할 수 있을 정도로 쑤욱 멀어져버렸어.

너에게 빌헬름 얘기를 하려고 했던 밤이었나, 아니면 다른 날 밤이었나? 한번은 내가 물었을 거야. 그렇게 오래 감옥에 있었으면서 왜 문신이 하나도 없냐고, 혹시 서독 감옥에서는 문신을 하지 않느냐고. 넌 서독에서는 범죄자만 "서로 몸에 문신을 그려"준다고 말했어. 넌 "마약 공급"과 중독 상태로 인한 강도죄로 "수감되었기" 때문에 스스로를 좌익일 뿐 절대 "범죄자"라고는 생각하지 않았지. 그리고 결코너 혼자 잘 먹고 잘 사는 건 중요하지 않다고. 너나 너 같은사람들을 "돌보는 것"이 중요하다고 말했어. 또 마약을 "불법화하는" 것 자체가 바로 "좌익을 범죄화"하는 것이고, 좌익을 "아주 일상적인 범죄자"와 한통속으로 묶는 거라고,그것이야말로 진짜 범죄라고 생각했어. 왜냐하면 국가는,어쨌거나 자칭 민주적이라고 하는 국가는 "어떠한 폭력"도행사해선 안 된다는 게 네 입장이었으니까. 정치적인 사람들, 그러니까 무정부주의자, 적군파*, 그리고 여타 테러리스트도 오래 "감방에 들어앉아" 있긴 하지만 "아주 의식적으로" 문신을 새기지 않는다며, 글쎄, 혹시 평화의 비둘기라면 모를까, 라고 넌 말했어. 하지만 아이러니하게도 비둘기 중에서 유일하게 공격성을 지녔지만, 그 이유 때문이 아니라 백설 같은 깃털 때문에 더 잘 알려진 산비둘기를 닮은, 피카소 풍의 평화의 비둘기 문신은 거의 볼 수 없다고도 했지. 흑인 좌익의 피부에서도 거의 못 봤고, 더군다나흑인 좌익은 감방 안에서나 밖에서나 한 번도 만나본 적이

---

* 68학생운동의 대중화 과정에서 결성된 과격 테러집단.

없다고.

빌헬름은 곧 끝냈고, 그래서 난 기뻤어. 그는 잠이 들었어. 다른 게 있나 뭐. 나는 차가운 바닥에 등을 대고 누워 두세 시간 동안 그의 코고는 소리를 들었어. 목이 마르고 마음이 뒤숭숭했어. 술집 안의 웅성거리는 소리가 잦아들고, 주인이 설거지를 하는지 유리잔 달그락거리는 소리만 나기에, 몸을 일으켜 옷가지를 주섬주섬 챙겨 입고 문을 열고 나왔어.

"안녕." 가게주인이 말했어.

"몇 시예요?" 내가 물었어.

"세시 지났소. 곧 첫차가 올 거요."

전날보다 더 세차게 비가 내렸어. 힐끗 운행시간표를 보니 세시 오십분까지 기다려야 할 것 같았어. 나는 추위에 떨며 피곤에 전 채, 그나마 다행스럽게도 지붕이 있는 플랫폼에 서 있었는데, 앉아야 할지 그냥 서 있어야 할지 참 어정쩡하더라고.

나는 가랑이 사이의 축축함과 끈적거림을 느끼지 않으려고, 공기 중에 있는지 내 가슴에서 올라오는지 모를 흐릿한 정액 냄새를 맡지 않으려고 다리를 벌린 채 쭉 뻗고 서 있었어. 벤치에 일단 앉았다가는 바로 깊이 잠들어버려 첫차는 고사하고 그다음 차도 놓쳐버릴까봐 두렵기도 했고.

혀가 꺼칠꺼칠하고 입안도 몹시 썼지만, 담배 생각이 간절했어. 핸드백 안에는 담배도 라이터도 없었고, 있는 거라곤 동전지갑, 버섯 따는 칼, 곱게 접은 종이봉투 세 개, 텅 빈 것이나 다름없는 성냥갑뿐이었어. 새로 뜯은 F6 담배 한 갑을 카운터 아니면 그 뒷방에 두고 나온 게 틀림없었지. 전철이 오려면 아직 시간이 남았으니까, 그나마 동전지갑에 몇 푼이라도 있었으면 분명히 다시 술집으로 돌아갔을 거야(조금 있던 내 돈은 어디로 갔을까? 술에 취해 두번째, 세번째 술잔을 돌리는 중에 내가 돈을 냈나?). 아직 곯아떨어져 있을 빌헬름한테 가려는 게 아니라 술집 앞에 있던 자판기에서 담배를 뽑으려고.

어쨌든 한참 동안 담배를 피울 수가 없는 상황이었어. 못 피운다고 생각하니 더 피우고 싶어서 정신이 바짝 드는 게, 담배 말고는 뭐가 어찌 되든 아무 상관 없을 것 같은 거야. 플랫폼을 따라 쭉 걸어 올라가면서 보도마다, 그리고 돌로 만든 쓰레기통마다 어디 괜찮은 담배꽁초 없나 뒤져보았어. 그러니까 막 불을 붙였다가 마침 전철이 오는 바람에 그냥 던져버린, 거의 안 피우고 사그라진 담배를 찾았던 거지. 꽁초 두세 개를 주웠지만 냄새가 너무 심해 다시 던져버렸고, 차라리 몇 시간 참을까 하고 마음을 다잡는데, 마침 선로 사이에서 니코틴 함량이 적은 '클럽' 담뱃갑이 보이는 거야. 누군가의 손에서 떨어졌는지 옆으로 기우뚱하게 놓여 있었는데, 제법 팽팽한 데다 납세필 띠 옆 구멍으로 몇 개비가 삐죽 삐져나와 있더라구.

난 회색 하늘을 올려다보며 기도하는 법만 알았다면 하늘이시여, 하고 기도를 올렸을 거야. 감개무량과 흡연 욕구를 참지 못한 나는 플랫폼과 선로 사이 간격이 얼마나 되는지 생각도 않고 무작정 용감하게 껑충 뛰어내려버렸어.

내 사냥감은 안쪽 선로 가장자리에 있어서였는지 겉만 조금 젖었을 뿐 담배는 멀쩡했어. 좋아, 조금 축축하겠지만, 그래도 오케이. 저 아래 선로, 놀랄 만큼 깊은 그 자리에 선 채로 당장 성냥개비 하나를 그어 불을 붙이고 싶은 걸 꾹 참았어. 곧, 이제 곧 첫차가 들어올 테니까. 첫차라는 말에 제정신이 퍼뜩 돌아온 나는 담뱃갑을 주머니에 쑤셔 넣고 플랫폼 모서리를 움켜쥐었어. 그러곤 마치 부대자루처럼 대롱거리며 매달렸지. 팔에 전혀 힘이 들어가지 않았어. 시원찮은 내 운동 실력 중에서도 매달리기는 특히 꽝이었는데, 그동안 없던 실력이 새로 생겨났을 리가 없었지. 아무리 애를 써도, 최소한 팔꿈치로 콘크리트 턱을 받칠 만

큼도 올라올 수가 없었어. 갖은 애를 다 쓰는 바람에 팔 힘
도 점점 더 빠져버렸고. 이 무자비한 무기력에 혹시 첫차가
들어오지 않을까 하는 두려움까지 더해졌어.

그런데 잠시 후, 가까이 다가오는 육중하고 시끄럽게 울
려대는 수많은 발들의 총총걸음 소리가 내 귀에 들려왔어.
사람들의 발소리, 정확하게 말하면 파란색 유니폼을 입은
남자들의 발소리라는 걸 알아차렸지. 발소리가 뚝 그쳤기
에 위를 올려다보니 사람 머리가 보였어. 챙 달린 모자를
쓴 머리들, 그리고 모자챙 아래 격분한 얼굴들. 우악스러운
두 손이 내 팔을 잡고 아주 거칠게 끌어올렸는데, 어찌나
쉽게 끌려 올라가던지 깜짝 놀랐지만, 당장에 어떤 사람들
과 대면할지, 어떤 일이 일어날지 예감했던 터라 사실 하나
도 기쁘지 않았어. 플랫폼 위로 올라오자마자 바로 전철이
도착했어. 유니폼 입은 다섯 남자 중 하나가(견장이며 모자
에 달린 띠 표시를 제대로 해석했다면, 그중 두 명은 수송
경찰이었어) 내 오른팔을 등 뒤로 돌리는데, 번개처럼 빠르
고 거칠어서 어깨관절이 다 뻐근할 지경이었어. 그러고는
날 앞장세우고 뒤에서 밀며 계단을 내려가, 어둡고 암모니
아 냄새가 나는 지하도를 지나 다른 쪽 끝, 깜박거리는 네
온등이 켜진 사무실로 데려갔어.

날 위로 끌어올려 사무실까지 데려간 대략 서른 살쯤 된 키가 크고 몸매가 단단한 관리가 내 팔을 놓더니 등을 확 밀치는 바람에 머리가 뒤로 젖혀져 그를 볼 수밖에 없었어. "그래, 야, 너 미쳤구나." 그는 소리 질렀어.

어둡고 좁은 골방에서 관리와 나, 나머지 사내 넷은 아주 가까이 붙어 서 있었어. 그 소리치는 원숭이 녀석의 눈길을 피해 다른 데로 시선을 돌리니까, 나머지 네 명 역시 분노에 차 날 째려보고 있더라구. 더이상 아무것도 눈에 들어오지 않았어. 내 두개골 안에 물이 고이더니 점점 차올라 결국에는 눈구멍 콧구멍으로 마구 흘러나왔어. 마치 확 틀어놓은 수도꼭지에 달린 정원용 호스처럼. 마구 얽혀 있다가 수압을 이기지 못해 결국 툭툭 금이 가고 물이 새는 호스처럼 말이야. 난 끅끅거리며 훌쩍거렸고, 도무지 알아들을 수 없는, 스스로에게도 낯설게 들리는 목소리로 담배 좀 피워도 되느냐고 물었어. 손 하나가 내 턱을 잡았어. 그 손의 주인인지, 아니면 다른 사람인지가 "고개 들어"라고 하더군.

누군가가 내 머리를 쓰다듬었고, 누군가는 바둑무늬 손수건을 건네주었고, 누군가는 의자를 내 무릎 뒤에 밀어넣어주었고, 누군가는 불붙인 담배를 입에 물려주었어. 그리고 누군가는 한숨을 쉬었어. "아, 아가씨, 아직 이렇게 젊은

데." 나는 계속 끅끅거렸고, 담배에선 꼭 기름에 튀긴 고무 같은 맛이 났어.

분위기가 확 바뀐 거야. 철도 직원들의 분노는 그들이 내게 건네준 첫번째 담배의 연기보다 더 빨리 날아갔어. 날 위로 끌어올리고 미쳤냐고 소리쳤던 사내 말고는 아무도 마흔 살 아래로 안 보였고, 그 때문에 내 눈물이 부성애를 불러일으켰는지 그들의 마음이 움직였던 거야. 사랑 고민에 술 퍼마시고 선로에 몸을 던졌다고 믿는 방향으로 생각이 바뀐 거지.

"됐어. 자, 아가씨. 그딴 자식은 잊어버려. 그런 일로 자살하면 쓰나. 울음 뚝 그치고 씻기만 하면 아가씨도 예쁘니까. 자, 어떤 남자라도 다 얻을 수 있을 거야." 누군가가 말했어.

다른 한 명이 재킷 안주머니에서 반 리터짜리 슈납스* 병을 꺼내더니 "나하고 여기 있는 롤프는 곧 퇴근이야. 그러니까 우린 한잔 해도 되거든" 하고 말하며, 옆에 서 있는 뚱뚱한 남자를 가리켰어. 그러자 롤프가 맞은편에 있는 양철 수납장을 열어 잔 세 개를 꺼내 책상 위에 놓았어.

----

* 독일식 소주.

"헌데 보아하니 일단 빵부터 하나 먹어둬야겠는걸." 수송경찰로 보이는 두 사람 중 키 크고 마른 사내가 말했어. 그는 일어서더니 내 뒤에 있는 선반에서 빵통과 보온병을 내렸지. 빵통에서 양념 냄새가 심하게 나는 반 개짜리 하드롤을 꺼내고, 보온병 뚜껑에 김이 모락모락 나는 블랙커피를 따랐어.

나는 소시지를 넣은 빵과 커피를 먹고, 슈납스를 한 잔, 두 잔, 또 한 잔 마셨어. 그러고 나니 어느덧 눈물이 그쳤더라고. 아니, 아니, 하고 나는 나지막하게, 그리고 다정하게 마치 그 사내들을 위로해주듯 말했어. 난 사랑 고민도 없고, 죽으려던 것도 아니고, 그냥 담배를 피우려 했던 것뿐이라고. 내게 필요했던 것, 바로 그것이 저 아래 선로 바닥에 있었다고. 나는 최고의 대우를 받는 바람에 하지 않아도 될 고백을 해버렸던 거야. 클럽 담뱃갑을 핸드백에서 뒤져 꺼내들고 의기양양하게 다섯 사내 앞에 내밀었지.

그러자 분위기가 또 한번 확 뒤집어졌어. 나를 에워싸고 있던 사람들의 눈에서 선의의 불꽃이 내가 막 비벼 끈 담뱃불마냥 순식간에 사그라졌어. 불꽃이 제일 먼저 재처럼 꺼져버린 뚱뚱한 롤프는 테이블에서 보온병을 치우고, 슈납스병도 거두며 날더러 보란 듯이 병마개를 세게 틀어 잠갔어.

그리고 모두가 침묵하는 가운데 씩씩거리며 말했지. "세상에, 우릴 욕보이다니! 이 버르장머리 없는 계집애가 우리더러 담배쪼가리 몇 대 주우러 모가지 내놓았다는 걸 믿으라고 하네? 그 따위 핑계는 이빨도 안 먹힌다구. 너 마음 단단히 먹어, 이제 맛 좀 볼 테니까. 진짜 된욕 좀 볼 거다!"

나는 이 상황, 이 국가의 종복들 손안에서 진실을 시도한 행동이 얼마나 멍청하고 위험한 것이었는지 어느 정도 알아차렸어. 그런데 진실은 무엇인가요? 고민에서 완전히 해방된 사람이 도대체 있을까요? 그리고 사춘기 이후에 모든 고민은 어차피 사랑 고민 아닌가요?

뭐 이런 물음들이 철도 직원들의 골방에 있을 때 내 머릿속을 스쳤는지, 아니면 네 옆에 누워 너에게 이야기하지 못하고 있던 그때에 처음 떠올랐는지는 잘 모르겠어. 아니면 바로 지금 떠오른 건가. 두 이야기, 그러니까 당시 쾨니히스 부스터하우젠에서 있었던 그 이야기와, 우리 이야기, 내 인생이 끝나기 전에는 결코 끝나지 않을 우리 이야기를 같이 하고 있는 지금?

롤프는 구겨지고 얼룩진, 원래 노란색 가죽이었던 내 핸드백을 낚아채 내용물을 테이블 위에 쏟아놓고 신분증, 아니면 신분을 말해줄 다른 증서가 들어 있으리라 여기며 내

지갑을 잽싸게 움켜쥐었지만, 나온 거라곤 달랑 십 페니히 짜리 동전 세 개와 전날의 스탬프가 찍힌 전철 티켓뿐이었어. 그가 내 보따리를 완전히 뒤집자 그 너덜너덜 구멍 난 태피터 안단에서 보푸라기와 전나무 가시 몇 개가 떨어졌어. "치마 주머니에 지갑이 있나? 신분을 증명할 만한 거 뭐 가지고 있어?" 롤프가 묻더군.

상황이 심상치 않게 돌아가는 걸 잘 알고 있었으면서도 난 한순간 정신줄을 놓고 말았어. 급하게 한 잔 두 잔 들이 켠 슈납스 탓이었을까, 암튼 난 킥킥대며 때 낀 왼손 집게 손가락으로 테이블 위에 동그라미를 그리며 대답했어. 아 그럼요, 저거 봐요, 승차권. 저거도 뭐 그런 거죠. 아닌가?

그건 좀 심했어. 롤프라는 남자도, 그리고 나머지 네 명 도 그 말에 전부 입을 다물고 말았지. 그리고 마침내 한 사람이―나도 그때 알아차렸지만―회색 전화기가 놓인 모 퉁이의 작은 선반으로 몸을 돌렸어. 롤프는 수화기를 집어 들고 마치 곤봉처럼 저울질하면서 트림을 하더니, 거의 아무 억양 없이 말했어. "이제 그만. 이름, 주소, 나이?"

죄송해요, 버릇없이 한 소리는 아니었어요. 나는 징징거 렸어. 조야, 이름은 조야 에디트 크뤼거, 카를 마르크스 가 112번지, 올해 3월부터 열여섯, 카를 폰 오시에츠키 공업전

문학교 10b반.

날 위로 끌어올렸던 젊은 사내가 말했어. "아냐, 아냐. 더이상 우릴 놀리지 마. 롤프, 중앙보고소 전화번호 좀 돌려봐. 아, 아니다. 아직 시간이 이르네. 이 말썽꾸러기를 차라리 여기 보초한테 당장 보내버리는 게 낫겠어. 누가 같이 갈래?"

업무팀장인 듯한 사람만 자기는 여기 있어야 한다고 대답했을 뿐, 아무도 대꾸하지 않았어. 롤프는 내 목에 손을 올렸어. 이제 눈물도 행짜도 아무 소용 없을 거고, 곤궁에 빠진 사람들이 그러하듯 나도 엄마 생각이 났어. 우리 엄마, 엄마와 난 그 당시, 아니 원래부터 관계가 껄끄러웠지. 엄마는 내 행실이 좋지 않다고 여겼고, 나는 엄마가 냉정하고 일밖에 모르는 사람이라고 생각했어. 엄마는 마음먹으면 멋진 옷을 손수 만들 줄 알고, 내겐 너무나 창피한 일이지만, 선상 피아노 앞에 앉아 투쟁가를 연주할 수 있는 그런 일벌레라고 말이야. 더더욱 창피했던 것은 갈수록 엄마를 부풀어오르게 만든 그 정치적 명예욕이었어. 한번은 엄마가 밤에 냉장고 앞에 쪼그리고 앉아 살라미 소시지를 먹고 있었는데, 내가 뒤에서 바짝 다가가자 놀라서 한다는 말이, "넌 이제 이 엄마가 자랑스러워 뻥 하고 터져버릴 거야"였어. 그 옛날 호수에 있던 수양버들처럼 확고하게 엄마는 출세의 사다리를 높이높이 올라갔어. 작센 지방 억양이 깔린 저음의 목소리로 통속적인 광란의 짓거리를 알리던 동독 자유독일 청년단 여성단원에서 시작해 당 간부까지 올라간 거지. 그런데 그 모든 게 일반적인 사회주의적 경로를 계속 따라간다면 결국 엄마는 나중에 무엇이 될 수 있을까, 어떻게 될까…… 난 이에 대해서는 일단 생각하고 싶지가 않았어. 무엇보다도 내가 불안해지니까, 그러니까 순전히 나 때문이었던 거지. 왜냐하면 난 엄마의 피붙이니까. 그건 부인할 수 없는 사실이거든. 난 부끄러웠어, 엄마 앞에서, 그리고 엄마 때문에.

최악의 사태를 피하려면 더이상 꾸물거릴 시간이 없었어. 그럼에도, 아니 바로 그 때문에 내 머릿속 드문드문 뿌려져 있는 발광점들 사이의 검은 무(無)로부터 갑자기 혜성처럼 문장 하나가 쉭 하고 튀어나오더니 혀 쪽으로 내려왔어. 그건 예전에 한 번 꿈에서 했던 말이었고, 바로 그 말 때문에 꿈에서 깨어났던 말이었어. 꿈속에서 그 말은 나에게 진정한 인식으로 다가왔어. 비록 꿈에 불과했지만, 내게는 돌이킬 수 없이 속수무책인 문제의 해결책으로 보였던 거야. 엄마를 소리쳐 불러 도움을 청해, 그러고 나선 엄마를 때려 죽여. 그러나 이 문장을 내뱉는 대신 이렇게 말했어. "우리 엄마가 누군지 아세요. 알마 크뤼거예요, 크뤼거 동지. 힌트를 드린다면, 베를린 지역 당 지도부 제2서기관이지요. 그러니 이제 그 손모가지 치우라구요. 아님 큰일 날 줄 알아요."

마치 마취총으로 한 대 맞기라도 한 듯 롤프의 손아귀가 느슨해졌어. 그러더니 그의 손이 내 목에서 미끄러져 등을 타고 좀더 내려가더군. 그런 뒤 그와 내 몸의 접촉은 끝났어. 제발 앞으로도 영원히 그렇게 접촉하지 않길 바랄 뿐이었어. 그러나 롤프의 손이 치워졌다고 해서 내 마음이 더 가벼워진 것은 아니었어. 더웠어. 부끄러워서 얼굴이 새빨개졌을 테지. 감히 아무도 쳐다볼 수가 없었어. 내가 알고 있는 것을 그들도 알고 있다는 걸 알았어. 요즘 사람들이 하는 말마따나 내가 커밍아웃한 순간, 엄마를 끌어들인 그 순간, 그들이 나를 몰아붙인 말이 나쁜 결과를 가져올 수 있다는 것, 비록 그들이 서로 업무 내용은 달라도 예외적으로 힘을 합쳐 사건의 경과를 일사분란하게 기술하더라도, 당 간부 서류상으로는 그들에게 결코 지워지지 않을 오점이 남게 되리라는 사실을 말이야. 그들은 다섯이고 나는 혼자이지만, 나의 진술에 더 믿음이 실릴 거라는 그 사실을.

그렇다, 내 말에 더 믿음이 실릴 거다. 왜냐하면 경찰, 중재위원, 판사 등 이 일에 대해 판결을 내릴 사람들은 내 말을 믿어야만 하니까. 난 알마 크뤼거의 딸이니까.

내가 곤란에 빠져 내뱉고 만 이야기를 그들이 받아들였는지 아닌지, 또 받아들였다면 왜 받아들였는지 나도 모르고 아무도 모르지만, 우리 여섯 명은 무엇으로도 증명되지 않는 내 주장의 진실성에 털끝만 한 의혹을 제기하는 것조차 매우 위험할 수 있다는 것만은 분명히 알고 있었어.

맞은편 선반을 몰래 엿보니 수화기는 다시 제자리로 돌아와 있었어. 난 뜨끈뜨끈한 머리를 푹 숙였어. 누군가가 문을 열어주었고, 내가 그 옆을 지나 지하도의 어둠 속으로 사라질 때까지 문을 잡고 있었어. 그 문이 시끄럽게 삐걱대는 소리만 얼음 같은 침묵 속에서 울려퍼졌지.

플랫폼에 선 나는 마치 마취나 꿈에서 깨어난 사람마냥 땀에 흠뻑 젖어 다시 제정신으로 돌아왔고, 그제야 저 아래 골방에 '클럽' 담배를 두고 왔다는 걸 깨달았어. 그러나 때마침 전철이 들어왔고, 난 전철에 올라 친구 클라우디아가 사는 그 긴 쉰하우저 가까지 갔어. 클라우디아가 집에 있다면 담배 두세 개비와, 어쩌면 돈도 좀 빌릴 수 있을 거라고 생각하면서.

10

조가 두번째로 우릴 소환한 날이 왔어. 그때까지는 시간이 빨리 흘러갔고, 앞으로 시작될 시간과 비교하면 어느 때보다도 홀가분한 기분이었어.

너는 그 금요일, 1987년 5월 22일 밤을 나와 함께 보내지 않았고 ─ 그 전 두 주 동안 자주 그랬듯 ─ 최소한 우리 집에서 잠을 자지도 않았어. 거짓말인지 참말인지 아무튼 율리의 손님용 침대에서 잤다고 했지.

그래서 너를 데리러 정오쯤 샤를로텐부르크로 차를 타고 갔어. 당연히 난 네가 면도하고 옷을 입고 있을 거라고, 날 보면 좋아할 거라고 생각했지. 네가 제일 좋아하는 양배추 롤을 베를린에서 가장 잘하는 레스토랑에 너와 율리를 초

대할 셈이었어. 그런데 넌 여전히 목욕 가운, 그러니까 율리의 목욕 가운을 입은 채 손님용 침대 겸용 소파, 네가 율리한테 준다고 쓰레기 더미에서 찾아내 아주 근사하게 수리해준 그 빨간 소파에 앉아 있더군. 율리는 라일락색 네글리제 비슷한 옷 하나만 달랑 걸친 채 문을 열어주고 테이블 뒤 네 옆에 아무렇게나 널브러져 앉았어. 테이블에는 재떨이와 크림리큐어*가 그득한 금테두리 장식의 작은 유리잔이 세 개가 아닌 딱 두 개만 놓여 있었지. 율리는 늦게 아침을 먹었다고 말했어. 너 역시 네 잔은 건드리지도 않고 그냥 나보고 다 마시라고 하고는 "제대로 된 식사"를 할 생각은 없다고 했고. 마치 내가 불청객이나 훼방꾼이 된 것 같아 기분이 나빴지만, 억지로 여유 있는 목소리를 짜내 너에게 당장 일어나라고 했지. 네가 욕실로 사라지고 나서 나는 율리에게 너를 좀더 엄격하게 대하고, 내 입장을 좀더 이해해주고, 앞으로는 시간을 꼭 지켜달라고 말했어. 그 말을 하는 내 목소리가 꼭 회개한 사기꾼 목소리처럼 들렸어. 그때 조를 떠올린 건 나만이 아니었을 거야, 율리도 마찬가지였겠지.

---

* 크림과 위스키를 섞은 술.

율리의 유리 같은 초록색 눈이 가만히, 변함없이 부드럽게 날 보고 있었어. "아, 조야, 사랑은 홍역 같아. 한 번만 걸리지. 늦으면 늦을수록 안 좋아. 톨스토이가 한 말일걸."

나는 꾹 참고 아무 대꾸도 하지 않았어. 내 속내를 들키지 않고 답변할 자신이 없었고, 또 조 같은 목소리를 낼까 봐 겁났거든.

지하철역으로 가는데 하마터면 눈물이 나올 뻔했어. 외식을 하지 않을 거라서 율리네 동네 터키 상점에서 감자를 한 자루 샀지. 나는 네 왼팔에 들려준 그 감자 자루보다 더 무겁게 네 오른팔에 매달려 터덜터덜 걸었어. 신문가판대 앞에서 네 귀 뒤에 여러 번 조그만 키스를 하자, 넌 그걸 용서의 뜻으로 받아들인 듯 기분이 좋아졌지. 지하철에서 하하 웃으며 2킬로그램짜리 감자 자루를 무릎 위에 올려놓고 말했어. "이건 아주 영리한 농부가 키운 거야."

내가 무슨 말인지 몰라 의아한 표정으로 바라보니까, 넌 더 크게 웃었어. 제일 멍청한 농부가 제일 큰 감자를 기른다는 말이 있으니, 이 조그만 감자는 영리한 농부가 키운 것일 수밖에 없다는 소리였지. "이그, 그 농부는 분명 영리했을 거야. 그러니까 보통 감자에서 저런 공깃돌을 애써 길러낸 게지. 하지만 최종 목표는 완두콩만 한 감자가 분명해. 삼 분만 끓이면 껍질까지 후딱 먹어치울 수 있는 그런 감자."

입꼬리조차 올라가지 않는 내 표정을 보는 너의 얼굴은 온통 눈물범벅이었어. 물론 웃느라 흘린 눈물이었지. 너는 나 한 번 보고 쭈그렁하니 여기저기 싹이 튼 감자 한 번 보고, 또 내 얼굴 한 번 보고 감자 한 번 보면서, 감자가 예쁜 퉁방울눈으로 널 쳐다본다나 뭐라나 하면서 우스워 죽겠다고 난리였어.

집에 도착해 아직도 웃어대는 널 매트리스에 눕혔는데, 넌 내가 하는 대로 그냥 내버려두었어. 내가 그렇게 널 원하는 것이, 그리고 이번엔 일이 끝날 때까지 내 몸속에 널 붙들고 있는 것이 기분 좋았겠지. 하지만 질투심 때문인지 상실에 대한 불안감 때문인지, 아니면 둘 다 때문인지 대부분 그렇듯 내가 빠르고 격렬하게 올라가자, 넌 다시 야자수—네 삽입 방식을 난 그렇게 불렀지—위에서 날 끌어내렸어. 우리가 방바닥 곡예 공연을 연습할 때면 넌 커다란 손을 내 겨드랑이 밑에 넣고 내 몸을 멀리 민 채 붙들고 있었지. 난 공중에서 허우적거리고 싶지 않아 허벅지로 나사

바이스마냥 널 꽉 붙들었어. 가볍지 않은 내 몸무게를 완전히 네 페니스에 실었는데, 네 페니스가 그만 긴장을 잃고 작아져버린 걸 느꼈지만, 그게 점점 가라앉는 오르가슴보다 더 흥분돼서 도무지 어떻게 할 수가 없더라구. 이 무력감이 너무나 커서 무엇으로도 풀리지 않을 경련에 빠져들까 무서울 지경이었어. 어쩌면 네가 그걸 좀 알아차렸는지도 모르겠어. 네 한 손이 나를 붙들고 있는 동안 다른 손 손가락은 내 몸에서 제일 간지럼을 많이 타는 배 위쪽을 긁어대고 있었으니까.

나를 사로잡아 근육을 마비시켰던 경직이 풀리면서 나는 또 한번 변신했어. 몸을 움찔거리고 깔깔대며 네 몸에서 내려와 한참 동안 매트리스 위를 데굴데굴 구르던 내 모습은 마치 실뭉치 같았겠지. 넌 목욕 가운을 두르고 부엌으로 가버렸어.

우리가 같이 사는 동안 언제나 그랬듯 너는 곧 나에게 다시 돌아왔어. 숟가락 하나를 입에 물고, 가슴팍에는 요구르트가 가득 든 그릇을 들고 쪼그려 앉아 뭔가 말하고 싶다는 듯 나를 쳐다보며 숟가락이 요구르트 속으로 떨어질 만큼만 살짝 입을 벌렸지. 보통 때 같으면 귀여운 트릭이라고 칭찬해줬겠지만, 이번에 난 다시 심각해졌어.

어디서 나무를 좀 가져오겠다며 프랑크와 넌 그날 나보다 일찍 집을 나섰어. 그래서 혼자 아이제나흐 거리로 차를 타고 갔지. 트리아데 방으로 가는 긴 복도 끝에서 여자 네명과 마주쳤는데, 조에게 누구냐고 묻고 나서 오 분 뒤에야 '가족 그룹'에 온 사람들이라는 대답을 들었어. 여자들 중하나가 길을 막더니 아주 적대적으로 날 훑어봐서 도대체뭣 때문에 화를 내냐고 물을 수밖에 없었지.

여자가 말했어. "우린 여기 온 사람들의 엄마야. 자식이야 마음대로 되는 게 아니지. 그렇지만 너 같은 여자는 뭐니? 변태야, 아니면 다른 괜찮은 놈을 못 얻어서야?"

그건 너무 단순하게 생각하는 거 아니냐고, 나는 마음먹었던 것보다 간단하게 대답하고는 엉덩이를 벽에 대고 뭉그적거리며 여자들을 비켜갔어.

우리는 다시 착실한 학생처럼 강의실용 의자에 앉았고, 조는 말을 시작하기 전 긴장이 감도는 몇 분 동안 이리저리 걸어다니며 우리의 얼굴을 하나하나 훑어보더니 짐짓 감정없이, 마치 블라디보스토크 날씨를 묻듯 "우리 해리" 일이 어떻게 되고 있느냐고 물었어.

마치 영원처럼 길었던 몇 분 동안 침묵만 흘렀어. 나를 뺀 모두가 희미한 미소를 지으며 조가 아닌 다른 어딘가를 보고 있었지.

조의 눈길을 계속 받던 클라라가 마침내 헛기침을 하며 입을 열었어. "뭐냐 하면, 해리는 요 몇 년간 교양 있고 정치적, 예술적으로 적극적인 사람들을 전혀 만나보지 않았잖아요. 그래서 자기 의견이 없을 때가 많아요. 그래도 자기가 무엇에 관심이 없는지는 알고 있고, 또 어느 정도는 상대방에게 귀 기울일 줄도 알아요. 시를 이해하려면 시간이 필요하니까 나 같은 사람이 있어야 하는 건데, 그러니 언젠가는 잘될 거예요. 해리는 바보가 아니거든요. 다른 사람하고 주고받는 것이 좀더 많으면 좋겠지만, 지금은 제가 뭔가를 가르쳐주고 있어요. 그런데 자기가 원해야 하는 거니까. 우리한테 남은 두 달이 많은 시간은 아니지만, 시 배우기를 시작하기에는 충분해요. 다행히 우린 곧 시작할 수 있을 거고……"

조의 마법에 맨 처음 반응한 사람이 클라라가 아니었다면, 그래서 다른 사람이 말할 차례를 기다리는 상황이 아니었다면, 아마 클라라는 그런 말을 계속 늘어놨을 거야. 그러면 나머지는 계속 입 다물고 있었을 테지.

"아, 시 나부랭이 같은 말도 안 되는 소리는 그만해요. 우리는 잘해나가고 있어요. 해리는 나랑 지내면서 그림 액자도 만들었고, 전시회도 거의 혼자 하다시피 해냈어요. 단 한 가지 나쁜 점은, 다른 사람에게 묻지 않고 그냥 틀리게 맘대로 해버린다는 거예요." 프랑크가 클라라의 말을 잘랐어.

"어떤 것은 제대로 하기도 해요. 빵 바르기, 인스턴트 수프 끓이기, 빨래 개기, 모든 걸 아주 잘해요. 두말할 필요가 없어요." 이번에는 한나가 끼어들었어.

"우린 음악을 많이 들어요. 쉽기도 하고 긴장도 많이 풀어주거든요. 해리의 생활엔 스트레스가 상당하니까요." 이번에는 마를레네가 말했는데, 그 뒤를 이어 내가 해리 널 좀더 칭찬해주면 이 치료 프로그램에도 좋을 것 같았어. 가령 너의 사회적 능력, 작은 선물, 조용하고도 사려 깊은 방식 같은 거 말이야······

하지만 내가 말하기 전에 조가 물었어. "여러분은 해리가 정직하다고 봅니까? 자신에 대해 가끔이라도 얘길 합니까? 자기 사정이 어떠하며, 자기에게 무슨 일이 있는지 얘기합니까? 그리고 여러분 중에 누가 그런 데 관심을 가졌고 또 그걸 표현했나요? 친애하는 여자 난쟁이, 남자 난쟁이, 난쟁이 대타 여러분, 여러분은 누가 몇 주 동안 여러분의 침대에서 자고, 여러분의 접시로 먹고, 여러분의 잔으로 마시고 있는지 알고 있나요? 비록 그 사람도 독과 관련이 있지만, 그 사람은 백설 공주가 아닙니다."

조는 네 앞에 서더니, 너에게 가까이 다가가 네 가슴팍을 거칠게 주먹으로 쿡 찔렀어. "자 해리, 일어서서 이 사람들에게 말해. 보아하니 아직도 용기가 없는 것 같은데, 이제 사람들에게 말해, 당장." 조는 나지막하게 소리쳤어.

하지만 넌 앉은 채 고개만 떨어뜨렸고, 얼굴은 불처럼 새빨개졌지. 그런 네 모습은 나한테만 보였어. 넌 줄 맨 끝에 앉아 있었고, 나는 네 오른쪽에 앉아 내 머리카락이 거의 네 가슴에 닿을 정도로 한껏 네 쪽으로 고개를 숙이고 있었으니까. 몇 초 만에 네 이마에는 구슬땀이 잔뜩 맺혔어. 그리고 내가 착각한 게 아니라면, 그중 한 방울이 내가 채 비키기도 전에 똑 하고 내 얼굴에 떨어졌던 것 같아.

너는 침묵했어. 우리는 숨을 죽였고. 조는 네 앞 그 자리에서 곧 페널티킥을 찰 축구선수처럼 혹은 오래전에 들어야 했던 고백을 마침내 듣게 된 수사반장처럼 몸을 춤추듯 흔들어대며 널 몰아붙였어. "자, 이제 말해. 시간이 무한정 있는 게 아니라구."

넌 철통처럼 계속 입을 다문 채 몸을 더욱 웅크렸어.

"그럼 좋아." 조는 네가 더이상 작아질 수 없을 정도가 되자 말했어. "그러니까 너는 문제를 제대로 처리하지 못하겠다는 거구나. 네 친구들이 없었다면 몇 주 동안 다시 마약을 하고 감옥에 갔을 텐데. 그래도 이 친구들한테 네가 HIV 양성이라는 사실을 말하지 않겠다는 거야?"

해리, 조의 그 말이 내 마음에 어떤 반응을 불러일으켰는지, 그것에 대해서는 그날 이후, 그리고 지금까지도 난 이루 말로 표현할 길이 없어. 오늘도 마찬가지로 당시 받았던 내 느낌을 말할 수가 없어. 마치 누군가가 불안, 실망, 분노, 자기연민으로 뒤섞인 칵테일을, 금세 효과가 나타날 정도로 강력하지만, 완전히 취하게 하지는 않는 그런 칵테일을 내 몸에 주사한 것 같았어. 마치 번개처럼 내리치는 운명의 시련 같았고, 내 의식을 파괴할 듯하면서 동시에 예민하게 만드는 머릿속의 폭발과 같았지. 귀에서는 윙윙 소리가 났고 머릿속이 어찌나 쿵쾅대던지, 조가 널 자극해 결국 내뱉게 만든 네 말도 내게는 허풍처럼, 천둥번개 소리를 뚫기보다는 오히려 운율에 맞춰 낭독하는 것처럼, 어쩌면 그저 바람이 불러일으킨 끽끽 소리처럼 들렸어. 마치 너나 조 혹은 누군가가 하는 말들이, 왼쪽, 오른쪽, 앞뒤, 위아래에

서부터 내 머릿속으로 들어오는 소리가 아닌 듯했어. 난 그 소리들이 깊은 잠에서 끌려나와 마치 갓난아기처럼 징징거리는 나 자신의 생각처럼 들렸어.

"그래서…… 나도 몇 주 전에 알았고, 또 B형 C형 간염도 있는데…… 어떤 일은 그냥 떨쳐버리려 하는데…… 조, 당신, 늙은 곰 아저씨, 그럴 때는 양도 성격이 못돼진다고……" 뭐 이 정도가 네가 이렇게, 이 비슷하게 했던 말 중에 내가 아직 기억하는 문장쪼가리야.

느낄 필요 없이 생각할 수 있다면 진짜 오케이다. 이성을 온전히 가진 채 죽어야만 하는 건 야만적이다, 무리한 요구지. 영웅이라면 분명 빨리 죽겠지, 또 더 쉽겠지. 내가 그렇게 죽어야 한다면, 충분히 혼란스러울 거다, 불쾌한 것도 있고 기분 좋은 것도 있을걸. 머릿속 상태가 좋아지려면 내 몸이 필요한 것을 해주어야 한다. 머리와 몸은 동지다, 목은 이 둘을 가르는 게 아니라 이어줄 뿐이다. 내 꼴통 세포가 약간 신나거나 아니면 최소한 조용히 하도록 하는 것, 오직 그것만을 위해 내 몸의 기관이 존재하는 게 아니라면, 가끔 빵조각 말고 몸 안에 또 뭘 넣어줘야 하지?

그런데 조는 이 삶을 포기하는 것이 삶의 과제라고 주장

한다. 그런 쓰레기 같은 소리는 그 바보 같은 놈, 어디 다른 바보 녀석들에게나 팔아먹으라지. 나한테는 통하지 않을 테니.

기억하니, 네가 더듬거리며 말하는 동안 조가 손목시계를 힐끔 보며 가학적인 웃음을 띠더니, 우리한테는 정신 똑바로 차리라고, 너한테는 "조용히 머릿속을 한번 제대로 씻으라"고 경고했던 거?

내 눈 속, 그리고 다른 사람들 눈 속의 그 혼란을 넌 잊을 수 있었니? 조가 정확히 한 시간 뒤에 우리를 내보내고 문을 잠그던 소리, 휘파람처럼 울려퍼지던 그 소리가 오늘도 네 귀에 쟁쟁한지? 그리고 조는 말했어. "같이 잘들 해, 다음번까지. 용기를 내라구."

한나는 불룩한 쇼핑백 세 개를 와락 움켜쥐더니, 너, 나, 조, 그리고 자기 남편까지 두 번 다시 돌아보지 않고 허둥지둥 가버렸어. 크리스토프와 토마스도 그냥 그렇게 가버렸고. 한나의 남편은 불붙인 담배를 입술 사이에 물고 복도를 뒤뚱거리며 걸어갔는데, 그 모습이 꼭 함석으로 만든 오리를 묶은 줄을 느슨하게 풀어놓은 것 같았지. 그는 얼마나 정신이 없었는지 복도 양쪽에 줄줄이 붙은 금연 스티커를 하나도 알아차리지 못할 정도였어. 나 역시 어딘가 기댈 곳이 필요해 잠깐 손을 올렸는데, 그게 하필 클라라의 어깨였어. 나는 바로 며칠 전까지도 그렇게 비웃어줬던, 가장자리를 코바늘로 뜬 클라라의 손수건에 대고 소리 없이 울었지. 나를 좀 기피하던 마를레네와 율리가 오히려 내 손을 잡아주더라구.

그때 비로소 그들이 얼마나 무표정한 얼굴을 의식적으로 지을 수 있는지 알았어. 보통 때는 전혀 다른 얼굴들인데 그 순간 갑자기 비슷하게 닮아 보였던 거야. 그 얼굴들은 예전에 동베를린에서 학교 다닐 때 "수업 방해"에 대한 벌로 생물표본실에서 먼지 털고 밍크오일로 닦아줘야 했던 두 마리 박제 담비하고 비슷했어. 크리스토프와 토마스보다 더 자주 너랑 함께 있었던 대타 멤버 마크만 여유를 부리며 나와 가까이 하려 했고, 또 프랑크, 클라라, 율리, 마를레네에게 같이 가자고 부추겼어. "같이 백조의 호수로 가자. 앞으로 어떻게 할지 이야기해야 하잖아. 그리고 해리가 우리한테 몇 가지 해명해야 할 것도 있고."

해리, 당시 내 머릿속에서 일어나던 일을 도대체 생각이라고 부를 수 있다면, 난 줄곧 해리 널 생각하고 있었어. 하지만 마크의 말을 듣고서야 비로소 널 찾아보았지. 클라라,

율리, 마를레네 역시 그 자리에 서서 고개를 돌려 이리저리 널 찾다가, 조의 문 앞에 꼼짝 않고 쪼그리고 앉아 대각선 맞은편 남자화장실 문을 마치 처음 보기라도 한 듯 뚫어지게 쳐다보고 있는 널 발견했어. 몇 주 동안 그 문 뒤에서 넌 감시자의 눈길 아래 실린더 병에 오줌을 누었더랬지. 빨리 와. 내가 소리쳤어. 그 소리가 어찌나 날카롭고 사납게 들렸는지 다른 사람들이, 그리고 나 자신도 놀라 움찔했고, 넌 그제야 화석 상태에서 깨어났지.

마침내 우리는 카페 테이블에 다시 모여 앉았어. 우리 분위기 때문에 그 카페 본래의 에드워드 호퍼 식 분위기가 더욱 무거워졌지. '백조의 호수'를 찾아든 창백한 일곱 마리 새는 모두 탈진해 있었는데, 그중 한때 현대무용가였다는 클라라조차 체력이 바닥난 상태였어. 어차피 서빙하는 여자를 제외하면 관객도 없었지만.

네 옆에 의자를 하나 비우고 왼쪽에 앉은 마크는 모두를 위해 보드카 한 잔씩, 그리고 와인 한 병을 주문했어. 아무도 그에 대해 가타부타하지 않고 그냥 내버려뒀지. 마크는 머리를 테이블에다 대고 네 눈을 들여다보며 "이거 순 거짓말쟁이구만?" 하고 말했어.

나는 생각에 대한 생각을 하지 않으려 애쓰느라 완전 기진맥진이었어. 하지만 마크의 말이 분열적이고 이중적이고 불명확하고(이 가운데 어느 것도 마크의 말에 정확하게 들어맞지는 않아) 그래서 이상하게 들린다는 건 알았지.

그 말에는 객관적인 진단과 소극적인 비난이 같이 들어 있었어. 그들의 말에 귀를 기울이면서도 너에게 쏠린 내 신경을 좀 끄게 해줄 수 있는 건 오직 너뿐이라는 듯 나는 너에게 완전히 집중하고 있었어. 그래서 네가 나와 마크의 눈길을 느꼈는지 마크의 물음에 손짓으로라도 대답을 해야 할까 혼자 반문하는 동안, 클라라, 율리, 마를레네가 날 뚫어질 듯 쏘아보고 있었다는 걸 한참 동안 알아차리지 못했어. 우리 상황이 심상찮다는 걸 눈치챈 여종업원이 거의 소리 없이 수돗물 한 병과 두 종류의 유리잔, 병에 반쯤 든 모스코프스카야*를 갖다주었어. 그제야 난 너에게서 눈길을 돌려 율리를 바라보았지. 율리의 눈길도 조금 전 마크의 말처럼, 그리고 널 쳐다보는 내 눈길처럼 이중적이고 불명확했어. 나는 네 문제를 내 문제보다 크게 여기며 나 자신을 위로하려 했고, 율리는 내 문제를 자기 문제보다 더 크게

---

* 러시아 보드카.

보는 듯했는데, 그 때문에 고통이 좀 진정된 것 같았지. 차라리 동정심이 자기연민보다는 덜 고통스러운 순간이 있는 법이니까. 율리의 경악 반 동정 반의 눈길은 너희가 비밀리에 서로 가까워졌을 거라는 나의 의심을 잠시나마 날려버렸어.

클라라와 마를레네가 나를 바라보는 눈길에는 오히려 거리감이 있었어. 그들은 나를 너만큼이나 위험하게 생각하는 듯했지. 한번은 나에게 향했다가 또 한번은 마치 러시아 주판 알처럼 재빨리 오른쪽 왼쪽으로 미끄러지는 그들의 동공은, 지금 그들이 머릿속으로 에이즈를 감염시켰을지도 모를 너와 나의 정사 장면을 떠올리고 있다는 것을 알려주었어. 아니면 인사의 입맞춤, 작별의 입맞춤, 커피잔, 침대보, 손수건, 담배 피울 때 나오는 기침 따위를 생각했을까?

당시 우리가 이 신종 병에 대해 아는 거라곤 몇 주 전부터 신문마다 나오기 시작한 기사 내용이 전부였어. 유행병이 닥쳤다, 섹스를 통한 전염 경로만 있는 게 아니다, 게이가 다른 사람보다 더 위험하다, 에이즈에 걸리면 당장, 예외 없이 다 죽는다…… 그리고 난 너를 만나기 전까지는 정키가 뭔지도 몰랐지.

클라라가 또 약간 눈물을 흘리고, 율리는 독주 때문에 왕창 취하고, 마를레네는 속이 거북해지고, 마크는 노력의 한계에 부닥쳤어. 난 계산을 하고, 고개를 푹 숙인 채 짧게 한마디 했어. 그 말이 얼마나 설득력이 없는지는 곧 밝혀졌지. 네가 입을 다물고 있어서 할 수 없이 내가 분위기를 주도할 수밖에 없었기에 한 말이었어. 섹스 말고는 그리 위험할 것도 없고, 우리가 널 그냥 방치해버리면 너는 최악의 상황에 놓일 거라고. 다들 제발 내일 꼭 전화해주고, 최소한 형식적으로라도 변함없이 있어달라고, 나머지는 내가 알아서 하겠다고.

"너같이 멍청한 여자도 없을 거야." 마를레네가 자리에서 벌떡 일어나 팔을 마구 휘두르며 내 말을 가로막았어. 그녀의 눈은 번들거렸고, 콧방울은 실룩거렸고, 차가운 손가락은 내 손을 스쳤어. 마를레네는 더이상 한마디도 없이, 미소나 눈짓 하나 없이 마치 몽유병자처럼 꼿꼿한 모습으로 문 쪽으로 가더니 그냥 나가버렸어.

남아 있던 우리도 카페를 나섰어. 모두 각자 제 갈 길로 갔고, 나만 너와 함께 갔어. 그날 저녁 남은 시간과 밤, 그다음 날 반나절 동안 내가 너를 보호하는 것은 지금까지의 '해리 계획'에 따른 것이었어. 암암리에 결정된 사항이 아니었지. 사실 암암리에 결정된 사항이 정확히 뭔지는 나도 아직 몰랐지만 말이야. 과연 저들 중 몇 명이 계속해나갈까, 모두 그만둬버리는 건 아닐까? 혹시라도 화가 좀 누그러져 최소한 몇 명이라도 마지막 그룹 모임에는 와주지 않을까? 아니면 대부분이 내일 아침에 너와 나에게 인사 한마디 없이 조에게 바로 전화를 걸어버릴까, 그래서 모든 게 다 끝나버리는 건 아닐까? 나는 이런 식의 황당하고도 실제적인 문제에 골몰해서 애써 공포심을 떨쳐냈어. 조금이라도 틈이 생길 것 같으면 공포는 곧장 내 마음속으로 침투해 들어왔으니까. 그러다가 그만 지쳐 어느 순간 저항을 포기해버리면, 공포가 엄청난 힘으로 달려들어 나를 익사시키고, 너로부터 멀리 저 멀리로 쓸어가버리겠지.

지하철역까지 가는 동안, 지하철을 타고 오는 동안, 우리 동네 거리, 우리 집 문 앞까지 오는 동안 넌 죽은 듯 말이 없었어. 나 역시 한마디도 하지 않았고. 보통 때면 집에 들어오자마자 기분에 맞는 음악을 찾아 다이얼을 돌리던 네가 부엌 라디오에 손도 대지 않았지. 난 와인 코르크마개를 딴 뒤 의자에 앉았고, 너도 내 맞은편에 앉았어.

나는 말없이 와인 세 잔을 비우고 울기 시작했어. 눈물이 내 안에서 물처럼 흘러나왔어. 흑흑거리고 훌쩍거리고 신음했지. 언제 울음이 멈출지 상상하지도 못하겠더라. 너는 가버리지도, 그렇다고 가까이 다가오지도 않았어.

얼마나 시간이 흘렀을까, 내가 말했어. 그 때문에 매번 야자수에서 날 끌어내린 거구나. 그 때문에 너한테 그걸 해서는 안 되는 거였구나. 난 차마 '블라젠'*이라는 말을 입에 올리지 못했고, 갑자기 그게 너무 웃겨서 웃기 시작했어. 그러면서도 씩씩하게 계속 울었지. 그게 히스테리가 아니라면, 해리, 무엇이겠니?

넌 기운을 차리고, 냉장고에서 버터, 소시지, 토마토를 꺼내 와 빵에 발라주고, 와인 한 병을 더 따주었어. 그러는 동안 내 마음을 진정시켜주려는 것인지 입으로 무슨 소리를 냈어. "츠츠…… 츠" 하는 소리였는데, 에이즈보다 먼저 불안 때문에라도 당장 죽을 거라고 생각하는 절망에 빠진 여자친구가 아니라, 꼭 갓난아기를 달래는 소리 같았지.

---

* 구강성교의 한 종류로, 보통 여성이 입으로 남성 성기를 애무하는 것을 말한다.

::

다음 날, 햇빛이 얼굴을 따뜻하게 데우는 바람에 잠에서 깼어. 해는 창문 오른쪽 위 구석에 떠 있었고, 최소한 열두 시는 된 것 같았어. 난 목까지 이불을 덮고 있었고, 이번에도 옷을 입은 채 잠들었더군. 옆으로, 위로 눈길을 돌려보니 목욕 가운 차림에 마치 수양버들같이 내 위로 고개를 뚝 떨어뜨리고 있는 네가 보였어. 고개를 떨어뜨리고, 팔은 거의 나한테 닿을 정도로 원숭이처럼 늘어뜨리고 있었지. 네 맨발 옆에는 갓 구운 하드롤, 잼, 커피가 차려진 쟁반이 있었어. 내가 다시 어제 일을 떠올린 것을 넌 내 표정에서 알아차렸어. 넌 조한테 전화했더니 우리더러 진정하고 어떻게든 이 일은 계속하라고 했다는 말을 전해줬어. 마지막 모임까지는 시간이 충분하다는 말도 했다고. 진짜 힘든 건 그 다음부터고, 그건 해리 너한테만 해당된다고.

그래, 해리, 너는 언제나 네 전망이 우선이었지. 사실 네게는 더이상 아무 전망도 없었는데 말이야. 생애 마지막 몇 개월을 네가 자유롭게 보내고 싶어했다는 건 나도 알아. 그런데 난 어떻게 되는 거지? 다른 사람들은? 우리는 너한테 이래도 저래도 아무 상관 없는 사람들인가?

넌 내 옆에 앉으며 말했어. "겁낼 거 없어, 테스트 한번 받아봐. 그런데 과연 그럴 필요가 있을까? 다 괜찮은데." 너는 원래 말투로 되돌아갔고, 네가 처한 상황치고는 수다스러울 정도였어. 내가 널 만지고 싶어하지 않으면, 더이상 나쁠 것은 없다고 넌 말했지. 또 그건 포기할 수 있는데, 다만 나의 '연대감'은 포기 못 한다고.

넌 정말이지, 그날, 그런 상황에서 연대감이라는 그 말을 감히 사용했어. 그 때문에 너무 흥분해버린 나는 벌떡 일어나 이불하고 빵통을 발로 걷어차고 부엌으로 가버렸어. 그리고 오래오래 따뜻한 물로 샤워를 했지. 넌 샤워실 앞에서 빨간 타월을 펼쳐 들고 하하 웃으며 "평화를!" 하고 소리쳤고.

너도, 빨간 타월도 쳐다보지 않고 물을 뚝뚝 흘리며 쿵쿵 걸어서 방으로 돌아와 여기저기 굴러다니는 네 셔츠로 몸을 닦고 다시 던져놔버렸어. 부엌으로 다시 가기 싫어서, 꾸깃꾸깃하고 헐렁한 행거 대신 원피스를 입고는 널 아랑곳하지 않고 혼자 집을 나왔어, 단 일 분도 널 혼자 두면 안된다는 치료 계명 따윈 생각하지도 않고서. 거리에 혼자 있다보면 이성을 좀 되찾고, 해결책을 발견하고, 결정을 내리게 될 거라고 희망을 걸었지.

아, 해리, 올 것이 오고야 만 바로 이 대목에서 난 용기를 잃고 망설이고 있어. 내가 하려 했던 것, 그러니까 모든 걸 너한테 이야기하는 그것을 해낼 수 있을까 자꾸 의구심이 들어서, 차라리 말을 찾는 노력을 그만둬야 할까 자문하게 돼. 난 그동안 내가 할 수 있는 가장 좋은 방법으로 이야기했어. 하지만 당시 나를 사로잡았고, 오늘까지도 내게 남아 있는 것, 조와의 그날을 생각할 때마다 한 마리 개처럼 달려드는 그 공포를 무슨 말로도 표현할 수가 없어. 그래, '개 같다'는 이 한마디, 많은 것을 말하면서 또 아무것도 말하지 않는 이 말만큼 대충이나마 어울리는 다른 말은 없어. 어떤 이미지도, 어떤 기호도, 어떤 소리도 이 말을 대신하거나 보충하지 못해. 심지어 당시 느꼈고 지금도 느끼는 것을 네가 느낄 수 있게 도저히 표현할 길이 없어. 내가 그 공포(이 말은 무해하고 또 지루하게 들려. 멍청하게도 이 말이 연상시키는 회색이라는 색깔처럼 말이야[*])를 더이상 느끼지 못하게 된다면 차라리 더 잘 표현할 수 있을까.

내가 느꼈고 또 느끼고 있는 걸 너한테 전하는 것이 유일한 목표이지만, 그러기 위해 반드시 필요한 정신적 자유로움이 나한테는 없어. 도무지 이겨낼 수 없는 공포가 매번, 그리고 아직까지도 내 말문을 막아버려. 너한테서는 이런 게 느껴지지 않았어, 조금도 못 느꼈지. 공포라는 것이 너한테도 전혀 없지는 않았을 텐데, 넌 마지막까지도 너의 공포를 발설하지 않았어.

그런데 난 가끔 생각해봐. 네 노트 어느 페이지에선가 우스갯소리로 네 취미라고 했던 걸 네가 다시 시작한 건 오직 단 한 가지 이유 때문이라고. 넌, 나더러 네가 보기에 좀더 현실적이고 구체적인 이유가 있으면 울어, 라고 말했지. 공포로부터 날 멀리 떼어낼 만한 고통이 있길 넌 원했어. 넌 내가 그 병보다는 네가 다시 약을 하게 될까봐 더 불안해해야 한다고 했어. 위태롭고 암암리에 진행되는, 아직 그 병질이 본격적으로 시작되기도 전에 그 병에 걸린 사람을 낙

---

[*] 독일어에서 공포는 Grauen, 회색이라는 형용사는 grau다.

차마 그 사랑을 153

인찍는 거 말고는 다른 아무것도 알려지지 않은 그 병 때문에 불안해할 필요가 없다고 말이야. 너는 우리와의 실험에 응하기 전에, 그래, 할 수 없이 응하기 전에 마약 공급과 관련된 문제들을 알고 있었고, 그 문제가 너에게 일종의 버팀목이 되어주었지. 어쩌면 그것이 너의 유일한 인생 목표였는지도 모르겠어. 최소한 그 문제는, 아무리 네 몸이 깨끗해진다 하더라도 언젠가는 닥칠 죽음의 공포를 억눌러주었겠지. 너한테는 익숙하지만, 나에게는 완전히 새로운 스트레스, 자금 조달하기, 금단증세 피하기, 은신처 만들기, 보호관찰자 눈 속이기, 경찰 따돌리기에 따르는 스트레스로 넌 아주 다른 생각을 하고 있었어. 그러니 난들 왜 다른 생각을 안 했겠니?

조가 그 소릴 어디서 들었는지 모르겠다. 교도소 의사한테? 아니면 소변검사에서 알게 된 걸까? 나한테 코를 갖다 대고 있다가 나를 희생양으로 만드는 거지, 꼭 그 씨팔새끼처럼. 하지만 언젠가는 그놈의 원숭이연극도 끝날 거다, 아니면 그 사기꾼 놈이 날 감옥에 도로 집어넣더라도 다시 나오게 될 거다. 내 사정이 그리 좋지는 않지만 아직 한 가닥 희망은 있다. 급하면 보따리 챙겨서 잽싸게 사라질 수밖에 없다. 내가 저축한 돈을 풀길 기다리는 부랑자들이 아직 몇 놈 있으니까. 그놈들 중 아무도 붙잡지 못하면 뭐 또다른 일이 생기겠지. 하지만 누구도 그냥은 또다시 날 감옥에 넣지 못할 거다, 내 장담한다.

나는 모아비트 거리를 유령처럼 떠돌아다녔어. 아무것도 눈에 들어오지 않더라. 아니, 어느 버스정류장에서 우산을 받쳐든 사람들이 누군가를 기다리는 게 보였어. 내게는 그들이 천진난만한 행운아같이 느껴졌지. 그것 말고는 길만 겨우 보였어. 머릿속에는 여전히 해결책이 떠오르지 않았어. 결정을 하는 데 도움을 줄 수 있는 그 누구도, 그 무엇도 만나지 못했고. 그런데 대체 무엇을 위한 혹은 무엇을 피하기 위한 결정인지?

비에 흠뻑 젖어 어느 술집에 들어가 맥주를 큰 잔으로 하나 시키고 창문 옆자리에 앉아 무심하게 마시며, 마치 유리창을 따라 흘러내리는 물방울에 최면이라도 걸 듯 뚫어져라 유리창을 바라보았어. 더 마시고 싶은 생각도 없었고, 수중에 돈도 없다는 걸 확인한 나는 종업원이 얼룩덜룩한 플라스틱 줄로 만든 유치한 커튼 너머 부엌으로 들어가길 기다렸다가 술값을 떼먹고 그냥 나와버렸어.

골목길을 좀더 걸어가 어느 동물가게 앞에 멈춰 선 나는 새장 속에서 서로 바짝 엉킨 채 가로목 위에 웅크리고 앉아 있는 동글동글하고 빨간 부리를 가진 얼룩말무늬 방울새들을 구경했어. 한순간, 들었다기보다는 느꼈다고 해야 할 것 같은 나지막한 소리가, 방울새한테서 나온 것인지 아니면 깊은 들숨 날숨에 익숙하지 못한 내 기관지에서 나온 것인지 알 수가 없더라.

좀더 걸어가 투름 거리와 슈트롬 거리 사이 조잡한 화단 앞 벤치에 걸터앉았어. 거기서 서로 치고받으며 쉴새없이 모습을 바꾸고, 꺼졌다가 다시 타오르고, 그러면서도 언제나 미완성인 여러 생각의 흐름에 빠져들었어. 내 돈은 너와 함께 집에 있거나, 아니면 벌써 어디 다른 데 가 있겠지. 너는 트리아데에 가야 하는데, 끝나면 마를레네가 널 데리러 가야 하는데, 밤에는 다시 우리 집에 데려다줘야 하는데. 그런데 마를레네가 올까? 마를레네한테 전화를 안 걸었는데. 그녀도 나한테 전화를 안 했는데. 네 소변검사와 치료 상담이 끝날 때까지 '백조의 호수'에 가 있어야 하나 말아야 하나. 조는 절대적으로 시간 엄수를 요구했지만, 실제로 우리 중 누가 너와 늘 동행하는지 아닌지를 어떻게 관리하지? 다른 사람들이 완전히 뒤로 빠지고 나만 남으면, 스물네 시간 그림자처럼 널 쫓아다녀야 할 텐데, 그게 가능할까? 그럼 꽃 가판대까지 널 데려가야 하나. 프란츠가 뚱뚱이 암캐 비네를 데려오는 것처럼? 나는 여전히 그러고 싶은가? 아니었어, 난 숨고 싶었어. 내 심장이 뛰는 걸 듣고 싶었고, 울고 싶었고, 매 순간 림프절 하나하나를 만져보고 싶었고, 내 몸에서 열이 오르길 기다리고 있었어. 그런데 너한테서 전염되었을 가능성이 높은가? 난 인생에서 꽤 운이 좋지 않았던가, 그리고 체질적으로도 강하지 않은가? 성에 대한 너의, 이제 더는 이상할 것 없는 조심성이 그 위험에서 내가 아무것도 모른 채 빠져나왔을 거라는 희망을 주지 않는가? 우리 할머닌 "희망은 죽음이다"라고 자주 말씀하셨지. 그러면 앞으로는 어떻게 될까? 나는 널 사랑하지만, 네 상태를 분명히 알게 된 지금도 여전히 널 욕망하나? 그런데 내가 여전히 널 원하더라도, 너와 과연 키스할 수 있을까. 혹시 입술에, 혀에, 잇몸에 조그만 상처는 없을까 혼자서 묻고 또 묻게 되지나 않을지. 그리고 난 괜찮다고 해도, 넌? 내가 콘돔에 익숙해질 수 있을까. 이제부터는 나도 어쩔 수 없이 조심하겠지만, 아무리 조심한다 해도 다른 모든 감정을 가소롭다며 지배할 불안감을 이겨낼 수가

있을까? 목을 조이는 공포감을 느끼면서도 또다시 오르가
슴에 오를 수 있을까, 너하고? 그런데 내일이나 모레나 혹
은 더 나중에라도 다른 남자가 접근해오면 난 어떻게 한다
지? 도망갈까? 도대체 난 아직도 욕구라든가 아니면 욕망
같은 그런 걸 가지고 있나? 이 순간은 분명 아니야. 크리스
토프의 욕조 안에서 하던 잠깐의 자위조차 하고 싶지 않아.
그런데 그런 종류의 욕구가 다시 나타난다면, 그러나 언제
나 따라다니는 에이즈에 대한 불안감이 그 욕구를 아예 저
주로 바로 뒤바꿔버린다면, 그건 나를 위해서만이 아니라
상대 남자를 위해서도 차라리 좋은 게 아닐까? 그런데 너
의 '조처'에도 불구하고 내가 전염되었다면? 그러면 목숨
말고 내가 또 잃을 게 뭐가 있나? 두 번은 전염되지 않을
테니까, 최소한 너하고는 계속 섹스할 수 있겠지. 그러면
난 정절을 지키는 거네. 일정하게 정해진 기간이 아닌 장기
간 동안 한 남자한테 정절을 지켰던 적이 지금까진 없었는
데. 난 죽겠지. 겁이 나서 죽거나, 혹은 일반적인 교통사고
나 그 후유증 때문에 죽지 않는다면 이 빌어먹을 병으로,
아주 가난하고 비참하게 죽겠지. 그리고 미안하지만 너보
다는 늦게 죽을 거야. 아니, 이게 미안할 일이긴 한가? 네
가 죽고, 아주 슬프긴 하겠지만 그래도 내가 그리 늙지만

않았다면, 정 안 되면 에이즈에 걸린 다른 남자라도 찾을 수 있겠지……

코앞에 닥친 일이 급하지만 않았더라도 이런 생각의 소용돌이에서 금방 빠져나오지 못했을 거야. 빨리 집에 가서 너희, 그러니까 너와 내 지갑이 잘 있는지 살펴봐야 했거든. 마를레네에게 연락해 널 데리러 갈 참인지, 아니면 어제부로 그녀의 참여는 끝난 것인지 물어봐야 했어. 그다음에는 마를레네가 뭐라고 하든 상관없이 지하철역으로 가야할 시간이었지.

너는 집에 없었어. 내 지갑은 예상대로 부엌 테이블 서랍에 있었고, 지폐는 그대로였지만 동전 몇 개가 없어졌더군. 냉장고 위에 쪽지가 있었어. "나 혼자 간다. 나중에 보자. 해리."

"나 혼자 간다"는 말을 네가 아이제나흐 거리로 가는 중이라고 해석한 난 긴장을 풀었어. 그런 식으로 치료 계명을 어기고 네 멋대로 구는 행동을 지금까지는, 적어도 우리 집에서 출발하는 경우엔 한 번도 하지 않았지만. 조의 규정을 조금씩 느슨하게 지켜도 된다는 생각을 나도 했던 것일까?

마를레네에게 전화했더니, 너한테 이런저런 걸 물어보기

위해서라도 꼭 널 "제시간에 찾아올 것"이라고 말했어. 자기가 계속할지는 너의 대답에 달려 있다고. "너는 해명 안 해도 돼. 네가 어떤 진흙탕에 우릴 끌어들였는지 넌 짐작도 못했다는 거 알아. 난 널 믿어." 마를레네는 부드럽게 말하더니 무슨 변명을 또 갖다붙이며 작별 인사를 했어.

다른 멤버들에게도 전화했지만, 누구하고도 연락이 안 닿았고, 대낮에 사람들이 집에 없는 건 놀랄 일도 아니다 싶었어. 나는 사람들하고 얘기하지 않아도 된다는 데 마음이 가뿐해져 그만 매트리스 위에 벌렁 드러누워버렸어. 너무 피곤해서 그냥 잠 속으로 빠져들고 싶기도 했지만, 그래도 이런저런 고민을 계속하면서 네가 문 열고 들어오기를 기다리기로 했지. 너도 열쇠를 갖고 있었으니까. 깨어서 생각해야 하는 것과 잠자면서 꿈꾸어야 하는 것, 어느 쪽이 더 안 좋을까라는 질문은 자기 꼬리를 물려다가 결국 혼란에 빠져버리는, 맴맴 원을 그리는 고양이 같은 거야.

2

넌 언제 돌아왔니? 마를레네랑 이야기는 나눴니? 그리고 우리 집 앞까지 동행해줬니? 그날 저녁 난 왜 다시 잠에서 깼을까? 네가 불을 켜서? 아마 이불 위에서 뭔가가, 사람 손보다 더 가볍고 더 빠르고, 느낌이 사람 손과는 완전히 다른 뭔가가 움직여서였을 거야. 난 내 위에서 이리저리 돌아다니는 것이 네 손가락은 아니라는 걸 눈으로 보지 않아도 알 수 있었어. 잠깐 동안 더이상 더듬거리지 않았으니까. 그제야 이불 너머지만 가벼우면서도 뭔가 살의 무게감이 가슴 위에 느껴지더라구. 그다음에는 이상야릇하게 금속세공품 같은 것이 내 입가를 간질이는 듯해서 눈을 떴어. 하지만 너무 가까워서 조그만 동물 하나가 날 신중히 탐색

하고 있는 걸 바로 알아차리지는 못했어.

역겨워서가 아니라 깜짝 놀라서 나는 고개를 마구 흔들어댔어. 꿈이라는 생각은 들지 않았어. 간지러움이 느껴지는데 꿈이라고 생각할 사람이 있을까. 그때 그 조그만 동물이 도리어 놀랐다는 듯 단박에 깡총 하고 옆으로 뛰었고, 그제야 그게 뭔지 알아봤지. 몸집이 조그맣고 아주 어린 쥐였는데, 반짝이는 까만 눈에 하얀 주둥이에는 달달 떨리는 수염이 달렸고 앞발도 하얗더라구. 녀석이 뒷다리로 서서 냄새를 맡느라 코를 하늘로 추켜올리자 배에 있는 하얀 반점이 보였는데, 그 모습에 난 그 자리에서 마음을 홀랑 뺏겨버렸어.

네가 손으로 잡으니까 녀석은 좋아라 하며 순순히 몸을 맡기더라구. 쥐가 네 어깨 위에 올라앉아 동그란 단추 눈으로, 꼭 너처럼 말이야, 날 내려다볼 때까지 내 눈길은 너희 둘을 마냥 좇고 있었어.

"이건 스칸디나비아 하얀발쥐야, 보통 시궁창쥐가 아니라구. 미렌도르프 광장 동물가게에서 샀어. 이름은 엘 프리데야. 아랍 식으로, 자기 내가 무슨 말 하는지 알지, 응, 그엘 하킴처럼 엘 프리데." 넌 이상하게 아버지처럼 굴며 말했어.

아침에 네가 투우사 같은 자세로 샤워실 앞에서 빨간 타월을 흔들며 "평화를!"* 하고 소리치면서 날 기다리던 모습이 다시 떠오르더라. 나는 구시렁댔지. "그래 좋아, 프리데라고 부르자. 난 뭐 오리엔탈 식하고는 별 상관없지만, 프리데는 엘 프리데, 그래 엘 프리데의 귀여운 줄임말이니까. 어떻게 쓰는지는 알 필요 없겠지. 쥐한테 편지 쓸 일은 없을 테니까."

"그럴 일이 왜 없어? 애는 편지도 읽고 답장도 쓸 거야. 봐, 똑똑하게 생겼잖아." 네가 말했어.

너의 쥐 트릭(나는 이 서커스를 너의 수많은 트릭 중에서 가장 최신이라고밖에 생각하지 않았으니까)이 나한테 이렇게 잘 먹히다니 놀라웠어. 그 웃기고 곰살맞은 동물이 기분을 전환시켜줘서 감정의 격분이 어찌어찌 누그러졌거든. 나한테 좀 줘봐. 내가 말했지.

"그래, 자, 베이비." 넌 기분 좋게 말하며 프리데를 두 손으로, 마치 아주 조그만 진짜 아기처럼 건네줬어.

프리데의 털은 부드러웠고, 심장은 빨리 뛰었고, 쥐한테서 날 거라고 전혀 기대하지 못했던 좋은 냄새가 솔솔 풍겼

---

* 프리데(Friede)는 '평화'라는 뜻.

어. 건조기에서 막 꺼낸 털스웨터 냄새 같았지. 프리데의 향기를 더 깊이 들이마시니 파슬리와 박하 냄새도 약간 났어.

그다음 며칠 동안 옷을 챙겨 입고 트리아데에 꼭 가야 하는 경우가 아니면, 우린 매트리스 위에서 주로 시간을 보냈어. 그저 묵묵히, 두 발을 쭉 뻗어 마주 대고 누워 있었지. 오전 두세 시간 동안 내가 겁먹은 채 네게 이것저것 물어보려 할 때에만 서로 머리를 맞대고 누웠어.

프리데는 낡은 소형 화로의 석탄 상자를 자기 동굴로 삼고 내가 갖다준 풀을 바닥에 깔아 푹신하게 만들었어. 온 집 안을 자유롭게 다닐 수 있었지만 너나 나에게 오는 걸 녀석은 좋아했지. 특히 저녁에 말이야. 녀석은 놀라울 정도로 빨리 대소변을 가리게 되어서, 석탄 상자 속 단 한 군데, 그것도 제 먹이하고 가장 멀리 떨어진 구석에만 똥오줌을 쌌기 때문에, 어떤 때는 밤새 우리랑 같이 자게 내버려두기도 했어. 프리데는 이불만 갉죽거리다가, 네가 자는 동안 몰래 살그머니 가죽 시곗줄에 구멍을 내서 네 말대로 하면 시계에서 널 '해방' 시켜주었어. 프리데는 도토리, 비스킷, 초콜릿을 즐겨 먹었고, 또 장난치며 노는 걸 좋아했어. 녀석은 온 힘을 다해 돌진해와 우리 가슴팍에 풀쩍 뛰어올랐다가 다시 도망가고, 그러다가 다시 처음부터 시작하기를 좋아했어. 그래도 어쩌다 붙잡히면—너는 좋아서 그런다고 했는데—찍찍거리며 울어댔어. 그런데 진짜, 프리데는 어딘가 유머가 있는 것도 같았어. 프리데의 찍찍거리는 소리는 공중으로 던져올렸다가 다시 안아주면 꼬마 녀석이 내는 소리처럼 아주 대담했거든.

마를레네는 전화로 앞으로 같이하지 않겠다고 결정했다면서, 네가 어떤 대답도 없이 그저 변명만 늘어놓았다는 이유를 댔어. 그래도 마지막 모임에는 참가하겠다고 약속했지. 율리, 클라라, 한나도 빠지기로 했어. 한나는 분명하게 의사 표현을 했고, 율리와 클라라는 그냥 얼버무렸어. 클라라는 율리도 같은 생각이라고 굳이 강조하면서, 미안하게 됐다고 애매하게 말했지. 그래도 자기들은, 클라라의 표현에 따르면, 너의 "일을 망치고" 싶지는 않으니까 모임에는 오겠다고 하더라. 네가 이미 "충분히 처벌을 받았다"면서. 하지만 프랑크는 우리와 함께 남았어. 너의 "운명에 진짜로, 특히 예술적인 도전으로서 전문가적 입장에서" 관심이 간다고 했어. 걱정을 가장 안 하는 마크 역시 최소한 자기의 불안을 내비치지는 않았어. "그 지랄 같은 병은 우리 나라, 미국에서 온 거야, 몇몇 말썽쟁이나 나처럼 말이지. 틀림없이 CIA나 나사(NASA)가 저질렀겠지. 하지만 그자들이 다시 해결하겠지, 암 그래야지. 그런데 이번에는 시간이 좀 걸릴걸." 조의 폭탄선언 이후 첫 일요일, 마크는 저녁 늦게 연락도 없이 술에 좀 취한 채 위스키 한 병을 옆구리에 끼고 우리 집 앞에 서서 껄껄 웃으며 약간 의기양양하기까지 한 목소리로 그렇게 말했어.

예외적인 경우가 아니면 대부분은 나 혼자 너를 트리아데에 데려다주고 데려왔고, 너 혼자 가는 날도 자주 있었어. 그리고 나는 너에 관한 많은 일을 정하고, 설명하고, 조직했지. 주말에는 여전히 꽃 가판대 아르바이트를 했지만, 우리가 두번째로 공동 거주했던 한 달이 어떻게 지나갔는지 도통 기억나질 않아. 분명 시간이 그리 빨리 지나가지는 않았을 텐데.

남은 우리들, 너, 프랑크, 마크, 나, 조는 서로 딱 할 말만 하고, 내 생각이지만, 어서 이 시간의 압박, 구속, 감시 감독에서 벗어나 더이상 애보기 일을 할 필요 없이 너 혼자 자신을 책임질 날이 오길 고대하고 있었어.

하지만 내 경우엔 이런 마음이 반반이었어. 반반이라는 말은 당시 내 마음을 그나마 제일 잘 표현해주는 말일 거야. 나는 너와 함께, 네 가까이에 있고 싶었지만, 아주 가까이는 아니었어. 너에 대한 불안과 사랑이 서로를 끊임없이 공격했으니까. 한번은 불안이 더 강했다가 또 한번은 사랑이 더 강해져 말할 수 없이 날 마비시키고, 내 고통을 멈추게 하는가 하면, 이런 무감각을 또한 고통스럽게 느끼도록 했어. 난 머리에서 발끝까지 커다란 어금니 같았어. 실제로는 아프지 않지만, 가능하면 그 이빨로 물고 싶지는 않은 그런 어금니 말이야. 절망감이 너무 커서 차라리 다시 무모해져버리고 싶을 때도 있었어. 그러면 난 눈물을 꾹 참으며 널 이리저리 만졌고, 그때 내가 지은 격렬한 표정(그 표정이 활짝 열린 채 나를 불행하게 바라보는 네 눈 속에 다시 되비쳤어)에도 불구하고 대부분 그랬듯 네 몸이 그저 어중간하게 반응하면, 콘돔을 씌우고 그 위에 올라탔지. 네 페니스는 서늘하게, 또 뭐라고 해야 할까, 마치 이물질처럼 미끈하게 느껴졌고, 처음에는 꼭 딜도 같다가 곧 흰 소시지처럼 말랑해졌어. 그래, 결국 포기하고, 격렬하면서도 경직된 내 몸놀림에 콘돔이 벗겨져 내 몸 안으로 사라져버릴까 걱정돼 너한테서 내려오면, 네 페니스는 꼭 흰 소시지처럼 보였어. 하지만 매번 그 껍데기는 너의…… 그래, 우리 몸이라고 부르자, 너의 고무를 뒤집어쓰고 내 동정 어린 눈길을 받으며 창피해하는 것 같은 그것은 네 몸에 그대로 걸려 있었지.

이 시기에 너는 흔들림 없이 부드러웠고, 그래, 겸허했어. 아침 여명 속에서 내 매트리스 옆에 쪼그려 앉아 내가 잠들었다고 생각하고는 내 얼굴에 덮인 머리카락을 쓸어주고, 내 뺨과 이마에 키스해주곤 했어. 어떤 때는 가운을 벗고 내 이불 속으로 살며시 기어들기도 했지. 그 몸의 온기가 어느 때보다도 날 슬프게 만들었지만, 그래도 한편으로 나를 달래주기도 했어.

그만. 불안한 건 불안한 거야, 이러나저러나 마찬가지로. 어쩌면 불안하다고 주문을 거는 것, 똑같은 음높이로 불안하다고 계속 반복하는 것이 전혀 의미 없는 건 아닐지도 모르지만, 효과는 전혀 없는 일이겠지.

:3

두 번 다시 소식을 듣지 못한 토마스와 우리의 두번째 만남 이후 아무런 연락도 없다가 "아름다운 이탈리아"에서 현란한 우편엽서 하나를 보내온 크리스토프를 제외한 모두가 조 사무실에서의 마지막 모임, 네가 "쇼다운"이라고 부른 모임에 와주었어. 크리스토프는 엽서 뒷면에 나한테 "대략 넉 달 동안" 꽃집 일을 맡긴다면서 "나머지 인생을 위해" 행운을 빌어주겠다고 썼어. 조는 우리를, 또 너를 축하해주었어. 내가 잘못 들은 게 아니라면, 그 정도로 오래 참기가 결코 쉽지 않았을 거라는 조의 말은 약간 아이러니했지.

조는 시작한 지 삼십 분도 되지 않아 모임이 끝났다고 했고, 너는 감동받은 척하며 '백조의 호수'에서의 '아주 조그만 파티'에 사람들을 초대했어. 조도 함께 갔는데, 우리 입장에선 별로 달갑지 않았지. 어느 누구도 조가 우리의 연극을 마지막 순간에 간파할지 못할지에는 관심이 없었으니까. 어느 누구도 절대 멍청하지 않은 조가 자신이 알아차린 것을 우리에게 솔직하게 이야기할지 안 할지에는 관심을 두지 않았으니까. 그러나 조는 진정한 연극배우 동지로서 행동하며 뜨거운 초콜릿을 숟가락으로 퍼먹었고, 우리가 담배를 너무 많이 피워 피곤하다면서 우리의 그리 유쾌하지 않은 모임을 떠났어.

네가 냉정하게 이름붙였던 우리 '전(前) 그룹'도 오래 있지 않았어.

클라라는 작별 선물로 책 두 권을 주었는데, 하나는 할바흐와 판처가 쓴 『고어레벤*과 도시생활 사이에서』였고, 다른 하나는 『분노의 열매』라는 책이었어. 클라라는 특히 자기가 쓴 것 중 "최고의 시 세 편이 인쇄된" 두번째 책을 너에게 간곡히 권했지.

그래, 해리, 당시에 오간 많은 이야기들, 클라라가 했던 말도 안 되는 이야기까지도 난 기억해. 하지만 그 두 책이

---

* 독일 니더작센 주 북동부에 위치한 시골. 핵폐기물처리장으로 선정되면서 국제적으로 유명해졌다.

뒤늦게 내 손에 들어오지 않았다면 그게 무슨 책이었는지 오래전에 잊어버렸을 거야. 가장자리에 있는 유치하고 조그만 낙서들이 바로 네가 그린 그림들이고, 그래서 네가 그 책들을 넘겨보았고, 어쩌면 읽어보았고, 그리고 마지막까지 간직했다는 걸 증명해주는 그 책들 말이야.

프랑크는 공허한 눈빛으로 눈썹을 한껏 추켜올리며 억지웃음을 짓느라 입술을 일그러뜨린 네 컬러사진을 선물했어. 안타깝게도 그 사진은 없어졌지. 어쨌든 내 손에는 들어오지 않았어.

율리와 한나는 떠나기 전에 잠깐 너와 팔짱을 꼈지만, 네 얼굴이 자기들의 머리 모양을 망가뜨리자 고개를 옆으로 돌려버렸어.

마를레네는 너에게도, 나에게도 손을 내밀지 않고 그냥 테이블을 톡톡 치고는 가버렸어.

마크는 배낭에서 거칠게 손뜨개질한 두꺼운 스웨터를 꺼내 네 어깨에 둘러주고 양 소매를 네 턱밑에 묶어주었어. 그러고는 주먹으로 네 가슴을 툭툭 쳤지. "반드시 겨울이 올 거야." 그는 웃으며 말했어. 너와 나, 우리도 같이 웃었지.

어림잡아 계산해보면 우리 인간은 네 종류다. 착한 선인,

못된 악인, 못된 선인, 선한 악인. 착한 선인과 못된 악인은 옛날부터 있어왔고, 희귀하지만 지루하다. 못된 선인도 마찬가지인데, 그들은 한때 집과 정원을 가진 착한 부모의 사랑스런 아이들이었지만 자라면서 집과 정원, 그리고 자기 거라고 믿는 모든 걸 가지려고 무슨 짓이든 하게 된다. 중요한 사람은 착한 악인뿐인데, 이들은 태어나는 순간부터 최악의 카드를 뽑아서 못된 악인이 하듯 거짓말하고 사기치고 때리고 도둑질하는 것만 배우다가 결국 몇 년 동안 감옥문 닳는 데 공헌하고 나서, 기진맥진해 가끔 무슨 종교나 이데올로기에 빠져들게 된다. 그러면 그들은 처벌에 대한 두려움, 그리고 다시 범죄를 저지를까 겁이 나서, 그러니까 못된 악인이 되어 여생 동안 자꾸 감옥에 들어가게 될까봐, 다른 이에게는 더이상 폭력을 가하지 못하고 자신에게만 폭력을 가한다.

일주일도 지나지 않아 넌 집을 구했고, 그렇게 해서 전체 프로그램의 마지막 두번째 조건을 채우게 되었어. 그런데 다른 가능성이 없다는 것, 다른 방법으로는 네가 어떻게도 할 수 없다는 걸 난 알았기 때문에 소액 신용대출을 받아 네 저렴한 집의 보증금으로 쓰라고 빌려줬어. 내가 사는 데서 멀리 떨어진 네 집은 노이퀼른 구역 가장자리, 템펠호프 공항에서 가까운 엠저 거리에 있었고, 다 무너져가는 건물에 여름에도 어둡고 냉기가 올라오는 1층 방이었어. 이렇게 해서 난 돈 몇 푼을 쉽게 써버리고 말았지. 조만간 네가 다시 우리 집으로 들어올 거라고 확신했지만, 그때까지는 프리데 때문에라도 최소한 이틀에 한 번은 날 방문할 거라 생각했어.

그런데 오히려 그 반대였어. 난 노동청이 강요하는 식자공 보충 코스가 끝나면 시간이 나는 대로 널 찾아갔어. 당시 이상하고도 슬그머니, 마치 병에 걸린 것처럼 날 옴짝달싹 못하게 만들던 무력감 속에서도 말이야. 가끔 한밤중에 택시를 타고 갈 때면 너에게 전화가 없다는 게 오히려 기뻤어. 가도 되느냐고 미리 물어보지 않아도 되니까. 네가 무슨 짓을 하는지 정확히 알 수 없다는 게 참을 수 없었고, 누군가가 널 도와야 했기 때문에, 그 누군가가 다름 아닌 바로 나였기 때문에, 그래서 이렇게 길바닥에 돈을 뿌리는 거라고 스스로를 설득했어. 그러고는 자질구레한 살림살이 도구며 먹을거리, 와인병을 꾸려들고, 재킷 한쪽 주머니에는 프리데를, 다른 주머니에는 너에게 줄 담배를 넣고 네 집 초인종을 울리고 문을 두드려댔지. 잠에 취해 미소를 머금은 네가 우릴 집 안으로 들일 때까지 말이야. 넌 집주인이 열쇠를 하나만 줬고, 보조 열쇠는 "곧 만들" 거라고 주장했지만, 내가 보조 열쇠에 대해 물을 때마다 늘 집주인이 "틀림없이" 서면허가증을 곧 가지고 올 거라는 말만 반복했어.

알고 보니 나만 널 도와주고 싶어한 게 아니더라. 너네 집에 도착하자마자 화장실로 막 달려갔던 어느 날 저녁, 예전에 율리네 집에서 손님용 침대로 쓰던 빨간 플러시 소파가 부엌에 있는 걸 보았어. 넌 율리가 푸통 소파를 새로 들여서 그 낡은 것을 너한테 주었다고 했어.

뭐, 율리가 여기 왔어? 내가 물었어.

"아니, 내가 율리 집으로 갔어." 넌 기가 죽어서 순순히 시인했어. "그저 한 번, 안부 인사 정도만 나눴어. 율리 집에서 바로 몇몇 동지들한테 전화해 운반하게 했어."

웬 동지? 나는 깜짝 놀라 물었어.

"응, 동지들이지. 트리아데와 가라테 클럽 친구들. 넌 걔들 몰라. 어떻게 알겠어?"

그 일에 관해 너는 더이상 아무 얘기도 해주지 않았어. 너와 율리가 다시 연락을 주고받는다는 것, 네가 가라테 연습을 다시 시작했다는 것, 더군다나 무슨 친구들까지 있다는 것이 이상하다 싶었지만 더이상 그 문제를 파고들 기분이 아니었어.

　넌 내 도움 없이 사회복지국에서 설비보조금을 받아내 건축자재 시장에서 널빤지와 중고 스탠드를 산 뒤 프랑크한테서 잔뜩 빌려온 드릴과 장비로 하루 종일 공작을 했어. 난 수작업에는 완전 젬병이어서 도움도 못 되고 방해만 하고 있었지. 전염됐느니, 안 됐느니 하며 혼자 떠들어대면서. 넌 잠자코 듣고는 있었지만 그 이야기가 꽤나 귀에 거슬린다는 눈치였어. 프리데와 도어스 말고는 더이상 공통 관심거리가 없었지. 넌 너의 "새롭고 자유로운 삶"을 톱질하고 나사를 돌렸지만, 내가 보기에 그 삶은 그저 자유로운 죽음이었고, 이 여행이 어디로 향할지 몰라 우선은 널 잃어버릴까, 그다음에는 나 자신을 잃어버릴까 두려웠어. 곧 본격적으로 다시 일을 시작해야 하는 것도 두려웠고, 네가 어쩌면 내 돈을 갚지 않을지도 몰라서 두려웠어…… 그러니까 너 같은 종류의 인간은 절대로 그렇게 부르지 않겠지만, 나 같은 인간은 보통 미래라고 부르는 그 모든 것 때문에 난 두려웠던 거야.

다시 일주일 뒤, 트리아데 프로그램의 마지막 한 달이 막 반을 넘어갈 무렵 넌 집행유예 보호관찰자를 통해 벌써 일자리까지 하나 얻었어. 내가 겪어봐서 잘 아는데, 너나 나처럼 훈련받은 식자공은 더이상 수요가 없었어. 어쨌든 너는 "페르질 여자와 자로티 모어부터 에르달 프로슈와 루르키*에 이르기까지 온갖 다양한 종류"의 오래된 광고 포스터와 광고판을 리메이크하는 쇤베르크의 작은 인쇄소에서 일자리를 구했어. 하지만 그것이 네가 꿈꾸던 일도 아니었고, 그렇다고 돈을 많이 받는 일도 아니었기에, 어쩌면 "너, 나 하며 말을 튼" 조에게, 네가 마약에 대해선 좀 아니까 "마약상담사"가 되겠다고 말하고 싶었겠지. 암튼 중요한 것은 "그 새끼 조는 이제 아무 힘도 없고" 너의 "집행유예 퍼지** 찌질이"가 "건강상의 이유로 너의 남은 형량에 대한 사면"을 신청해주었다는 거였어.

감기 비슷한 증세가 있던 나는 어쩌면 이게 에이즈 감염의 첫 신호일 수도 있다 싶어 아침부터 컨디션이 아주 안

---

* 페르질 여자는 페르질 세제 제품을 선호하는 여자, 자로티 모어는 초콜릿 상표, 에르달 프로슈는 구두약 상표, 루르키는 아동용 신발 상표.
** Fuzzi 혹은 Fuzzy는 1940년대 서부영화에 나오는 웃기는 인물을 말한다.

좋다고 얘기하려고 프리데도 안 데리고, 미리 약속도 하지 않고 널 찾아갔어. 그날 넌 기분이 무지 좋았어. 나는 너에게 호소하고 싶었고, 위로받지는 못하더라도 네가 좀 달래주었으면 했지. 그런데 어떻게 얘기를 시작해야 할지 모르겠더라구. 넌 환한 얼굴로 날 쳐다보며 부엌 테이블 위에 촛불을 켜고, 샴페인을 한 병 따고, 과일을 섞은 요거트 그릇을 내 앞에 갖다놓고 말했어. "아, 베이비, 라텍스 알레르기가 있는 수녀원장처럼 늘 그렇게 쳐다보지 좀 마. 모든 게 잘되고 있으니까. 늦어도 다음 달 말이면 네 쩐을 돌려줄 수 있을 거야. 볼래, 이 '하리'가 해낼 거라구." 네가 네 이름을 전과 다른 억양으로 부른 것도 별스럽게 여겨졌지. 넌 자신을 삼인칭으로 말할 때, 해리가 아니라 목소리를 낮춰 a를 길게 늘이며 '하리'라고 부른다고 했어. 내가 왜냐고 묻자 넌 전에는 본 적 없는 모습으로 경박하게 큰 소리로 웃으며 그게 자기에게 더 잘 어울린다고 했어. 그 웃기는 주장은 좀더 연구해볼 가치가 있었지만, 어쨌든 나도 너의 낙관주의에 같이 휩쓸리고 말았지. 넌 "가장 최근의 재산" 운운하며, 네 새 친구 중 하나가 주었다는 소니 전축을 틀었어. 네가 막 도어스의 〈Waiting for the Sun〉 레코드판을 꺼내려는 순간 초인종이 울렸지. 여러 번 계속 울리더라구. 넌 조금 놀란 듯 쳐다보았고, 나는 약간 화가 났어. 밤 열한시가 다 된 시간에 찾아온 사람이 누구인지 궁금하기도 했고. 지금까지 우리 집에도, 너네 집에도 내가 모르는 누군가가 널 보러 온 적은 없었는데.

널 문으로 갔어. 난 율리의 소파에 앉아 있었고. 세 사람의 낯선 목소리가 들려왔어. 하나는 사투리가 섞이지 않은 약간 울먹거리는 목소리였고, 나머지 둘은 베를린 사투리를 쓰는 저음이었어. 그 주인공들이 부엌에 들어왔는데, 그들이 바로 클링 형제였어. 네가 한 사람씩 소개해줄 때, 나는 놀랐고 또 매우 의아했어. 너는 그들을 그리 오래 안 것도 아니고, 아주 잘 알지도 못하는데, 어떻게 두 사람을 구별할 수 있는지 의아했던 거야. 네가 그때 딱 한 번 엘마르와 에긴하르트라고 부르고, 그 뒤로는 엘미, 에기, 아니면 그냥 클링 형제라고 부른 그들은 일란성 쌍둥이였는데, 내가 지금까지 본 중 가장 일란성스러운(이 형용사 형태가 맞나?) 쌍둥이였어. 내 눈에 그들이 얼마나 이상해 보였는지 말한 적이 있던가? 클링 형제는 키가 덜 자랐다기보다는 원래 작은 듯 진짜 땅딸막했고, 체형까지 거의 주사위 모양이라 작은 키가 더욱 눈에 띄었어. 꼭 레고 인형 모델 같았지. 그런데 레고 인형과는 다른 점이 클링 형제에게는 둥근

부분이라곤 전혀 없었다는 거야, 머리조차도 둥글지 않았으니까. 각지게 자른 머리는 약간 봉두난발인 아이젠헤르츠 왕자* 스타일이었고, 각지고 무표정하지만 둔해 보이지는 않는 얼굴에 손은 작고 넓었으며 손가락은 가지런했어. 그리고 작고 네모난 발에는 통나무같이 조야한 모양의 밑창이 평평한 운동화를 신고 있었지. 쌍둥이 형제는 몸놀림과 말하는 방식조차 네모스럽게 느껴질 정도였어. 그들 소개를 넌 너무도 적절하게 "얘들은 서로 모서리에 자꾸 부딪쳐"라는 말로 끝맺었어.

클링 형제가 들어올 때 분명 여자 목소리도 섞여 있었는데, 왜 몇 분 뒤에야 모습을 드러냈는지는 모르겠어. 여자는 울먹거리며 "손수건을 찾았다, 담배를 잃어버렸다"는 이상한 소리를 하더니 깊이 숨을 들이마시며 네 옆 소파에 앉았어. "여긴 릴라, 미안하지만 더는 몰라, 아직까지는."

네 소개에 덧붙일 말이 없다고 생각한 릴라는 네가 내미는 기타네스 담뱃갑에서 담배 한 개비를 뽑아 네가 내민 불에 담뱃불을 붙이고 깊이 한 모금 빨아들였어. 그녀는 마르

---

* 1937년부터 1971년까지 미국의 일요신문에 매주 연재된 만화의 주인공. 중세 기사로 특히 단발 형태에 앞이마를 직선으로 자른 헤어스타일로 유명하다.

고, 붉은색이 도는 금발에 얼굴은 푸르스름하게 창백한, 밝은 보라색이라 할 수 있었고, 목소리만 빼면 모든 게 좀 축 처진 느낌이었어. 크고, 물기가 어려 반짝이는 눈은 쑤욱 들어갔고, 턱에는 깊은 보조개가 졌고, 좀 아래쪽에 자리한 잘록한 허리, 가슴 자리도 좀 아래였어. 릴라는 쿠션을 이리저리 뭉쳐 받치고 율리의 소파 왼쪽 구석에 마치 뿌리라도 내린 듯 깊숙이 몸을 파묻고 앉아 있었어.

새로 이사한 집을 방문할 때 보통 그러듯 클링 형제도 뭔가를 손에 들고 왔어. 둘이 각각 파란색, 분홍색의 미키마우스 모티브가 수놓인 테리천으로 포장한 상자를 들고 왔는데, 목욕용 타월, 수건, 작은 때밀이 타월 세트였어. 난 한편으로는 어이없고, 또 한편으로는 감동받아 선물을 어루만졌지. 타월은 아주 두껍고 성글어서 질은 참 좋았지만, 아무리 좋게 말해주려 해도 모양은 끔찍했어. 작지만 아주 남성적으로 보이는 그 주사위 사내들이 너 같은 대장부에게 설마 그런 소녀 취향의 유치한 물건을 선물하리라고는 차마 생각도 못했기 때문이야. 하지만 넌 아주 기뻐하며 모든 걸 차곡차곡 개어 다시 상자에 넣고, 마치 가장 중요한 보물을 위한 영광의 자리라는 듯 널빤지를 쌓아 올린 위에 그 상자를 모로 세워두었어. 그런 뒤 베일리스 한 병, 비스킷, 오렌지주스, 콜라를 들고 와 이제 파티를 시작하겠다고 말했지.

그날 저녁과 같은 네 모습을 난 본 적이 없었어. 넌 계속해서 그 새롭고 시끄러운 소리로 웃어댔고, 나 외에는 아무도 먹지 않은 계란프라이를 부치고, 빈 잔을 채워주고, 재떨이를 비우고, 가끔 클링 형제에게 누구는 어떻게 지내고 누구는 어떻게 되었느냐고 물으며, 내가 한 번도 들어보지 못한 이름들을 들먹였지.

난 엘미와 엘미보다는 말수가 적은 에기가 툭툭 던지는 첫마디로 그들을 구분했어. 에기가 엘미보다 멍청했거든. 그들의 말을 이리저리 맞춰본 결과, 클링 형제나 거의 입을 떼지 않는 릴라, 이들은 네가 말하던 트리아데 동지는 아니었고, 오래된 친구는 아니더라도 오래 알고 지낸 사람들이긴 했어.

클링 형제는 너와 같이 "몇 년"을 자이델 거리의 테겔 교도소에서 감방생활을 했는데, 에기는 중상해죄로, 너보다 한 달 뒤에 출소한 엘미는 '자격증 위조와 사기 경합죄(競合罪)'로 감옥에 간 거였어.

너희는 추억에 빠져들었어. "테겔 수감자 가운데 소수 검은띠 소지자" 중 하나였던 네가 가라테 그룹에서 "살인자들, 군기 빠진 헐렁한 부대자루들을 정신이 번쩍 들게" 만들었고, "늙은 마이어와 틸이 시건방진 정치범 중에서는 유일하게" 에기한테 레슬링 훈련을 받아 "상급 프로레슬러"가 되었다고. 너희는 "칼레, 랄피, 하산 같은 겁쟁이들"과 "가라테 기술을 연습하던" 중에 "아가리를 바닥에 세게 부딪히는 바람에" 송곳니가 부러진 "두 다리가 어설픈 늙은 난봉꾼" 올레그에 대한 이야기도 했어. 그리고 어느 땐가, 도무지 동나지 않을 것 같은 네 술창고에서 네가 또 한 병의 베일리스를 갖고 왔을 땐 정치가 화제에 올랐지. 에기는 "아랍 놈들"을 욕했어. 그 "게을러터진 남쪽 과일 새끼들"이 "썩은 거름만" 공급하면서, 가격을 밑으로 내리눌러 "장사를 망치고" 있다고. 엘미는 그건 "까까 알약" 이야기이고, 자기는 "커다란 역사적 맥락"에 더 관심이 간다고 말했어. 세상에는 너무 많은 일이 일어나는데 독일에는 오히려너무 적게 일어난다고. "정치인들은 앉아서 인생을 즐기며 평화 이야기나 지껄이는데, 평화는 우리 군대가 유지해주고 있겠다, 지들은 러시아 놈들이 원하는 것만 하고 있다"는 것이었어.

　너는 느긋하게 뒤로 기대앉아 릴라의 축 늘어진 어깨에

손을 올린 채 엘미의 말에 맞장구를 쳤지. "그래, 그 씨팔 주둥아리 큰 놈들은 대체 뭘 하고 있는 거야? 삼십 년 평화는 대단한 거라고 놈들은 말해. 근데 평화라니? 냉전이 참 좋은 평화다. 내 그 말 좀 깨부숴주지. 그놈들의 그 웃긴 평화는 히틀러 덕이기도 해. 히틀러가 그렇게 많은 걸 원하지 않았고, 우리가 꿀밤을 그렇게 많이 맞지 않았다면, 우린 벌써 오래전에 다시 뒷담화나 까고 있었을걸."

난 내 귀를 믿을 수가 없었고 엄청 화도 나서 단숨에 와인을 들이켜고 끼어들 참이었어. 어, 해리, 자기 좌익이라고 하지 않았어? 그럼 히틀러가 망한 걸 기뻐해야지……

그러자 넌 단호하고 권위적인 말투로 "주둥이 닥쳐, 지금 우리가 얘기하고 있잖아"라며 내 말을 잘랐어. 그 말투가 너무 낯설어 난 그때부터 파티 내내 입을 다물고, 어느 심리분석가가 다중인격 현상에 대해 쓴 신문기사를 생각하며 시간을 보냈어.

그런 식으로 대화는 한참 동안 계속되었어. 너희는 "살찐 교도관" X를 "꼬드겨" 5리터 식초를 교도소 부엌에서 빼돌린 뒤 Y에게 "앙갚음했던" 옛 동료 스토리를 풀어놓았지. 난 이야기의 앞뒤 맥락을 따라잡을 수 없었어. 와인 때문이었지. 나는 이제 막 해리라는 한 사람, 내 마음을 사로잡았던 그 해리와는 다른 해리를 알게 된 것 같은 기분이었어. 그날 저녁, 시간이 가면 갈수록 새로운 해리 혹은 '하리'는 그 전 몇 주 동안의 부드러운 너, 처음 빈터펠트 광장에서 내가 만났던 너와는 다른 만큼 깜짝 놀랄 정도로 아주 인상적이었어.

릴라가 어느 순간 부엌에서 나가 십오 분가량 없어졌다가 치즈같이 누렇게 뜬 얼굴로 다시 나타나 문틀에 기대서 있던 모습, 또 이상한 움직임으로, 가벼우면서도 무겁게 소파로 돌아가던 모습을 아직도 기억해. 그 모습이 꼭 자루같다고 생각했어. 릴라는 다시 네 옆에 앉았고, 두세 번 눈알을 굴리더니 몸을 앞으로 숙인 채 깊이 잠들어버렸어. 쌍둥이가 릴라의 신발을 찾아낸 뒤 네 어깨를 툭툭 치며 이젠 진짜 가봐야겠다고 하면서, 아마도 내 생각엔 에기였던 거 같은데, 도통 깰 생각을 하지 않는 릴라를 엘미의 도움으로 등에 들쳐 업었어.

넌 신선한 공기를 좀 쐬어야겠다며 그 웃긴 친구들과 침낭처럼 축 처져 곯아떨어진 릴라를 따라 밖으로 나갔어. 내 기억이 맞다면, 넌 바로 돌아오지 않았지. 그리고 돌아와서도 다시 소파 구석에 아무렇게나 앉아 늘어지게 하품을 하고는, 음악도 다시 틀지 않고 그저 혀 꼬부라진 소리로 웅얼대기만 했어. "어느 아름다운 일요일, 이슬이 내렸지. 그때 로렌츠, 페터가 첼렌도르프에서 도둑질을 했네."

비록 내 상태도 별로 좋지는 않았지만, 그 순간 난 너같이 머리가 뒤죽박죽인 사이비 프롤레타리아에게 '68소동' (너의 표현)이 남긴 건 몇 마디 문구와 주삿바늘뿐이라는 사실을 알게 되었어. 그 주삿바늘을 통해 온갖 물질들이 네 안으로 흘러 들어갔을 거고, 그런 성분들이 네 의식 확장 작업인지 의식 파괴 작업인지를 철저하게 해낼 수 있었던 거야. 네가 날 놀리려고 '로렌츠와 페터' 노래를 계속 부르는 거라고 나도 생각하긴 했지만, 어쩌면 바로 그때 넌 단한 번 진짜 취했는지도 몰라. 어쨌든 난 상당히 취한 상태였음에도 용감한 여자인 척하며 유리잔, 쟁반, 재떨이를 싱크대에 덜그럭 소리가 나게 던져넣으며 요란을 떨었어. 아니, 내가 너에게 억지로 토론을 하자고 했니? 그때 내가 무슨 알아들을 만한 말이나 할 수 있었어? 내가 널 소파에서 끌어내 침대로 데려가려고 하길 했어?

분명한 것은, 다음 날 아침 아홉시에 시작하는 식자공 보충 코스에 가기에는 너무 늦게 일어났고, 눈을 떠보니 나혼자 네 매트리스에 누워 있었다는 거야. 난 여전히 잠에 취해, 여전히 술이 안 깬 채 이리저리 비틀거리며 율리의 소파 쪽으로 걸어갔어. 그러나 넌 거기에도, 화장실에도 없었어. 난 어둡고 더럽고 곰팡이와 쓰레기 냄새가 나는 부엌에서 맨발로 몇 분 동안 서 있었어. 내 안에서 치솟아 오르는 눈물, 그리고 눈물을 따라 올라와 눈물보다 더 앞서려 하는 메스꺼움 때문에 목이 졸리는 것 같았어. 구토가 나올 것 같았지만, 네가 지금 여기 없는 건 별 대수롭지 않은 이유 때문일 거라고, 그저 하드롤이나 담배를 사러 갔거나 아니면 트리아데 동지들에게 갔을 거라고 생각하며 나 자신을 달랬어.

지각한 핑곗거리를 그럴싸하게 짜내서 식자공 코스에 가야 했어. 그러지 않으면 지원을 취소해버릴지도 모르니까. 나는 싱크대에 쌓인 그릇 더미 위로 몸을 굽혀 찬물로 세수를 하고 재빨리 옷을 입고 집을 나섰어.

심하게 퍼붓는 여름비를 맞으며 라이네 거리 지하철역을 향해 가는 동안, 네가 집에 있는지 항상 감시할 수 있게 해야겠다 싶어졌어. 돈 아까워하지 말고 당장 너네 집에 전화를 설치해야겠다고, 죽을힘을 다해야겠다고 맹세했어.

14

너의 내부에서, 그리고 너의 외부에서 일어났던 변화를 말해주는 징후는 충분히 있었을 거야. 그것이 언제부터 도저히 간과할 수 없을 정도가 되었는지는 말할 수 없지만. 지금까지도 난 말할 수가 없어. 모든 이성과는 반대로, 끝끝내 모른 척하며 그 징후를 무시하는 데 성공했으니까. 어쩌면 난 스스로에게 너무 골몰해 있었는지도 몰라. 테스트를 받아야 하나 말아야 하나, 보충 코스를 끝까지 마치고 스프링거 출판사에 들어가 시대에 뒤떨어진 식자공으로 살아가야 하나 아니면 전공이라도 하나 정해 대학에 들어가야 하나, 프리데에게 여자친구 쥐가 있어야 하나, 나만 있으면 되는 건가, 네가 날 사랑하나 그냥 그런 척만 하는 건가 따위 문제들이었어. 딱히 더디게 진행되지도 않았는데 막판에 갑자기 속도가 붙다가, 그렇지만 결코 판결문으로 결론이 나지 않는 재판 같은 거였어. 죽음도 이와 같을 거야. 어느 누구도, 그 무엇도, 기계조차도, 죽음과 죽어가는 것을 정확하게 구분할 수 없지. 죽음은 갑자기 등장하지 않고, 초까지 정확히 결정할 수 없는 거니까. 의사가, 대부분 너무 늦게 나타난 의사가 사망확인서에 사망 일시를 뭐라고 써넣든지 말이야. 어쨌든 아무 상관 없어. 죽은 것은 죽은 것일 뿐이니까, 비록 죽은 뒤 한 시간 후의 모습과 열 시간 뒤의 모습은 다르겠지만.

물론 넌 자신에게 무슨 일이 있는지 나한테 숨기려고 했어. 난 분명 네 변명만으로 만족했고. 곧 드러났지만, 나는 보이는 것만 보려 했던 거야. 즉 나는 내가 그냥 보고 있을 수 없는 것은 보지 않으려고 했어. 그리고 넌, 내가 알면 그냥 보고만 있을 수 없는 일을 안 보려 한다는 사실을 내가 실수로 못 본 거라고 생각했고.

그래, 해리. 나는 너 몰래 긴급 신청을 했고, 그래서 더 많은 돈을 내고 난 뒤 넌 드디어 전화를 갖게 됐어. 하지만 나한테는 여전히 네 방 열쇠가 없었고, 그 전에 비해 너와 연락이 더 잘되는 것도 아니었어. 적어도 나는 그랬어. 나중에 알게 된 일이지만, 너는 네 동지들과 따로 신호를 정해두고 있었어. 한 번 울리면 끊고, 다시 걸어서 다섯 번 울리면 수화기를 들기로. 그걸 알아내고는 그대로 너에게 전화를 해봤더니 네가 전화를 받았어. 넌 나일 거라고는 생각도 못했기 때문인지 깜짝 놀랐지. 그다음부터 너희는 신호를 다시 바꿔버렸어.

네가 언제, 그리고 무슨 역할로 다시 합류했고, 합류하자마자 바로 헤로인을 다시 시작했는지에 대해선 들은 적이 없어. 네 글에도 내 상상을 도와줄 만한 내용은 전혀 없었고, 게다가 내 짐작이 맞다면 넌 1987년 8월부터 1989년 3월까지는 노트에 아무것도 쓰지 않았어. 그리고 훨씬 뒤에, 언제 다시 약을 하게 되었느냐고 물어보자 넌 "그건 중요하지 않아. 그걸 안다고 해도 넌 아무것도 못 사, 나도 못 사고"라며 킥킥댔지. 그런데 산다는 말이 나오니까 생각나는데, 넌 몇 주 동안 나한테 돈을 빌려가지 않았어. 시험 기간이었던 대략 한 달 반 동안, 쇤베르크 인쇄소에서 일을 시작했다가, 네 말로는 주인이 에이즈 감염 사실을 아는 바람에 일자리를 잃었던 그 시기에 넌 한 번도 돈을 꾸지 않았지.

원래 운명주의적인 내 정서 때문이기도 하지만, 난 네가 하는 이야기가 과연 진실일까 은근히 의심했어. 그전에도 넌 잠자는 걸 좋아했지만, 당시에는 잠을 더 많이 잤어. 흰자가 나를 노려보는 듯한 그런 반쯤 감긴 눈으로. 내가 너의 동굴 같은 방에 들어갈 때마다 너는 늘 피곤해하며 꾸벅꾸벅 졸았어. 환상소설도 읽지 않고, 도어스도 안 듣고, 말도 안 하고, 프리데하고 놀지도 않았지. 그런데 바보 같은 난 이 모든 걸 오로지 그 병의 첫 징후라고만 생각하고 국수장국을 숟가락으로 떠먹이며 네가 의사한테 갔으면 좋겠다고, 다시 우리 집으로 들어오거나 아니면 최소한 이 곰팡내 나고 축축한 방보다는 나은 곳으로 이사하면 좋겠다고 말했을 뿐이야. 그러나 넌 모든 게 "오케이"고, 그렇게 하면 "이리저리 소란만 피우게" 될 뿐이라고 했어. 당시 난 자주 고함을 지르고 울기도 많이 울었어. 너는 문도 안 열어주고 전화도 안 받은 이유가 가라테 연습 때문이라고 했지만, 나는 믿지 않았어. 넌 네 표현대로 "졌다"고 하면서 그리 달갑지 않아하며 날 들여보내줬지만, "제발, 매번 이러면 곤란하다"는 말을 빼먹지 않았지.

　그다음 날 저녁, 약속 시간보다 이십 분 빠른 다섯시 반,

노이퀼른 헤르만 거리의 뒤쪽 공터에서였어. 난 1960년대에 지은, 두꺼운 회칠이 군데군데 떨어져나간 흉물스러운 콘크리트 건물 앞에서 널 기다리고 있었어. 활짝 열린 오야마 가라테 클럽의 문은 나무문이나마 새빨간 색으로 새로 칠해져 있었는데, 무섭다기보다는 오히려 위풍당당해 보이는, 터키어나 독일어로 이야기하는 젊은 사내들이 두셋씩 짝을 지어 드나들더라구.

남자들이 나한테 전혀 신경 쓰지 않았기 때문에, 아니면, 이건 절대 나 혼자만의 착각이 아닌데, 뭔가 비웃는 듯한 웃음을 지으며 날 쳐다보았기 때문에 기분이 좋지 않았어. 어쨌든 여기에 여자친구를 데려오는 사람은 아무도 없다는 걸 알아차린 나는 혹시 널 당황하게 만들지나 않을까, 아니 그보다도 네가 창피해하지나 않을까 걱정이 됐어. 나는 네 누나나 엄마처럼 보이지 않도록 최대한 노력했어. 화장을 하고, 곱슬머리를 '아시아 야자나무'처럼 위로 틀어올려 묶고, 멋진 새 진바지에 파란 가죽 운동화, 그리고 스포티하지 못한 살찐 허리를 가려주는 야한 네온컬러의 헐렁한 티셔츠를 걸쳤지.

여섯시 직전, 너는 약간 앞으로 기울어진 듯한 한쪽 어깨에 천가방을 둘러메고 미소 지으며 달려와 내 팔을 잡았어.

"예뻐." 넌 조금도 당황하는 기색 없이 말하며 바싹 마른 입술로 입을 맞췄어. 우리는 클럽으로 들어가 숱 많은 긴 머리카락을 감아 상투를 틀어올린 땅딸막하고 그리 젊다고는 할 수 없는 한 사내에게 인사했지. 넌 그를 "크로이츠베르크 최고의 천재 자동차 나사공 타릭"이라고 소개했어. 그리고 벌써 와서 옷을 갈아입은 클링 형제와도 인사를 나눴지. 각진 하얀 상의에 복사뼈까지 오는 헐렁한 바지를 입은 클링 형제는 더 닮고, 더 주사위 같아 보였어.

나는 몇몇 사람들이 있는 데로 가서 앉았는데, 모두 남자였고, 이상하게 구부러진 파란색, 노란색, 검은색 사선이 그려진 나무 바닥의 가장자리에 제각기 나름대로 완벽한 책상다리를 하고 앉아 있었어. 나도 책상다리를 할 수 있을 만큼 아직 몸이 유연해서 기분 좋았고, 마침 치마를 안 입은 것도 마음에 들었어.

너희들, 그러니까 너와 타릭, 클링 형제를 포함한 일곱 남자가 아주 꼿꼿하게 기품 있는 자세로 투기장에 등장했지. 물론 가라테 연습장을 '도조'라고 부른다는 걸 알지만, 그냥 내 방식으로 투기장이라고 불러보는 거야. 넓은 등을 완벽하게 감싼 하얀색 도복을 입고, 날씬한 엉덩이 위로 검은띠를 묶은 너의 모습은 정말 멋졌고, 실제 경기에서도 여전히 멋진 모습을 보여주었어. 너희는 도조의 관객을 향해 깍듯이 절을 하고 한 줄로 쭉 늘어섰어. 네 옆에는 팔, 손, 발, 심지어 얼굴에까지 문신을 한, 너희보다 나이가 많고 단단한 근육질의 아시아인이 서 있었는데, 일본인이나 중국인이라기보다는 오히려 타이나 캄보디아 사람 같았어. 너를 제외하고 유일하게 넓적한 검은띠를 매고 있던 그 아시아인이 뭐라고 소리쳤어. 그게 '세이자'라는 명령이라는 것, 그리고 정해진 의식에 따라 '세이자' 뒤에 나오는 명령이 무엇인지 이제 난 알아. 그 사람이 뭐라고 하자 너희는 먼저 오른다리를, 그다음에는 왼다리를 굽혔고, 허벅지에 손을 올린 뒤 앞을 바라봤는데, 딱히 누군가를 쳐다보는 건 아니었어. 문신으로 피부가 얼룩덜룩한 사람이 아마도 급수가 제일 높은 마스터 같았는데, 그가 "모쿠조" 하고 소리치자 너희는 눈을 감았고, "모쿠조 야메" 하고 소리치자 다시 눈을 뜨고 그 아시아인을 향해 고개를 숙였어. 나중에넌 그가 타이완 사람이고, "마약 밀수 행위"로 테겔 교도소에 수감되어 오 년 형기 동안 너와 같은 감방을 썼는데, 그 시절 너의 사범이었다고 말해주었어. 그 아시아인에게 너희는 "젠제이 니 레이"라고 인사했어. 그러고 나서 서로서로 인사를 나누고, 허벅지에서 손을 떼고 바닥을 짚더니,

상체를 앞으로 내밀고 다 들릴 정도로 크게 숨을 내쉬며 다시 한번 절을 했어. 그런 뒤 다시 일어나 아까 무릎을 꿇었을 때처럼 거창한 방식으로 마지막 절을 하고 체조를 한 뒤 연습을 끝냈지.

아, 해리, 나는 너만 보고 있었다고 말하진 못하겠어. 몸매가 좋은 다른 남자도 있었거든. 클링 형제도 보통 때처럼 그렇게 우스꽝스럽지 않았고. 하지만 넌 정말 신만큼이나 숭배할 만했어. 네 발이 얼마나 높이 날았다 멋지게 착지하던지, 엉덩이는 얼마나 유연하게 돌아가던지, 팔은 얼마나 정확하고 잽싸게 앞으로 뻗어나오던지, 상체는 얼마나 탄력적으로 뒤로 빠지던지. 네 몸이 힘차게 공중으로 튕겨 올라가 한 바퀴 돌며 다리를 쫙 벌리고 몇 초 동안 마치 공중에 떠 있는 듯 보였는데, 꼭 춤을 추는 것 같았어. 그리고 네가 "파트너"라고 부르는 네 상대들은 존경심에 가득 차서 즉시 너에게 고개를 숙였고, 당연하게도 패한 상대가, 네가 말하듯 "좋은 경험을 쌓아서" 물러날 때면 넌 더 겸손하게 고개 숙여 절했지.

난 다시 오야마 가라테 클럽 앞에서 널 기다렸어. 다른 때와 마찬가지로 거의 반시간을 기다렸는데, 넌 샤워로 젖은 머리카락에 피곤한 웃음을 지으며 내게 다가왔어. 난 마치 〈한여름 밤의 꿈〉에 나오는 티타니아, 라이샌더, 드미트리우스를 몽땅 합친 것처럼 마법에 걸려 널 바라보았지.

우린 함께 우리 집으로 갔어. 넌 불을 끄고, 샌들도 벗지 않은 채 매트리스에 누웠지. 난 네 이불 밑으로 들어가려는 프리데를 "거긴 내 자리야" 하며 끄집어내 부엌으로 데려갔어. 그리고 냉장고에서 보드카를 꺼내 몇 모금 마신 뒤 부엌문을 닫았고, 넌 아무 말도 없었어.

난 모든 걸 잊을 생각이었어. 오직 네 옆에만 있고 싶었으니까. 너의 가끔은 시큼한, 하지만 오늘따라 싱그러운 숨냄새를 맡으며 약간 쓴 네 피부를 맛보고, 너의 널찍하고 털 없이 매끈한 가슴팍을 어루만지고 싶었어. 너의 단단한 어깨, 팔, 다리, 그리고 페니스를 원했던 거야. 내가 네 페니스에 대해 일말의 후회감이라도 가졌던 것, 나의 공포가 부끄러웠어. 내 공포는 비겁함, 과민증, 지나친 빈둥거림에 다름 아니었어. 그건 애초에 반은 다 떨어진 내 인생, 너 빼고는 아무런 사건도 없는 내 인생에 대한 처절한 매달림이 아니었을까. 그래, 인생은, 운명은 사건의 연속이 아닌가? 그럼 내 운명은? 내게는 오직 하나의 운명만 있었을까? 우리가 서로에게 다가갔을 때마다 나는 매번 새로운 운명을 취하지 않았던가? 그런데 이 사랑이라는 로또는 꽝조차 당첨이 되지 않았던가? 난 언제나 얻지 않았던가, 졌을 때조차도. 처음에는 죽음에 대한 불안, 그다음에는 그 불안에 대한 불안, 그다음에는 아무런 공포가 없는 것, 그러니까 어떤 보호막도 없다는 점에서 너와 마찬가지 신세라는 불안감, 우리가 더 똑같아지고, 더이상 지상에 존재하지 않을 때까지 같아지고 또 같아지고…… 이런저런 생각, 벌컥벌컥 들이켠 보드카 세 잔에 불붙어버린, 마치 내 해골의 황량함 속에 갇힌 난쟁이담비처럼 이리저리 치이고 내달리는, 이 가장 단순한 심리 논쟁의 찌꺼기도 생각이라고 불러준다면, 이런 생각을 하다보니 난 '똥이나 처먹어라' 하는 기분, 그것도 영웅적인 그런 기분으로 들떴어. 몇 주 동안 우리를 압박했던 나의 '잡는 것도 아니고 가도록 놓아주는 것도 아닌', 물행주처럼 부루퉁한 마비 상태보다는 정말 훨씬 나았어. 그리고 이제부터 제대로 사랑을 하고 싶었어. 자신을 잊고, 그러니까 두려움 없이 말이야. 그런데 그걸 너 외에 어느 누구하고 더 잘해낼 수 있겠니, 안 그래? 난 날 놓아버리고 네게 책임을 떠넘기고 싶었어. 정말 다시 한번, 사랑(Liebe)의 대문자 L에 뭔가가 일어났으면 싶었어, 네가 내 것이 되었으면 했던 거야. 난 더이상 작아지고 비겁해지고 싶지 않았어, 오르가슴을 원했어.

너도 감지했을 거야. 뭔가가 다르다는 것을 혹은 예전과 같다는 것을. 내가 너에게 다가가며 느꼈던 열정이 꾸민 게 아니라는 걸 말이야. 네 표정이 잔잔해졌는데, 눈을 감고 있었음에도 희한하게 의식은 더 깨어 있는 것처럼 보였어. 눈꺼풀이 움찔거리고, 원래의 예쁘고 볼록한 모양으로 돌아온 입술은 부드럽고도 생동감이 느껴졌어. 내가 그 장면을 기억해보면, 해리, 미안하지만 그때 난 마치 눈 속에서 널 찾아내 네 몸을 녹여주고, 숨을 불어넣어주고, 내 몸으로 너의 몸을 따뜻하게 비벼준 것 같았어. 진정 넌 다시 내게로 돌아왔어. 그렇지만 완전히는 아니었지. 우리의 자존심을 찾기 위한 나의 오랜 투쟁은 상을 받았고, 그래서 불안은 극복되었지만, 아직 널 다 찾은 건 아니었어. 넌 나를 야자수에서 다시 끌어내리는 데 성공했고, 네가 가끔 부르듯 너의 "피노키오"는 진짜 솜씨가 괜찮은 내 손안에서 거짓말하길 멈췄어.

"화내지 마. 센파이*에게는 자신을 통제할 수 있다는 것이 행복 그 자체보다 더 중요한 거야." 넌 말했어.

---

* 일본어로 '선배'라는 뜻.

내게는 그 말이 멍청하게 들렸지만, 그래도 좀 관심이 갔어. 오르가슴과 함께 나의 낙관적인 기분도 약간 가라앉았거든. 센파이가 정확히 무슨 뜻이며, 언제부터 가라테를 했느냐고 묻자, 그런 주제를 좋아하는 넌 아주 열광적으로 이야기를 시작했지. 열 살 때부터 했고, 테겔 교도소에 있을 때 가라테 실력으로 사람들의 존경을 받았다고, 언젠가 클링 형제와 함께 열네 살 이상 소년을 위한 가라테 학교를 작은 스튜디오에서 오픈할 거라고.

어떻게? 에기는 원래 레슬링 선수이고 그 동생은 위조범인데. 내가 물었어.

"그래, 그래서 엘미는 돈이 많지." 넌 대답했어. 내가 생각했듯 그리 젊은 나이가 아닌 엘미 클링은 말하자면 우리와 같은 업종의 "더 급 높은" 동료인데, 지폐화 및 동판화 숙련 기술자로 모든 동판화 기술을 섭렵했고, 감옥에 가기 전엔 뮌헨의 기제케 운트 데브리엔트 회사 "조폐부서에서 폭탄처럼 엄청난 보수를 받는 기밀 엄수 지위"에 있었다고. "엘미는 손가락이 완전 짱이야. 못 믿을걸. 우리 둘하고 인쇄공 한 명, 사진 복사 기사 한 명이 테겔에서 함께 인쇄작업장을 운영했거든. 교도소 신문 〈섬광〉을 출간했고, 다른 바보 같은 것도 많이 찍었어. 그때가 엘미의 전성기였지."

엘미가 출소하고 나서 "다른 때는 그렇게 멍청한 에기"가 오야마 클럽 옆 술집에서 '엘미의 암호문서 통신'이라는 근사한 제목으로 '음모 개인전'을 열어주었다고, 그 전시회는 "원래 유복한 테겔 출신만을" 염두에 둔 것이었지만 수집가 몇 사람도 같이 "배를 끌어주었다"고. 너도 프랑크랑 같이 거기에 갔었다고 말했어. "프랑크는 완전 깜짝 놀라버렸어. 예술깨나 한다는 녀석들도 모두 놀랐고. 네가 그놈들을 봤어야 했는데. 완전 놀라서 눈알이 다 튀어나오고 끝내는 뿅 갔다니까. 또 그날 저녁에 에기는 얼추 우표 삼백 개를 신속하게 조달해야 했어. 어떤 것은 봉투에 넣고 어떤 것은 봉투 없이 그냥 줬는데, 봉투에 든 게 물론 더 비쌌지. 그래서 엘미는 주문받은 걸 다 처리하느라 항구 창녀처럼 일해야 했어. 그런데도 도저히 시간을 맞출 수 없자 프랑크한테 같이하지 않겠느냐고 물었어."

뭐, 우표? 내가 물었어. 그게 그렇게 대단한 거야?

그러자 넌 자세하게 설명해주었어. 엘미는 감옥 밖에 있는 동료들에게 보내는 소식을 다른 물건에 따로 숨기지 않고, 여러 색 잉크에 미리 담가둔 아주 가는 주삿바늘로 우표에 직접 글로 적고 그림으로 그려서 알렸다고. 번호를 매긴 정식 만화 시리즈물은 그렇게 해서 탄생했고, 엘미 클링 팬들, 심지어 일본에도 있다는 그의 팬들에게 이것은 대단한 가치를 갖는다는 거였어. 또한 그처럼 "천재적인 것"은 봉투를 뒤집고 편지글을 해독하면 다 되는 줄 아는 "우둔한 우편검열관의 눈엔 당연히 띄지 않았다"는 말도 덧붙였지.

우리가 그날 밤처럼 많이 웃었던 날은 그 이후로 없었어. 난 네가 웃어서 웃었고, 넌 너의 멋진 친구 엘미를 생각하며 웃었지. 며칠 뒤 너는 1986년 독일우편국이 발행한 베를린 시리즈 중 정말이지 아주 교활하고 웃기는 속임수를 쓴 우표가 붙은 편지봉투 네 개를 나에게 선물로 줬어. "c/o 에긴하르트 클링"이 너에게 보낸 것들이었지. 지금도 그 봉투들은 5:1 특수 확대경을 앞에 붙인 액자에 보관된 채 내 방 창문 사이 벽에 걸려 있는데, 난 그걸 일종의 비상금으로 여기고 있어. 내가 알아본 바로는 이 봉투의 값어치가, 엘미 클링이 이미 오래전에 죽었음에도 혹은 바로 그 때문에 오천 마르크를 호가하거든. 엘미가 왜 죽었는지, 또 동생은 어떻게 되었는지 아직도 몰라. 이 년 전쯤인가, 편지봉투에 쓰인 시르커 거리 근처까지 갔던 적이 있는데, 에긴하르트를 한번 찾아가볼까 싶던 차에 마침 거의 다 무너져내린 44번지 집을 쉽게 찾아냈어. 하지만 에기의 이름은 초

인종 문패에도, 현관 복도의 우편함에도, 건물 뒤쪽 복도의
우편함에도 없었고, 건물 측면은 건축감독청에 의해 모두
봉쇄된 상태였어.

:S

"Drauf Sein." 이 표현은 참으로 버릇없기만 한 게 내게
는 지금까지도 영 서먹해. 만약에 이 말을 '무엇으로서 존
재함'이라는 뜻의 현존(Dasein)처럼 붙여서 Draufsein이
라고 쓰면 언어 규칙을 위반하는 거래. 또 Drauf Sein 앞에
어떤 형용사나 혹은 그것의 정반대 형용사를 붙이면, 예컨
대 gut와 그 반대인 schlecht를 붙여보면, "잘하는(gut
drauf), 제대로 못하는(schlecht drauf)"이 돼. 어쨌든 핵심
은 '—하는' '—위에' '—중'이야. 뜻으로 보나 이미지*상
으로 보나 이 잘못된 언어 논리에 따르면, 너는 다시 "바늘

---

* auf는 '위에'라는 공간적 의미를 갖는데, 여기서 이미지란 auf가 가진
이 공간지칭적 특징을 말한다.

로 찌르려고 바늘 위에 있는 중"이 되는 거지. 무슨 말이냐
하면, 마약, 특히 헤로인을 '넣고' '찌르고' '쏘는' 거야. 그
짓을 하는 넌 위에 있는 게 아니야, 제대로 못하고 있는 것
뿐 아니라, 위에 있는 것조차도 아니라구. 넌 밑에 있는 거
야, 하루하루 약 기운 때문에 점점 더 밑으로 밑으로 떨어지
는 거지. 그렇게 된 건 어쩌면 네가 트리아데 치료에서 마지
막 소변검사물을 제출했던 바로 그날부터인지도 모르겠어.

　아니야. 넌 일단 눈에 띄는 행동을 하지 않았어. 어쨌든
그 전보다는 눈에 띄게 행동하지 않았다는 거야. 그러니까
내가 나중에 조언 서적—예컨대 약물중독 위험이 있는 자
녀를 둔 부모를 위한 책—에서 봤던 그런 행동을 넌 하나
도 하지 않았어. 네 팔오금에서 주삿바늘 자국이나 혈종도
전혀 보지 못했지. 원래 그 자리에선 정맥이 잘 안 보였으
니까, 또 너는 주로 사타구니에 주사했으니까. 물론 그런
사실도 훨씬 뒤에야, 네가 아닌 다른 사람한테 듣고 알았
어. 내가 전반적으로 관찰력이 없기 때문일 수도 있지만,
너의 말없는 소극적인 태도, 조용함, 너 자신이나 나, 그리
고 일상적인 것들에 대한 무관심, 짐짓 꾸며낸 혹은 타고난
겁 없는 성격을 난 한편으로는 천성으로 이해했고, 다른 한

편으로는 에이즈의 징후라고 의심했던 거야. 밤이면 아이처럼 아무런 성적 욕망 없이 나를 안으면서, 갈수록 나한테 "빈대처럼 딱 달라붙어 있고" 싶어진다고 했던 것, 네 이마의 차가운 땀, 가장자리가 붉게 물든 눈 밑 그늘, 가끔 직접 만들면서 나한테도 한 번씩 숟가락으로 저으라고 하고는 완성되면 프리데나 나한테 먹여주던 너의 '스포츠맨 다이어트식', 크박*과 바나나로 만든 요거트를 이리저리 맛없게 숟가락질하던 네 모습, 발작같이 터져나오던 하품, 몇 초 동안 까무룩 빠져들던 졸음, 이 모든 것을 난 그저 에이즈의 징후려니 여겼어. 너는 나의 그런 추측을 거부하며 힘든 트레이닝, 더위, 나쁜 기분 등 네 입맛대로 이유를 갖다댔지. 난 네 말을 믿지 않았지만, 마치 너한테 설득됐거나 최소한 안심한 듯 굴었어.

　네 신체적, 정신적 상태는 비록 저급한 수준이긴 했지만 대체로 안정되어갔고, 넌 약간이나마 좀더 활동적이 되었어. 내가 할렌제에서 꽃을 팔던 8월 말에 네가 우리 집 부엌을 잽싸게 수리해줬던 일 기억하니? 정확하게 말하자면 선반, 냉장고, 샤워실, 아무것도 없던 벽에 페인트칠을 해주

---

* 독일 유제품.

었던 일 말이야. 난 부엌 기름때가 지워져서가 아니라, 뭔가 다른 어떤 것이 아직 존재하고 있다는 사실에 기뻐했어. 네가 좀더 철저했더라면 분명히 찾아냈을 그 뭔가 때문에.

해리, 어떻게 말해야 할지 모르겠네. 어쩌면 나도 그다지 잘 기억하지는 못할지도 모르겠어. 그 이유를 이제 털어놓으려 하는데, 그 얘기를 하려면 다른 디딤돌이 좀더 필요해.

넌 밤이면 꼭 거미원숭이 같은 꼴이었지만, 그래도 그 여름 몇 주 동안은 마치 인생을 다시 알게 된 것처럼 몇 가지 점에서는 더 확고해지고 성숙해졌어. 사실 넌 자신의 길을 가고 있었고, 속내를 내보이지 않았던 거지만, 너네 집 문을 열어주거나 날 방문할 때처럼 그나마 나를 만날 때면 변함없이 의젓하고 여유만만했어. 아마 그래서였겠지, 난 덜 투덜거렸고, 불안을 좀더 잘 떨쳐낼 방법을 배워가고 있었어. 그게 아니면, 너의 금욕 성향이 날 자극했던 걸까? 난 너의 금욕 성향을 인생의 새로운 방향 설정, 성숙, 머릿속에 딴생각을 하고 있는 것이 표현된 것이라고 여겼어. 어쨌든 난 가끔씩 너를 원했고, 익숙한 방식으로 네가 날 보호해줄 거라고 믿었어. 그리고 실제로 넌 한 번도 거부하지 않았어, 물론 더이상 네가 주도권을 잡는 일도 없었지만. 난 그걸 그리 심각하게 받아들이진 않았어. 어쨌든 뭔가가 일어났으니까. 그런데 나중에는 내가 체계적으로, 그것도 훨씬 더 전력을 다했지만, 소극적인 너와의 섹스마저도 반복되지 않았어.

혹시 내 로또 당첨 생각나니?

8월의 어느 수요일, 우리가 프리데를 샐러드 그릇에다 목욕시키고 있는데, 마침 TV가 켜져 있었잖아. 기억해? 숫자가 나오자 내 입에서 "사랑의 실패, 복권의 행운"이라는 멍청한 속담이 튀어나왔던 거, 내가 의심스러울 정도로 그다지 좋아하는 기색 없이 굴었던 거 기억해? 내가 그때 얼마를 받았는지 더이상 비밀로 할 필요가 없겠지. 그다음 날 오전에 식탁에 앉아 네 휘둥그레진 눈 앞에서 세어 보이고 한 시간 뒤 은행에 입금한 금액은 오천 마르크가 아니라 거의 일억 팔천만 마르크였어. 그래, 해리, 난 정확히 일억 이천만 칠백 마르크로 계좌 하나를 개설하고, 그 통장을 은박지에 싸서 조심스럽게 샤워실 뒤, 샤워실과 부엌 벽 틈에 꽂아두었어. 꽃 가판대 수입과 그 외의 돈을 지갑에 넣지 않고 언제라도 집어갈 수 있도록 두었던 그 자리에 말이야.

넌 너의 비밀이 있었고, 난 나의 비밀이 있었어. 날 비웃어도 좋고, 논쟁을 회피하는 이기주의자라고 불러도 좋아. 하지만 돈은, 오직 돈만이 내가 필요로 하는 걸 주었고, 내 기분을 바꿔주었고, 날 위로하고 안심시켜줬어. 원래는 그 돈을 하나도 쓰지 않고 나중을 위해, 네가 독일에서는 아직 구할 수 없는 특별한 약을 필요로 하거나 요양과 간호를 받아야 할 경우를 위해, 그리고 나를 위해 그냥 묻어두려고 했지. 왜냐하면 테스트를 받을 용기가 생기기 전에 어느 날 덜컥 아플 수도 있다는 생각을 하고 있었거든. 마지막 "위험 접촉이 있고 난 뒤 의미 있는" 테스트는 여섯 달 뒤부터라고 조가 얘기했으니까. 난 그 지경까지는 가지 않을 거고, 차라리 그 전에 독약이라도 먹어버리겠지만, 독약도 합법이 아니라 암거래로 비싼 값을 주고 사야 하니까.

이번에는 행운을 가장한 우연이 상황을 좀 바꿔버렸어. 난 내 생활 기반인 스프링거 출판사나 다른 곳에서의 식자공 자리를 때려치울 수 있었어. 그래도 꽃 장사는 계속했고, 나중에는 한동안 혼자 경영하기도 했지. 그리고 쇼핑에 재미를 붙여 옷가지를 사들였고, 새로 산 스웨터, 바지, 원피스, 속옷이 금방 작아질 정도로 캐비아, 송로버섯 기름, 거위 간 요리 같은 고급 음식을 혼자 잔뜩 먹어치웠어. 넌 갈수록 빼빼 마르고, 난 갈수록 뚱뚱해졌지. 그게 또 내가 폭식을 하는 이유가 되어버렸어. 난 뭐에 홀린 듯 쇼핑 카탈로그를 훑어 내려갔고 베개, 이불, 도자기, 그리고 가죽

점퍼, 목욕 가운, 잠옷, 슬리퍼 등 네게 줄 크고 작은 선물을 주문했어. 백화점과 부티크를 싹쓸이하다시피 했는데, 어떤 때는 정말 그 말 그대로였어. 급기야는 아무 물건이나 집어담기 시작했고, 그건 기분 전환 그 자체였지. 비록 효과가 오래가진 않았지만, 그 순간만은 효과 만점이었고 상당히 기분을 고양시키며 마음을 달래주었어. 난 너에게 잘 보이려고, 또 우리의 안락한 보금자리를 만들려고 하는 것이라며 나 스스로를 설득했지만, 그것이 사실이 아니라는 것 정도는 잘 알고 있었어.

네 눈에도 보였겠지. 난 로또 당첨금을 마구 뿌려댔어. 넌 내 선물을 기쁘게 받아주었고, 나한테 선물하기를 좋아하기도 했어. 우리 생각에 내가 부자라고 여겨졌던(그리고 사실 나에게 훨씬 많은 돈이 있었고) 그 짧은 기간 동안 넌 한 번도 돈에 대해 묻지 않았어. 단 한 번 백 마르크를 빌려갔다가 이틀 후에 바로, 정키의 전형적인 수법에 따라 세로로 한 번, 가로로 한 번 접은 지폐를 돌려주었지. 누구라도 그걸 보면 네가 또 마약 거래를 한다고 생각했겠지만, 난 그 생각을 못했어. 지폐를 접는 그 특별한 방법이라든가 밤에 흘리는 땀, 식욕부진, 그리고 성욕 감퇴에 관한 그 모든 지식들은 시간이 가면서 차차 얻게 된 것이니까.

네가 부엌에 칠을 해주었던 그 일요일은 큰 싸움으로 끝났어. 내가 시작한 우리의 첫번째 큰 싸움이었지. 나도 흰 벽이 좋긴 하지만, 그래도 먼저 물어봤어야 하는 거 아니냐면서 네 방 열쇠를 내게 주기 전까지는 나도 우리 집 열쇠를 줄 수 없다고 말했어. 네 열쇠를 받으면, 나도 내 열쇠를 돌려주겠다고, 어떻게 할지 선택하라고 몰아세웠지.

적어도 그날 저녁에 우리는 둘 다 알았어. 내가 얼마나 널 못 믿는지 말이야. 그리고 너 역시 나의 솔직함을 의심할 만했지. 네 방에 마음대로 들어가지 못하게 하리라는 걸 난 당연히 계산하고 있었으니까. 네가 먼저 시작해서 철통같이 지켜온 그 음모가 내 음모를 가능하게 했던 거야.

월요일 아침에 일어나니 나 혼자였어. 냉장고 위에는 내 열쇠와 그 옆에 "협박은 똥이다. 안녕. 해리"라고 쓴 쪽지가 놓여 있었지.

우리는 일주일에 두세 번 정도 만났어. 너도 집에 없었고, 나도 집에 없었지. 난 계속 무리하고 있었어. 고급 레스토랑을 드나들고, 파리, 로마, 런던으로 여행을 떠났지. 너에게 같이 가자고 했지만, 너는 내가 없는 동안 프리데를 돌봐야 한다는 핑계를 대며 가지 않겠다고 했어. 그리고 엠저 거리의 네 방에서 프리데는 짧은 생을 마감했어. 우리 귀여운 프리데. 프리데를 수의사한테 데려갔더니 무슨 전염병 비슷한 거라며 항생제를 맞혔는데, 끝내 네 손에서 "아무 불안 없이, 평화롭게, 진짜 엘 프리데처럼" 죽었다고 넌 말했어.

널 만난 지 이 년쯤 되었을 때 난 수중에 남은 칠천 마르크로 꽃 가판대를 하나 사들였어. 광고를 보고 연락한 전문 플로리스트 요한나와 둘이서 쿠담 거리와 울란트 거리가 만나는 모퉁이의 작은 가판대에서 서로 분담해 일을 했지. 이틀은 요한나가, 사흘은 내가 가판대를 지켰고, 요한나가 도매시장에서 물건을 떼 오고 내가 회계를 맡았는데, 1996년에 우린 망했어. 우정은 끝나고, 돈은 없어지고, 파산 선고, 빚, 생활 지원…… 부담되는 소리는 이제 그만해야겠다.

9월 말의 어느 일요일, 낡은 르노12 모델 한 대가 프란츠의 꽃 가판대 앞으로 달려왔어. 난 깜짝 놀라 펄쩍 뛰며 옆으로 비켜섰어. 처음에는 웬 술 취한 놈이 대담하게 우리 가판대를 차로 받으려는 줄 알았지. 그런데 꽃 양동이 바로 앞에서 차가 멈추더니, 문이 열리고 어떤 남자가 차에서 내리며 웃으면서 선글라스를 벗었는데, 바로 너였어.

"헤이, 조야, 깜짝 놀랐지?" 넌 소리치며 다가와 무슨 증명서 하나를 내 코앞에 불쑥 들이댔어. 가운데서 접지한 정사각형의 코팅된 녹회색 양면 인쇄 종이를 앞뒤로 찬찬히 살펴보니, 규정에 맞춰 측면에 구멍을 뚫은 네 여권 사진과 파란색 도장, 그리고 두 개의 오리지널 서명이 있는 것이 진짜 1983년 4월 8일에 발급된 3종 'Pol 2935 운전면허증, 독일연방인쇄국 Bln 1. 82'였어.

해리, 이게 가능해? 내가 말했어. 이 기간에 넌 테겔에 있었는데. 언제부터 향정신성의약품법 다중 위반 선고를 받은 사람이 증명서를 받을 수 있게 된 거야? 너 증명서를 위조한 거지? 이게 또 무슨 일이니? 그리고 저 낡은 르노 자동차는 어디서 난 거고?

"날 믿어. 나 운전할 줄 알아. 저 종이쪼가리 근사하지, 안 그래? 그것만 있으면 어떤 경찰 새끼도 날 붙잡지 못해. 자동차는 타릭한테 엄청 싸게 넘겨받은 거야. 더 좋은 걸 찾을 때까지 당분간 쓰려고."

내가 퇴근하려면 아직 멀었기에 너는 다시 "작은 일을 하나 처리"하러 갔어. 한 시간 뒤에 돌아온 너는 나를 집까지 데려다주었는데, 네 말마따나 "핸들을 제대로 잡는다"는 걸 확인시켜주려고 일부러 길을 돌아갔지.

너는 열린 창틀 위에 팔을 여유롭게 올려놓고 운전했고, 따뜻한 저녁 공기에 내 머리카락이 흩날렸어. 라디오에선 음악이 흘러나오고 칸트 거리에는 하나둘 불이 켜졌지. 나는 모든 걸 좋게만 생각하고 싶었지만 그럴 수가 없었어. 난 나지막하게 울었고, 그 소리에 맞춰 마치 주문이라도 한 듯 라디오에서 노래가 흘러나왔는데, 그때 딱 한 번 들은 그 노래가 결코 잊히지 않아. "자동차가 망가졌어. 일 분 만에. 나한테 달려들었지. 멍청이 여자가. 경찰이 왔어. 모든 게 끝났어. 운전면허증. 이젠 내 것이 아니야. 자동차가 망가졌어. 일 분 만에……" 터키 남자 가수가 우스꽝스러운 독일어로 단조롭고 멜랑콜리하게 노래를 불렀어.

그 면허증 뒤에 엘마르 클링이 있냐고 내가 물었어. 넌 대답 대신 "질질 짜지 좀 말고" 더이상 "쓸데없는 걱정 따윈 하지" 말라고 했어. 너에게 이제 차가 있다는, 앞으로 더 널 통제하기 어려울 거라는 생각에 난 괴로웠어. 아무리 진짜처럼 보여도 네 종이쪼가리는 위조일 수밖에 없었기 때문에 네가 하고 있는 짓은 확실히 범죄였어. 눈을 감으니, 흥분제를 잔뜩 맞고 도복을 입은 너와 그 옆에 타릭, 뒷자리에 클링 형제가 어느 비에 젖은 낯선 도시의 밤을 질주하는 모습이 떠올랐어. 경찰차 사이렌 소리가 나고, 총소리가 탕탕 울리고…… 해리, 우리 어디 가서 한잔 할까. 내가 소심하게 말했지.

우리는 '세계의 가로등'이라는 술집으로 갔어. 너는 날 "무사히 집에 데려다주고 계속 가야" 했기 때문에 레모네이드만 주문했지. 그날 밤을 너 없이 혼자 지내야 한다는 사실을 안 나는 완전히 망가지도록 술을 마셨어.

며칠 뒤 넌 진짜 사라져버렸어, 꼬박 이 주 동안. 걱정했지만, 짐작은 하고 있었기에 놀라지는 않았어. 아니면 그날 저녁, '세계의 가로등'에서 그런 이야기를 네가 내비쳤던가? 난 매일 너의 빈집에 전화를 했고, 네가 돌아오지 않으면 어디서 널 찾아야 하나, 난 뭘 해야 하나 계속 자문했어. 그런데 10월 둘째 주 금요일 오후에 너에게 전화가 왔지. "옛 친구와 함부르크에서 커다란 자유를 만끽하고 있다"고 아주 쾌활하게 말하더군. 화를 내며 언제 돌아올 거냐고 묻자, 너는 "짤랑이 돈"이 곧 있으면 떨어지니까 그만 "통화를 끝내야겠다"고만 대답했지. "짤랑이 돈"과 "통화를 끝낸다"는 말이 오랫동안 내 귓속에 메아리쳤어. 난 가눌 길

없는 분노로 온몸이 터져버릴 것만 같았어.

　네 운전면허증을 다시 한번 살펴보고 있어. 네 노트와 여권, 그 외 다른 물건 몇 개가 내 손에 들어온 지 삼 년째 되던 해에 한 전직 경찰에게 보여주었던 기억이 나. 우리 아래층에 살다가 오래전에 다른 곳으로 이사를 갔는데, 지금은 죽었을지도 모르겠다. 카를 클라비터라는 그 무뚝뚝한 노인에게 이 면허증을 보여주며 내 친구 건데 문제가 전혀 없는 건지 잘 모르겠다고 했어. 그 전직 경찰은 좀 놀란 얼굴로 자기 집 문 앞에 서서, 내가 또 술에 취해 자기를 놀리는 거라고 생각한 모양이지만, 그래도 우쭐해하면서 콧부리에 안경을 지그시 누르고는 적당히 세심하게 면허증을 살펴보았어. 그러더니 방금 교통 단속을 해보니 아무것도 이의 제기할 게 없더라 하는 표정으로 빙그레 웃으며, 상상의 경찰 모자 챙에 오른손을 척 올리고 면허증을 다시 건네주면서 "의심하지 마슈. 이건 진짜야. 당신이나 나만큼이나 진짜라구"라고 말했어.

　내가 네 '녹회색 종이쪼가리'로 아무것도 시작할 수 없었다는 게 사실은 유감이야, 해리. 난 그런 면허증을 만들 기회조차 못 가졌으니까.

6

그리고 다시 한번 많은 것들이 변하게 되는 날이 왔어. 더 좋아진 것도 없었지만, 그렇다고 내가 히스테리 속에서 상상한 대로 된 것도 아니었어. 실제로 일어난 일이 더 시시하고, 더 끔찍하고, 더 경악스럽고, 더 무시무시했나? 그걸 뭐라고 말해야 할지 모르겠어. 내가 알고 있는 말은 모두 둔탁하고, 흐릿하고, 꼭 닳아빠진 수프 스푼 같아.

너에게나 나에게나 큰 의미 없는 크리스마스와 연말이 지나가고 1988년이 되었어. 넌 다시 우리 집에 자주 오기 시작했지. 사랑에 새롭게 눈떴기 때문이 아니라 네 동굴 같은 1층 방이 얼음같이 차고, 너한테도 너무 어둡게 느껴졌기 때문이었어.

1월 중순, 우리가 약속했던 금요일에 널 기다렸지만 너는 오지 않았어. 눈이 내리고 있었지. 그 전날에도 엄청 눈이 내렸어. 그래서 난 부지런히 너에게 전화했고, 드디어 네가 전화를 받았어. 자동차 기어는 고장 나고, 수도관은 얼어붙고, 기분은 바닥이라고 말하는 네 목소리는 기침 발작 때문에 중간중간 끊기고 쉰 소리가 났어. 집에 와, 해리, 국수장국 해줄게. 난 널 꼬드겼고, 비난조로 "찜질용 보온병이 더 좋아?" 하고 덧붙였지. "미안하지만 안 돼. 내일 여덟시에 집으로 갈게, 베이비." 넌 대답하고는 다시 한번 쿨룩거리더니 수화기를 내려놓았어.

금요일, 여덟시는 벌써 한참 전에 지났어. 국수장국은 몇 시간째 불에 올려져 있었고, 직접 우려낸 소고기 국물을 흠뻑 빨아들인 국수는 흐물흐물해지고, 퍼지고, 색이 연해진 채 우리 집에서 가장 큰 국솥 가장자리로 쉴새없이 끓어올랐지. 나는 너에게 전화를 걸어 계속 신호가 가도록 수화기를 한참 동안 들고 있었어. 아홉시, 열시, 열한시, 열두시. 그러나 넌 전화를 받지 않았어. 잠깐 화가 부글부글 나다가 슬그머니 걱정이 되면서, 머릿속으로 사고, 체포, 도주, 약물 과다 복용 등 온갖 상상을 다 했어. 이미 집을 나서서 어딘가 오고 있는 중인가, 혹시 자동차가 고장 나 미끄러운 길 위에서 아침부터 계속 퍼붓는 눈 속에 갇힌 건가 생각했지. 아니면 지하철을 탔나? 그럼 삼십 분 뒤면 도착할 테니 외투를 입고 역까지 500미터만 가면 널 데려올 수 있겠다는 생각이 들었어. 그렇지만 내가 투름 거리를 걷고 있는 사이에 네가 전화를 하면? 난 쪽지를 두 개 써서 하나는 방문에, 다른 하나는 공동주택 현관에 붙여놓고 출발했어. 네가 사는 지역 쪽에서 오는 9번 지하철 막차, 네가 타고 있을 가능성이 있는 유일한 그 차는 한시 반에야 도착했지. 난 마주치는 사람들의 얼굴을 하나하나 확인했어. 아니, 사실 그러려고 했지만, 눈보라가 너무 심해 차라리 큰 소리로, 그래 너니? 너 헤리니? 하고 물어보고 싶은 마음이 굴뚝같았어. 꽁꽁 언 채로 눈물을 흘리며 투름 거리 지하철역에 도착하자마자 계단을 뛰어 내려가 플랫폼에 서서 마지막 지하철이 들어오고 사람들이 내리는 걸 보았어. 하지만 넌 없었어. 난 다시 계단을 뛰어 올라가 택시를 잡아타고 집으로 가서 기사에게 기다리라고 하고는 건물 안으로 달려가 복도에 불이 켜져 있는지 봤어. 온통 깜깜하기에 다시 현관으로 돌아와 쪽지에다 '너네 집으로 가는 중!'이라는 문장

하나를 덧붙이고 따뜻한 택시 안으로 기어 들어가 운전사에게 네 주소를 일러주었지. 택시는 천천히, 오랫동안 달렸어. 경찰과 응급요원에게 둘러싸인 찌그러진 자동차 두 대를 지나치면서도 운전사와 한마디도 나누지 않았어. 택시 안은 물론 금연이었지.

너네 집 뒷마당 쪽 문은 항상 열려 있으니까, 처음부터 벨을 누르지도 않고 바로 창문 앞으로 달려갔어. 불빛 하나 새어나오지 않더라구. 그날 저녁, 문을 두드리고 고함치는 내 소리에 네가 반응해 손바닥을 유리창에 대고, 잠시 귀신 같은 몰골이 된—난 어둠 때문일 거라고 희망적으로 생각했지만—네 얼굴을 보여주고 나서 창문을 열어주지 않았더라면, 나는 창문을 깨고 들어갔을 거야. 네가 안에서 문을 열어줄 거라고 생각했는데, 문은 열리지 않았고, 너도 다시 보이지 않았어. 나는 벽 위 돌출부를 낑낑대며 기어올라가 외투 차림으로 매달려 있다가, 풀쩍 하고 부엌 바닥으로 뛰어내렸어. 기운을 차리고 일어나 불을 켜고 숨을 삼키며 방 안으로 들어가 네 매트리스로 다가갔어. 넌 매트리스 위에 이불을 세 개 겹쳐 덮고 누워 있었지. 네 옆에 무릎을 꿇고 이름을 부르며 이불을 들추니, 부어오른 얼굴은 쩔쩔 끓고, 벌건 눈은 마치 먼 곳을 바라보듯 초점이 없고 유리처럼 투명했어. 왼손으로 네 이마를 짚어보았어. 내 손이 너무 차가웠는지 너는 신음했어. 깜짝 놀라서일 리도 없고, 아픔이 좀 덜해져서도 아니었을 테지. 네 목의 동맥을 짚자 넌 눈꺼풀을 움찔거렸고, 이불로 꽁꽁 싼 몸을 부르르 떨었어. 열이 높았고, 겹겹이 껴입은 티셔츠와 스웨터는 완전히 땀으로 푹 젖어 있었어. 세상에, 해리, 이게 웬일이야. 내가 말했어. 너의 유일한 대답은 신음 소리, 마른기침, 그리고 이불을 다시 머리 위로 끌어올리려는 헛된 손짓과 덜거덕거리는 이빨 소리였지. 난 다시 부엌으로 가 창문을 닫고 집 안을 이리저리 둘러보았어. 네가 어느 정도 기력이 남아 있을 때 약국에서 사온 아스피린이나 기침용 물약 같은 대수롭지 않은 약과, 어쩌면 체온계라도 있을까 해서. 하지만 하나도 보이지 않았어. 그래서 그런대로 깨끗한 리넨 행주라도 찢어서 찬물에 적셔 네 허벅지에 감아주려고 했지. 그때 쌓아놓은 널빤지 위에 여전히 벽에 기댄 채 세워져 있는 선물 세트 두 개가 눈에 들어왔어. 한 선물 세트 앞에 구연산 소금 깡통 하나가 놓여 있었고, 다른 세트 앞에는 초 한 묶음, 그 옆에는 펼쳐놓은 버터빵 포장지, 그 앞에는 굽은 스푼 하나가 놓여 있었는데, 스푼 안쪽에 갈색으로 물든 초가 들러붙어 있었어. 네가 채 치우지 못한 그 기구들이 그

동안 내가 힘겹게 가라앉혀야 했던 온갖 의혹들을 한 번에, 남김없이 날려준 중요한 순간이었지. 난 거의 해방감을 맛보았어. 그 순간 난 알게 된 거야. 그냥 알고 말았던 거지.

화장실 문 뒤에 수건이 하나 걸려 있길래 네 이마에 올려주려고 물에 적셔 둘둘 말았어. 선물 세트는 네 허락 없이 손댈 수가 없었으니까. 수건 세 개와 물이 가득 든 양동이를 들고 다시 방으로 와서 네 허벅지를 꺼내려고 했어. 하지만 넌 버둥거리고 신음하면서 발을 엉덩이까지 끌어당겼지. 축축한 수건을 참을 수가 없었나봐. "하지 마. 안 그래도 추워 죽겠어. 차라리 이리 와서 빈대처럼 달라붙어."

난 외투를 벗고 사우나 같은 네 이불 밑으로 기어 들어갔어. 사람의 몸에서 그렇게 많은 물이 나올 수 있다니, 나는 너무 놀라 속삭였어. "너 정말 많이 아프구나. 의사를 불러야겠어. 근데 혹시 그 전에 뭐 필요한 거 있어?" 해리, 정말이지 그걸 해주겠느냐고 나한테 물었다면, 그 순간에는, 나중에는 분명히 더는 안 해주겠지만, 네가 일러주는 대로 약을 끓이고, 주사기를 빼내고, 그걸 네 정맥에 주사해줬을 거야. 단지 내가 한때 간호조무사였기 때문에, 그 짓이 어차피 의사놀이와 비슷했기 때문에가 아니었어.

"더는 없어. 에기가 내일 가지고 올 거야. 그리고 의사는 부르지 마, 제발, 베이비." 너의 대답은 경련하듯 희미하게 새어나왔고, 네 숨은 마치 돼지저금통을 흔드는 것처럼 불안정했어.

어느 순간 넌 이쪽저쪽으로 뒤척이다 잠이 들었고, 네 가슴에서 나는 소리만 들릴 뿐 주위는 다시 조용해졌어. 나도 잠깐 잠이 들었다가 네가 열에 들떠 헛소리를 하는 바람에 깨어났어. "나는 우이페슈티 도자의 곰 언드라시다." 넌 정열적으로 토해냈지. 웃음이 비죽 나왔어. 네가 여러 번 반복했던 그 말이 원래 우습게 들리기도 했지만, 네 입에서 나오니까 더 우스웠거든. 당시 나는 우이페슈티 도자가 5, 60년대 헝가리의 축구 클럽이라는 걸 몰랐어. 그리고 그 클럽에 언드라시라는 선수가 있었는지도 몰랐고. 그러나 내가 봤을 때 그날 아침 넌 튼실한 곰하고 비슷한 데라곤 없었어.

잠시 후 넌 의식을 잃었어. 더이상 말도 붙일 수 없었고, 몸이 엄청 뜨거웠는데, 그 전보다 열이 더 오른 것 같았어. 난 네 생명이 위독할 수도 있겠다 싶어 응급 전화번호를 돌렸어. 곧 알게 되었지만, 그 순간의 내 염려는 틀리지 않았어.

한 시간도 안 돼 아프리카인인지 아프리카계 미국인인지 젊은 응급의사에게 문을 열어주었어. 그는 놀라울 정도로 공감이 가득한 눈길로 펑펑 운 내 얼굴을 보고 "당신도 좀 진정할 게 필요하군요" 하고 말하더니, 내가 밀어준 의자는 쳐다보지도 않고 네 옆에 쪼그리고 앉았어. 의사는 의자에 앉아 있는 날 올려다봤어. "급성폐렴입니다." 그는 가방에서 청진기를 꺼내고는 나더러 좀 도와달라고 했어. 우리는 축 늘어진 너를 최대한 기술적으로 움직여 옷을 벗겼어. 그는 청진기로 네 몸속에서 나는 소리에 귀를 기울였고, 진찰이 끝나자 다시 나를 잠깐 쳐다보며 물었어. "정키인가요?"

나는 고개를 끄덕이고는 오직 이 의사를 보조하기 위해 거기에 있기라도 한 양 확고한 목소리로 "네, 수년간 마약중독이었고, B형 C형 간염, 그리고 HIV 양성이에요"라고 말했어.

순간 의사의 눈동자가 경미하게 흔들렸어. "오, 그런 조합은 거의 들어본 적이 없어요. 바로 병원으로 가야 한다는 거 아시죠? 저 사람의 신분증과 보험카드를 주시고, 제일 중요한 것만 챙겨서 짐을 꾸리세요."

제일 중요한 거요? 정키에게 제일 중요한 거? 나는 물었어.

의사는 약간 어리둥절해하며 날 바라보다가, 내 말을 이해하고는 말했지. "아, 그거요, 그 때문에 걱정하지는 마세요. 친구분은 시립병원으로 가게 됩니다. 그래도 작은 가방은 하나 필요하겠죠.'' '작은 가방'이라는 뜻의 독일어 단어를 그는 제대로 발음하지 못했어. 의사도 그걸 느끼고는 살짝 웃었지. 나도 웃었는데, 이 의사가 너를 곧 낫게 해줄 것 같은 안도감이 들어서였어. 속옷 몇 벌, 면도기, 칫솔, 치약과 네 신분증을 너의 스포츠가방에 넣고, 나도 같이 가고 싶다고 말했어. 그러자 젊은 의사는 유감의 뜻으로 눈을 깜박거리며, 그건 가족에게만 허용된다고 했어. "그런데 당신들 결혼하지 않았지요, 그렇죠? 고개를 드세요, 자, 곧 친구분을 방문할 수 있을 거예요. 여기 이 알약은 당신 거예요. 그리고 이건 제 명함입니다." 그는 나에게 이 두 가지를 건네주고 마지막으로 손을 내밀었어.

그런 뒤 응급차 운전사가 널 이동침대에 싣고, 한쪽은 털이고 다른 쪽은 반들반들 코팅된 시트를 네 몸에 덮어주었어. 난 네 열쇠를 쥐고, 네 르노 뒤에 주차된 응급차까지 그 행렬을 따라가 불타듯 뜨겁고 쩍쩍 갈라터진 네 입술에 키스했어. 네 뒤로 문이 닫히고, 응급차가 파란 불을 번쩍이며 엠저 거리를 요란하게 달려가 헤르만 거리로 좌회전하는 것을 바라보면서, 사이렌 소리가 더이상 들리지 않을 때까지 어둠 속에 서 있었어.

여전히 눈이 내렸고, 시간은 새벽 다섯시였어. 난 너무 기진맥진해서 집으로 가지 못하고 네 방으로 돌아가 매트리스에 죽은 듯이 쓰러졌어. 그날 아침, 해리, 너와의 작별이 그렇게 시작되고 있었어.

넌 한 주 내내 중환자실에서 치료를 받았어. 그다음 월요일이 되어서야 면회를 할 수 있었지. 넌 감염 병동의 일인실에 누워 있었어. 외부인은 병동 수간호사에게 먼저 신고해야 했는데, 수간호사는 진한 초록색 모자와 가운을 입으라고 지시했어. 그렇게 모습이 바뀐 나는 네 작은 병실에 들어섰어. 높이 달린 작은 창문을 통해 그나마 빛이 내리비쳤는데, 침대에 올라가 최대한 키를 높여야 창문 너머로 병원 마당 옻나무의 황량한 우듬지 윗부분을 겨우 볼 수 있는 그 좁은 공간, 그건 방이 아니라 오히려 '칸'에 가까웠어.

넌 평소처럼 창백했고, 어찌 보면 약간 노랗게도 보였어. 반은 앉고 반은 누운 자세로 넌 매트리스와 시트로 너무 두껍지 않게 쿠션을 댄 받침대에 등을 구부리고 기대 있었어. 네 오른쪽 쇄골 밑에는 커다란 주삿바늘이 반창고로 고정되어 있었고, 그 주삿바늘을 통해 네 몸속으로 어떤 물질이 흘러 들어가고 있었어. "어, 내 조그만 녹색 괴물" 하며 나에게 인사한 넌 자기를 "느슨해지지" 못하게 하는 무엇인가가 "영양제, 치료제, 안정제" 안에 들어 있다고 말했어. 난 버찌주스 한 병, 너의 두꺼운 환상소설 세 권, 클링 형제의 선물 세트 중 파란색을 가져갔어. "그런데 베이비, 꽃은 어디 있어? 주말에 프란츠 가게 안 갔어?" 네가 물었어.

이유는 딱히 모르겠지만, 네가 변한 것처럼 느껴졌어. 마치 너에게 무슨 일이 일어났는지 완전히 이해하지 못한 것 같았지. 너의 기분 좋게 유치한 태도가 내게는 낯설더라. 난 고개를 떨어뜨리고 침대에 기대앉아 아무 말 없이 있다가, 날 바라보는 널 느끼고는 그제야 널 쳐다보았어. 네 동공은 구멍처럼 검고 깊었고, 시선은 유혹적이진 않지만 뭔가를 끌어당기는 듯한, 그래, 마치 자석 같았어. 그걸 글쎄, 뭐라고 말해야 하나, 마치 네 눈을 보는 게 아니라 깔때기 속을 들여다보는 것 같은 느낌이었지. "조야, 너도 다른 사람들처럼 그렇구나. 강한 남자는 널 약하게 만들고, 약한 남자는 널 강하게 하는구나. 그런데 넌 강해지고 싶어해, 그렇지?"

그 순간 끼익하고 문이 열렸어. 간호사가 우리 사이로 걸어오더니, "죄송합니다" 하고 큰 소리로 말하며 죽 한 공기, 두 번 구운 비스킷 두 조각, 찻주전자가 담긴 쟁반을 네

협탁 위에 내려놓았어. "그럼 잠깐 한번 볼까요." 간호사가 아주 얇은 살색 고무장갑을 어찌나 능숙하게 끼던지, 나도 모르게 콘돔과 창녀 생각이 났어. 그녀는 네 이불을 들추고 "가만히 계세요"라고 한 뒤, 뒤에 서 있는 다른 간호사가 들고 있는 도기 트레이에서 미리 약을 넣어 길게 뽑아놓은 주사기를 집어들어 네 왼쪽 엉덩이 우측 상부에 찔렀어. 간호사는 정사각형 가제로 찌른 자리를 문지르면서 나에게 악동같이 눈짓하며, "친구분 같은 환자의 좋은 점이죠. 주사를 찌르면 최소한 즐거워하니까요"라고 농담을 던졌지.

버릇없는 그 간호사는 "너무 오래 있지 말라"는 경고를 날리며 좋은 저녁 시간 되라고 인사하고는 나갔어. "이제 좀 조용하게 놔두는군." 넌 이렇게 말하며 환히 웃고는 내게 팔을 뻗었어. 지금까지는 전혀 진지하지 않았다는 듯, 몇 분 전에 네가 했던 말, 내가 지금까지도 기억하는 그 말이 전혀 마음에 들지 않는다는 듯 말이야. "이리 와. 내가 잠들 때까지 옆에 누워 있어줘, 그냥 잠깐만. 너의 해리는 아주 피곤하거든." 넌 예의 그 작고, 거의 어린아이 같은 목소리로 간청했어.

난 머뭇거렸어. 널 알고 난 이후 처음으로 순간적인 역겨움을 느꼈거든. 너한테서 나는 냄새 때문이라고 생각했어.

아니면 끊임없이 네 몸속으로 흘러 들어가는 푸르스름한 액체 때문인가. 꼭 배꼽 같은 플라스틱 송유관과 말랑하고 나지막하게 꾸르륵대는, 교수대처럼 생긴 틀에 매달린 주머니를 너와 연결시켜주는 그 액체 말이야. 그 주머니는 이미—아니면 아직인가?—네 신체 기관의 일부가 된 듯이 보였어. 하지만 난 꾹 참고 너에게 가까이 갔어. 넌 그 이상한, 뒤가 트인 상의를 입고 있었어. 그 밑으로 손을 밀어넣어 단단하고 따뜻하고 규칙적으로 숨 쉬는 너의 배를 만지자, 순간적으로 거의 잠이 들 정도로 마음이 가라앉았어.

그다음 병원에 왔을 때 의사에게 들었는데, 네 병명은 비전형적인 폐렴, 정확하게 말하면 주폐포자충 폐렴*과 의사가 '마이코박테리아'라고 부르는 피부사상균 감염이었어. T-임파선 감염 수치는 1마이크로리터 혈액당 600이 조금 안 되고, 간은 수축되어 있었지. 급성 징후가 일단 가라앉으면, 경과는 어떨까요? 내가 물었어.

"경과요? 진짜 안 좋습니다. 하지만 우리에게는 아주 흥미로운 거죠." 의사가 미소를 지으며 대답했어.

---

* 에이즈 환자 등 면역력이 떨어진 사람들이 주로 걸리는 병.

:?

빨치산 노래처럼 "어느 날 아침, 아주 일찍" 폭풍같이 요 란스런 벨소리가 날 깨웠어. 사방은 칠흑처럼 깜깜했고 창에는 별도 달도 비치지 않았지. 네가 병원에 입원한 뒤로는 나도 거의 잠을 설쳤지만, 만약 그날따라 잠이 잘 오고 꿈 자리도 뒤숭숭하지 않아 깊은 잠에 빠졌다면 일이 어떻게 되었을까. 혹은 아예 집을 비웠더라면.

그 사람들이 한참 소란을 피웠던 게 분명해. 꿈속에서, 아마도 어두운 여름밤이었던 것 같은데 우리 둘이 어느 남 쪽 해변에 누더기 차림으로 목말라하며 앉아 있었던 게 기 억나. 파도 소리와, 그보다 더 시끄럽게 찌르륵거리는 매미 소리가 들려왔어. 우리 주위를 날아다니는 몇 마리 매미의 날갯짓이 우리 얼굴을 식혀주었는데, 그것이 위협적이기도 했지만 아늑하게도 느껴진 것이, 마침 바다 쪽에서는 이상하게도 바람이 전혀 불어오지 않았기 때문이야. 그런데 갑자기 매미 한 마리가 정면으로 날아왔어. 나는 몇 초 동안 매미의 그 엄청난 형광빛을 발하는 홑눈에 수천 겹으로 비친 우리 모습을 바라보았어. 왼쪽엔 너, 오른쪽엔 나…… 그러다 마침내 그 소음이 괴물 매미가 내는 게 아니라 우리 집 벨소리라는 걸 깨달았지. 나는 목욕 가운을 걸치고 맨발로 문으로 갔어. 밖에 있는 사람들도 뭔가를 알아차렸는지 더이상 문을 못살게 굴지 않았는데, 그래도 웅성대는 소리며 긴장 어린 분위기가 여전히 비몽사몽이던 나에게 좋은 일은 아닐 거라는 경고를 해주었어.

무슨 일이죠? 내가 큰 소리로 물었어.

그러자 "빨리 서두르세요. 수도관이 파열됐어요"라는 여자 목소리가 들렸어.

여전히 몽롱한 상태에서 불을 켜고 문고리를 벗긴 뒤 문을 열자, 권총 세 개가 바로 눈앞에 있었어. 수도관 파열이라고 거짓말한 여자 경찰 옆에 두 명이 더 있었는데, 한 사람은 사복이었고 다른 사람은 경찰복 차림으로 여자 경찰과 함께 권총을 겨누고 있었어. 그들 뒤로 경찰 몽둥이를

든 네 명이 더 서 있었지. 제대로 쳐다볼 시간도 없이 경찰 셋이 들이닥치더니, 사복 경찰이 복도로 날 몰아가 뒤돌려 세운 뒤 팔과 목을 잡고 "걸어가시오, 아무 행동도 하지 말고"라고 했어. 내가 벽에 붙어서자 "다리 벌리고 손은 머리 위로!"라고 명령하더군. 그는 날 위에서 아래로, 특히 가운 주머니를 더듬었고, 소매를 걷어 나의 흠 없는 팔오금을 살펴본 뒤 총을 점퍼 안 어깨멜빵에 꽂고 다시 내 목덜미를 붙들었어. 난 너무 놀라 아무 말도, 아무 질문도 하지 못했어.

방으로 다시 들어온 나는 여전히 따뜻한 매트리스 위에 풀썩 주저앉았어. 마치 둘이서 폴로네즈 게임이나 황금거위 동화* 놀이라도 하듯 손을 내 목에 착 붙이고 있던 사복 경찰이 옆에 앉더니, 신음 소리를 내며 발을 뻗고 불평했어. "너희 같은 종자는 다 이 모양이지. 항상 완전 바닥 아니면 아주 위에 살아. 절대로 제대로 된 침대는 없어."

약간 통통한 금발의 여자 경찰과 나머지 두 명이 내 방을 뒤졌어. 서랍, 바느질통, 비스킷통을 뒤적이고, 큰 서랍장과 옷장을 들쑤시고, 바지 주머니, 재킷 주머니, 가방을 홀

---

* 그림형제의 동화. 황금거위의 깃털을 만지려는 사람은 모두 손이 붙어 버린다는 내용이 나온다.

랑 다 뒤집어놓고, 오븐 안을 살피고, 책등 위를 손으로 훑고, 쿠션 속통을 빼놓았지. 1센티 1센티씩 아주 조심스럽게, 여자들이 유방암을 스스로 진단하듯 면밀하게 쿠션 속통을 만져보는 것이었어.

어느 순간, 드디어 말문이 열렸어. 신분증명서하고 수색영장 보여줘요. 그런데 뭘 찾는 거죠?

여자 경찰이 짧게 대답했어. "수색영장? 수색 지연으로 인해 문제가 생길 수 있는 경우에는 필요 없어요."

사복 경찰은 내 목을 풀어주고 말했어. "질문은 우리가 먼저 하겠소. 테이블로 오시오, 조서를 쓰려면 테이블이 더 편하니까."

난 부엌에 있는 경찰들이 떠드는 소리를 듣고 신랄하게 말했어. "그래, 좋아요. 그럼 우리 모두를 위해 바로 커피를 끓일 수 있겠네요. 당신 동지들이 커피 봉지를 다 털어내 바닥에 커피 가루를 흩뿌리지 않았다면요."

"동지라는 말 좋군. 봉지라는 말도. 그럼 이제 본론으로 들어가지. 라데마허 씨를 어떻게 알지?" 내 감시자가 물었어.

라데마허? 그 사람이 누구지?

"벤노 라데마허." 그가 덧붙였어. "자, 바보같이 굴지 말고, 당신 말이야, 동독 출신의 시들어빠진 꽃소녀. 벤노 라데마허의 시신에서 당신 주소와 전화번호가 적힌 메모를 발견했다고."

나는 망치로 머리를 한 대 얻어맞은 기분이었어. 멍하니 그들을 쳐다봤지. 어느 벤노를 말하는지 희미하게나마 알 것 같았어. 우리가 처음 만났을 때 너와 함께 있었던, 그다음 일요일에 같이 아스파라거스를 먹었던 그 벤노밖엔 없었으니까. 그 벤노 혹은 네가 부르듯 벤이 죽었고, 성은 라데마허였구나. 난 그의 숱 많은 곱슬머리, 은귀고리, 그리고 너의 신실한 친구라고 말하던 그 건방지면서도 비굴할 정도로 공손한 태도가 기억났지만, 사복 경찰이 뭔가 알아차릴까봐 조심했어. 그가 얼마나 예리하게 내 표정을 관찰하고 있는지 느꼈으니까. 그러면서도 그에게 바로 털어놓으며 내 말이 거짓말인지 아닌지 그가 알게끔 했지.

"예, 벤노라는 사람이 하나 있었어요." 나는 낮은 목소리로 말했어. "그런데 한참 된 일이에요. 우연히 길에서 만났고, 그는 성이 라데마허라고, 내 기억으로는, 말해준 적이 없어요. 그 사람이 벤노이고, 그게 끝이에요. 그런데 어쩌다 죽었죠? 그리고 그게 나하고 무슨 상관이죠?"

"그건 중요한 게 아니고," 사복 경찰이 무뚝뚝하게 말했는데, 나는 그 사이에 그가 형사라고 추측했어. "계속 말하시오."

더 없어요. 나는 틱 받아쳤어. 같이 코코아를 마셨고, 그를 떼버리려고 연락처를 냅킨에 적어줬는데, 그게 진짜 주소였다고, 주소를 지어내면 떼를 쓸 것 같아 진짜를 적어준 거라고. 형사가 너에 대해선 묻지 않았으니까, 너도 같이 있었고, 벤노를 알게 된 것도 바로 너 때문이라는 말은 하지 않았어. 그렇지만 형사가 너에 대해 묻지 않는 게 속으로는 적잖이 놀라웠지.

"아, 그래. 그를 떼버리려 했다고. 그래서 당신이 전화요금을 못 내면 라데마허가 어떤 번호로 연락해야 하는지, 어디에서 당신을 찾으면 되는지까지 상세하게 적어줬군. 말이 앞뒤가 딱딱 맞네, 안 그래?"

그동안 여자 경찰과 다른 두 명은 방 수색을 끝냈고, 다른 경찰 세 명도 부엌, 복도, 창고에서 돌아왔어. 그들은 살짝, 알아보기 힘들게 고개를 저었어. 한 경찰이 비죽 웃으며 형사 앞에 내 통장을 내밀었어. 형사는 통장을 이리저리 넘겨보았어. "대단한 액수로군. 이런 건 물론 잘 숨겨두고 싶었겠지."

나는 화가 나서 얼굴이 벌게져 무슨 바보 같은 소리야, 하고 소리를 지르며 의자에서 벌떡 일어났어. 그건 아주 정상적인 돈이야, 당신네도 받고 싶어하는 로또 당첨금이라구, 다음 전화세도 다 낼 수 있어, 내 증명한다구, 통장 안에 독일 클라스 로또 증명서도 들어 있어. 그리고 항상 출금만 했지, 한 푼도 입금은 안 했다구.

나를 취조하던 자가 말했어. "오케이, 오늘은 여기까지. 여기 조서에 우리가 찾아낸 것도, 파손한 것도, 가져간 것도 없다고 확인하시오. 복사본 한 장은 당신이 받아두고. 내 충고하는데, 그 종이 너무 멀리 두지 말아요. 벌써 이 일에서 벗어났다고 생각하면 오산이야."

서명할 수 없어요. 내가 말했어. 당신 동료가 설탕은 설탕통에, 밀가루는 밀가루통에 다시 넣고 모든 걸 원래대로 해놓았는지 일단 봐야 하니까.

창고와 부엌은 깔끔하게 정돈되어 있었어. 그들은 테이블까지 훔치고, 사용한 유리잔 세 개는 싱크대 안에 넣어놓았어. 난 서류쪼가리에 사인하고 그 무리를 문까지 배웅한 뒤, 문고리를 걸고 방으로 돌아와 담배를 피웠어. 그러고 나서 급히 샤워를 하고, 옷을 입고, 쌓아둔 음반 밑에 통장을 밀어넣고, 카르슈타트 백화점에서 너 주려고 산 잠옷이 든 가방을 집어들고 문을 잠근 뒤 세 번이나 확인하고 나서 집을 나섰어.

노크도 없이 병실 문을 열고 그 자리에 서서 네가 뭐라고 할 틈도 없이 네 친구 벤노가 죽었다고 말했어. 그러면서 형사가 날 관찰했던 꼭 그런 시선으로 널 살펴보았어.

"벤노?" 이번에도 네 눈빛과 목소리는 저 멀리서 오는 듯했지. "벤이 죽었다고?"

그래, 오늘 경찰이 왔는데, 여섯 놈은 경찰복 차림이었고 한 놈은 사복 차림이었어. 난 등 뒤로 문을 닫고 네 침대에 걸터앉아 비록 상세하게는 아니지만, 물론 통장 이야기도 쏙 빼고, 오기 전에 있었던 일을 이야기했어.

그런데 그게 다 무슨 일일까, 뭣 때문에 우리 집을 몽땅 뒤집은 거지?

"그들이 뭘 찾고 있었겠어?" 넌 마치 "네 와플에 크림을 너무 적게 발랐네" 하는 눈빛으로 날 쳐다봤어. "당연히 마약이지. 그들은 마약수사팀이고, 이 다람쥐야! 그들이 어느 화장실에서 끌고 나온, 팔에 주삿바늘 꽂고 죽어 있는 유명한 베를린 정키의 노트에 네 이름과 주소, 전화번호가 있었던 거야. 그래서 네가 벤 고객인지 아니면 벤이 마지막 손질에 쓴 약을 너한테 얻은 건지 확인하려고 왔던 거지."

벤노가 약물 과다로 죽었다고 생각하는 거야? 어떻게 알아? 혹시 살해되었을지도 모르잖아.

"말도 안 돼." 넌 말했어. "누가 벤노를 죽이겠어? 아무도 정키를 죽이지 않아, 정키는 스스로 죽지. 우리 벤은 그저 욕심이 너무 많았던 거야. 아무리 해도 사하스라라 차크라*를 완전하게 얻을 수 없었나보지."

넌 속을 알 수 없는 미소를 지었고, 난 퍼뜩 생각이 났어. 아니, 생각이 났다기보다는 마음에 걸렸어. 네가 나한테 왔던 그 일요일 이후로 벤노 이야기가 두 번 나왔는데, 두 번 다 내가 물어본 거였어. 그리고 클링 형제가 왔던 저녁에, 클링 형제도 틀림없이 벤노를 알고 있었을 텐데, 이름을 들먹인 감방 친구 중에 벤노는 없었지.

아무렴, 자기가 알겠지, 뭐. 근데 그들이 자기 뒤를 쫓지는 않던데. 왜 안 쫓는 거지? 자긴 벤노 노트에 안 적혀 있어?

"도대체 내가 왜 거기에 적혀 있겠어, 이 양아? 네가 우릴 초대했을 때 난 어쨌든 가고 싶었고, 그런 종이 냅킨은 쉽게 잃어버리니까 벤노가 내 개인 비서로서 자기 노트에 옮겨 적은 거야. 그때 나는 벤노랑 같이 살았고, 그 주소는

---

* 요가에서 이르고자 하는 마지막, 최고의 각성 단계.

벤노가 외우고 있었어. 그리고 너 기억하지, 그날 밤 이후로 벤노는 땅으로 꺼진 것처럼 두 번 다시 안 나타났잖아."

해리, 벤노가 진짜 네 친구야? 내가 물었어.

"이쁜아, 나는 친구가 없네요. 여자친구 하나뿐이거든. 자, 그 여자친구, 이제 내 침대로 좀 들어와봐."

집으로 오는 길에 변호사한테 들렀어. 경찰이 가고 난 뒤 전화번호부에서 찾아 미리 연락해둔 변호사였지. 내 서명과 도무지 읽기 힘든 형사의 서명이 있는 수색조서 복사본을 보여주었어. "그 서류는 여기에 두세요. 내가 알아서 하죠. 또다시 당신을 괴롭히진 못할 겁니다." 변호사 라베 씨가 말했어.

일은 그렇게 일단락되었어. 마약수사팀인지 살인위원회인지, 아니면 무슨무슨 특수반 형사인지한테선 더이상 연락이 없었지. 그리고 내가 이해하든 못하든, 아무튼 그들은 애당초 널 노린 게 아니었어.

2월 24일, 내 마흔두번째 생일 일주일 전에 너는 상당히 명료한 진단을 받고 우르반 병원에서 퇴원했어. T-임파선 감염 수치가 다시 조금 오르긴 했지만, 병은 "오진의 여지

없이, 돌이킬 수 없이" 발병했다고 의사는 말했어. 그리고 "수년의 만성 간염으로 심하게 손상된 간이 더 걱정"된다는 말도 덧붙였지. 의사는 널 응급실로 보내 "간호사가 계획 치료가 필요한 위급환자 목록"에 올리도록 조처했고, "예상 수명이 얼마 남지 않았음"을 "감안해서" 상해보험을 신청해두라고 조언해줬어. 간호사실 앞에서 의사를 붙들고 나한테 모든 걸 다 얘기해달라고 조르고 있는데, 네가 X-레이 검사실로 가는 게 보였어. 너도 분명 의사의 말을 들었을 거야. 그렇지만 나는 의사한테 모든 걸 들었다고 너에게 얘기하지는 않았어. 지하철에서 이젠 어떻게 해야 하나고 머뭇거리며 물었지. 넌 그저 "일은 오는 방식 그대로 오게 되어 있어"라고 웅얼거리면서 "그 모든 빌어먹을 일에 대해 더이상 떠들고 싶지 않다"고 했어, 나한테든, 아니면 다른 누구한테든.

엠저 거리는 마치 사람들에게 버림받은 곳처럼 황량했어. 노이쾰른의 두꺼비들조차 엠저 거리에서 노느니 차라리 난로 뒤에 죽치고 있는 쪽을 택한 뒤로는, 오직 시간의 이빨만 그 거리를 갉아먹고 있는 듯했지. 우리가 엠저 거리로 꺾어 들어서기가 무섭게 얼음 같은 바람이 휘몰아쳤어.

"비가 오겠네." 넌 말했어. 불 좀 줘. 내가 말했지. 넌 스포츠가방을 내려놓고 재킷을 천막처럼 펼친 뒤 불을 붙였어. 개와 사람 오줌으로 누렇게 대리석 무늬가 생긴 검게 변색된 눈이 얼어붙은 채 보도 가장자리에 쌓여 있었어. 넌 바로 "소파에 앉아 좋은 음악 좀 들어야겠다"며 즐거운 표정을 지었지. 하지만 난 움푹한 구멍 같은 네 눈, 그리고 '일은 오는 방식 그대로 오게 되어 있다'는 너의 말을 생각하며 두려워하고 있었어.

:8

아, 해리. 넌 폐렴 때문에 중단했던 바로 그 지점에서 다시 시작했어. 바로 그것, 마약 투약과 마약 거래를. 그러지 않았다면 어떻게 '슈퍼 타릭'이 4월 말에 사준 그 '기름 먹는 슈퍼 하마' 포드 그라나다를 몰고 다닐 수 있었겠어? 넌 계속 클링 형제와 릴라와 함께 차를 타고 돌아다녔고, 때때로 날 찾아와 전엔 안 하던 짓을 했어. 케이크와 대부분은 감동적인 작은 선물이었던 진흙으로 구운 부처상, 도자기로 된 말, 그리고 아마도 장물이었던 듯한 장신구를 갖다주었지. 네가 죽은 벤노에 대해 짐작했던 만큼 너 역시 탐욕스러웠어. 네 동공은 언제나 뜨개바늘 끝처럼 뾰족했고, 눈길은 부산스러웠고, 잠잘 땐 혼수상태에 빠진 것 같았지.

넌 물었어. "어차피 대체 치료를 받으면 맨날 구역질을 할 텐데, 바로 지금 내가 토악질하는 게 보고 싶은 거야?"

실제로 그들은 널 최초의 HIV 감염 베를린 정키 중 하나로 지목하고, 네가 "요건들"을 충족시킨다며, 정확히 말해 이미 "모든 징후를 다 보였다"며 자기들의 새 메타돈* 프로그램에 "포함"시켰어. 원래 네 경우는 갈수록 "약의 양을 차차 줄여나가야" 하고, 네가 나한테 설명한 대로 그저 다른 종류의 효과가 높은 대체 마약에 불과한 메타돈 중독에서 "점진적으로 빠져나와야" 했는데도, 실제로 넌 너의 '필요'를 스스로 정해서 "국가와 아무 인맥이 없는, 가여운 인간을 위해 몇 방울이 남게끔" 약물 양을 넉넉하게 받아냈지.

매일 아침 너는 주치의에게 가서 간호사가 보는 앞에서 약컵을 다 비워야 했고, 금요일이면—언제나 아주 넉넉하게 계산한—주말 분량을 마개 달린 병에 담아 집으로 가져갔어. 혹시 너한테 "뭔가 급성적인 변화"가 올 수 있다 하더라도, 당시에는 거의 존재하지 않았던 그 병의 치료약 가운데 다른 '약'은 싫다고 했어. '메타'를 먹으면, 오로지 그것만 먹는 한에는 '완전히 축 늘어진' 느낌이 들고, 헤로인

---

* 헤로인 중독 치료제.

을 했을 때보다 더 지치고 더 의욕을 잃었는데도 말이야. "메타만 먹으니 완전히 절망적인 바람에 조금씩 늘리던 부수적인 약물 소비"를 넌 핵심 소비로 바꿔버렸고, 그렇게 해서 치료 프로그램에서 하차하게 되었어. 그 뒤 넌 두번째 폐렴에 걸렸고, 다시 시립병원에 입원했지. 거기서 뜨거운 8월 한 달을 보냈어.

내가 여전히 살고 있는 모아비트의 건물에 집이 하나 비었어. 30제곱미터 넓이에 방, 부엌, 화장실이 있고, 위치는 2층 왼쪽이었지. 나는 네 병원 침대 모서리에 앉아 엠저 거리의 그 콧구멍만 한 방하고는 이제 좀 작별하고 그 집으로 들어오라고 애원했어. "그래서 네가 날 다시 네 밑에 둘 수 있게 말이지." 넌 신음했어. 야위고 축 늘어지긴 했지만, 여전히 너의 모습은 나의 해리에 가까웠지. 우리와 알고 지내던 네 의사는 널 정성껏 치료해줬어. 난 너를 위해 마이어 토지회사에 보증을 서고, 집 보증금을 치르고, 마크와 함께 벽을 흰색으로 칠하고, 프랑크와 함께 차를 렌탈해 얼마 되지 않는 네 물건들을 가져왔어. 그런데 이 집으로 다시 돌아온 넌, 네가 그만두었던 바로 그 짓을 다시 시작했어. 그리고 "더이상 꿈틀댈 수 없게" 되고, 네 "사업을 소홀히" 하게 되고, 그리고 "마지막 10그램 환각제와 약간의 코카인,

그리고 가라앉는 데 필요한 로히프놀*"을 사기 위해 나에게 "이백 마르크"를 달라고 했던 그때까지 계속했지. 해리, 너 스스로는 '심하게 늙어버렸다고' 느꼈을지 모르지만, 넌 결코 '네 할머니만큼' 늙진 않았어. 넌 '당장 죽어 고꾸라질' 생각은 없었지. 게다가 마약을 할 수 있다면야. 그래서 시작한 거야. "저승사자가 새로 간 낫을 들고 와 해리와 노란 줄기, 초록 줄기, 약한 줄기, 강한 줄기를 몽땅 베어 넘길 때까지, 왜냐하면 저승사자한테는 해리든 뭐든 다 상관없으니까, 그때까지 해리는 깃털 달린 레몬처럼(넌 카나리아를 이렇게 불렀지) 대마로 만족해야겠지." 넌 미소를 띠며 말했어. 하기야 넌 웃을 이유가 없으면 없을수록 더 생글생글 미소 지었지.

넌 널빤지로 네 새집을 봉쇄했어. 그 널빤지 중 세 개는 프랑크가 공짜로 준 거였지, "언젠가 침대, 테이블, 선반"이 될 거라면서. 난 우리 집을 우선 동독에서 이제 막 넘어온 여자친구에게 무기한 계약으로 넘겨주고, 클라라를 통해 벤틀란트에 작은 집 하나를 빌렸어. 클라라의 동료 중 하나인 일로나 아이세델이라는 프라이부르크 출신 여자가

---

* 수면 유도제. 마취제.

반핵운동이 일어나던 시기에 겁을 집어먹은 농부한테서 사들인 집인데, 우리의 목적에 아주 잘 부합하는 곳이었지. 일단 숲길에 접해 있고, 가장 가까운 버스정류장이 15킬로미터 거리에 있었으니까. 우린 너에게 필요한 식료품과 담배, 슈납스를 잔뜩 넣은 트렁크 세 개를 끌고 기차를 탔어. 그리고 택시로 갈아탄 뒤 정원 문 앞까지 갔지. 네 금단현상에 대해 얘기해볼까? 네 상태가 얼마나 안 좋았는지는 누구보다 네가 가장 잘 알겠지. 일주일 동안 너의 똥 싼 침대 시트를 양동이에 넣고 벅벅 문질러 빨면서도 어찌나 네가 불쌍하던지 마음이 다 찢어질 지경이었어. 어쨌거나 여드레 만에 넌 미쳐 날뛰던 걸 멈췄고, 아흐레째에는 코스모스 차 사분의 일 리터를 그나마 도로 뱉어내지 않고 다 마실 수 있게 되었어. 그리고 이십 일 뒤 고비를 넘겼고, 사십 일 후에 우린 집으로 돌아갔지. 1988년 11월 말, 넌 다시 마약을 했고, 다시 아팠어. 이번엔 더이상 회복하지 못할 정도로 심했지. 너는 크리스마스와 연말, 1989년 1월, 그리고 2월의 반을 다시 우르반 병원에서 보냈어. 간에 악성종양이 생겨 수술을 받아야 했으니까. 네 말대로 "쬐끄만" 종양을 떼버려야 했던 거지. 하지만 HIV 감염 때문에 종양 제거 후에 방사선을 쫼 수도, 화학 치료의 피곤함을 견뎌낼 수도 없었어. 의사는 "어쨌든 T-임파선 감염 수치는 1마이크로리터 혈액당 약 500으로 상당히 안정되었고" 너의 "심장"은 아주 "강하다"고 했어.

스페인에 가고 싶다. 테네리페 섬*처럼 좋은 곳은 아무데도 없다. 나는 로스크리스티아노스 해변**의 고운 회색모래 속에 복살모사***처럼 몸을 돌돌 말고 누워 있는 나를 본다. 태양은 내리쬐고, 모래를 닮은 내 바늘진 머리카락이 태양을 마신다. 나는 혼자 있다. 사방에는 적도 없고 먹잇감도 없다. 나는 몸을 움직이지 않아도 된다, 낮에도 밤에도. 아무것도 들리지 않는다. 바다 소리도, 배 소리도, 새소리도 안 들리는데, 왜냐하면 나한테는 귀가 없고, 온기 외에는 어떤 욕망도 없기 때문이다. 아무리 따뜻해도, 아무리 조용해도 내게는 충분하지가 않다. 해가 지고 나서도 그대로 누워 온기를 머금은 모래에 약간 몸을 묻는다. 하지만 태양은 사라지지 않고 그저 밑으로 내려갈 뿐이다. 내일이

---

* 모로코 근해에 있는 스페인령 카나리아제도에서 가장 큰 섬.
** 테네리페 섬의 해변.
*** 살모사의 일종으로 독사인데, 은유적으로 독사는 회복된 마약중독자를 가리킨다.

면 다시 올라올 것이고, 난 여전히 거기 그대로 있다.

마크와 내가 예쁘게 칠을 해둔 모아비트 거리의 그 작고 밝은 집을 넌 다시 보지 못했어. 병원에서 나와 여러 사회 기관에서 공동 운영하는, 보살핌이 필요한 마약중독자와 최초의 에이즈 환자를 위한 새 프로그램이 갖춰진 곳으로 이송되었으니까. 넌 둘 다 해당되었기 때문에 DIK 파이오 니아에 배속되었어. DIK는 키츠 요양원(Daheim im Kiez) 의 앞 글자를 딴 말이야.

키츠, 그 단어 때문에 넌 화를 냈어. 베를린 사람이라면 누구도 자신이 사는 곳을 어부가 사는 구역이라는 뜻의 '키 츠'라고 부르지 않는다고. 그리고 네가 흘러 들어간 그 이 상한 휴경지는 키츠보다는 염소 새끼라는 뜻의 '키츠(Kitz)' 에 더 가깝다고. 그런데 네 말은 지독하게 맞는 말이었어. 처음 차를 타고 그곳에 갔던 기억이 나. 안할터 역이 있는 그 지역은 황량하고 인적이 드물었어. 승객이 가득 찬 버스 가 정차하고 혼자 내려야 했을 때, 난 여기가 아니었으면 싶어 사방을 두리번거리다 마지막 순간에야 버스에서 내려 섰어. 마치 전쟁 직후 같았는데, 기차역 잔해하며 부분적으 로만 남아 있는 슈트레제만 거리, 주변에 비계를 세운 마르

틴 그로피우스 건물, 좀더 가자 나온 돌무더기 하나와 베를린장벽 등 서베를린에서는 그 어디서도 볼 수 없는 벌거벗은 모습이었어. 그 사이사이에는 바싹 마른 잡풀과 그보다 더 말라비틀어진 땅이 드문드문 있었고, 그 위를 비둘기, 갈매기, 까마귀가 빙빙 날고 있었지. 그 외에 살아 있는 것이라곤 아무것도 보이지 않았어. 개 한 마리, 사람 하나 없었지. 베른부르거 거리가 어디냐고 물어볼 사람도 당연히 없었고. 그래서 거리를 서너 번 왔다갔다하면서 결국 혼자서 찾아냈어. 베른부르거 9 A, B, C번지는 베른부르거 거리가 아니라 슈트레제만 거리의, 땅을 홀랑 뒤집어 파헤친 어느 뒷마당에 있었어.

년 3층에 있는 방 세 개 중 하나를 배정받았는데, 큰 창이 있는 깨끗한 방이었어. 그 창에서는 납작한 창고 지붕 말고도 가까이 있는 교회와 이웃 공사장, 그리고 멀리 더이상은 사용하지 않는 듯한 나치시대 사무실 건물까지 보였어. 하지만 이 모든 것들이 네게는 보이지 않았지. 텅 빈 그 방의 유일한 비품인 새 금속침대가 머리 쪽을 창문 아래에 두고 놓여 있었으니까. 정확하게 말해, 부드러운 푸른빛을 띤 네 벽 중 왼쪽 벽을 마주하고 침대가 놓여 있었어.

내가 들어서자 넌 나지막한 소리로 "우리 아기곰이 왔네"라고 말했어. 그날부터 너는 나를 아기곰이라 부르며 더이상 베이비라고는 부르지 않았어. 난 어떻게 지내냐고 묻지 않았어, 내 눈으로 보고 있었으니까. 나는 침대에 거의 눕다시피 앉아 있는 네 옆에 앉았어. 너는 보기 싫은 레드와인색의 너무 헐렁한 추리닝을 입고 있었지.

군대 시절에 입던 거야? 내가 물었어.

"군인 크뤼거, 아침 운동에서 돌아왔음을 보고드립니다. 바로 무릎굽히기 오십 회 더 해도 되겠습니까?" 넌 미소를 지으며 말했어.

우린 네 물건 중에서 뭐가 필요하고 뭐가 필요 없는지에 대해 의논했어. 넌 옷가지, 그것도 "멋진 것들만", 특히 목욕 가운이 필요하다고 했고, 그 외엔 소니 전축과 레코드판, 외출용 신발, 운동화, 실내화, 환상소설, 면도기를 원했어.

그러면 가구는? 나는 약간 책망하듯 물었어. 가구는 어떡해? 프랑크가 준 널빤지를 차에 싣고 오라고 할까?

"사람들이 가구를 다 지원해줬어. 옷장, 테이블, 의자, 다새 거야." 네가 말했어.

율리의 플러시 소파는? 나는 짐짓 깜짝 놀라는 척하며 물었어.

"그건 원래 있던 그 중고가구 재활용센터로 보내도 돼." 넌 미소 지으며 대답했지.

그리고 집은? 퇴거 신청을 할까? 난 계속 물었어.

"응, 그래야 될 거 같은데." 넌 그렇게 대답하며 마침내 미소를 거두었어. 그리고 은행 관련 업무를 위한 위임장을 써주고, 이 치료 프로그램 운영자인 쾨렌 역시 너에 대한 대리권을 가지고 있다고 설명해줬어. 그러니까 내가 신경 쓰지 않아도 된다고, 네 돈을 당장 못 갖다줘도 굶어죽진 않는다는 얘기였지. "피곤하네." 넌 내 귀에 속삭이고는 몸을 동그랗게 말고 벽에 바싹 붙었어. 나는 무슨 뜻인지 이해했어. 내가 옆에 누웠으면 좋겠다는 의미였지. 이건 이미 우리에게는 하나의 의식이었어.

우린 잠깐 동안 침묵했고, 너는 내 팔을, 나는 네 물기 어린 머리카락을 쓰다듬었어. 내가 물었어. 지금 너한테 소원을 말할 기회가 있다면, 단 하나의 소원만 이룰 수 있다면 어떤 소원을 빌 거야?

"열 개의 소원을 들어달라는 소원." 넌 눈썹 하나 까닥하지 않고 말했어.

그 말을 듣고 나는 아이에게 말하듯 이렇게 물었어. 좋아, 그럼 더 간단하게 말할게. 지금 너에게 어떤 문제가 있니?

내가 해결해줄 수 있는, 뭔가 좀 현실적인 소원이 있어?

"응, 권총 한 자루." 잠시 후 네가 말했어.

난 깜짝 놀라 멀뚱히 너를 바라보았어. 안타깝게도 마약 수사팀 경찰들이 우리 집에 권총을 한 자루도 안 놓고 갔네. 나는 이렇게 농담을 할까 하다 진지하게 말했어.

그런데, 그래, 네 소원을 들어주고 싶어도 어디서 그런 물건을 구할 수 있는지 난 모르는걸. 그리고 내가 저기 밖에서 매시간 매분마다 혹시 네가 아직 살아 있을까, 아니면 내가 선물한 총으로 이미 자살한 건 아닐까 궁금해할 거라는 생각은 안 하니?

"맞아, 그게 문제야." 넌 다시 미소를 띠며 말했어. "나의 친구 관계도 이제 옛날하고는 다르지. 그리고 어쩜 나에겐 방아쇠 당길 힘조차 없는지도 몰라. 그래도 말이야, 아기 곰, 생각 좀 해봐. 네 돈으로 안 사줘도 돼. 내가 지불할 수 있거든."

아, 해리, 내가 얼마나 자주 이런 생각을 했는지 넌 모를 거야. 나의 비겁함을 좀 억누르고 권총을 준비해준다면, 네가 더이상 고통을 겪지 않아도 될지 모른다고. 얼마나 자주 이 생각을 했는지.

최소한 일주일에 한 번은 너에게 갈 계획이었는데, 그렇게 되지 않았어. 시간이 없거나 네가 더이상 소중하지 않아서가 아니라, 너 때문에 가슴이 미어졌기 때문이었어. 다른 표현을 쓴다면 좀 덜 통속적이겠지, 하지만 그만큼 덜 진실할 것 같아. 네가 그곳에서, 죽을병에 걸린 사람들을 위해 잘 꾸며놓은 그 펜션에서 미소를 지으며 날 기다리는 모습을 볼 때마다. 추리닝이나 잠옷 차림으로, 상태가 약간 좋아지거나 혹은 나빠진 채로 팔을 내게 뻗으며 "우리 아기곰이 왔네"라고 말하는 널 볼 때마다 난 눈물이 솟구쳐 올랐고, 그걸 억누를 때보다 억누르지 못할 때가 더 많았어. 그러면 너는 날 가슴께에 끌어안고 "슬퍼하지 마, 네 해리가 같이 있잖아" 혹은 그 비슷한 말로 위로했지.

내가 좀더 자주 갔더라면, 어쩌면 네 아름다움의 몰락, 급격한 기력 저하가 나에게 그렇게까지 두렵지는 않았을지도 몰라. 내가 좀더 자주 갔더라면, 그래서 그 변화가 갑작스럽지 않고 좀더 완만하게 다가왔더라면. 하지만 그렇다고 해서 나한테 더 좋을 것도 없었지, 어쨌든 널 다시 찾을 수는 없었으니까. 내가 사랑했고, 여전히 사랑하는 그 해리에 대해 난 하나의 고정된, 내 마음의 이미지를 갖고 있었고, 지금도 갖고 있어. 그 이미지는 다른 이미지에 의해 지워지지도, 밀려나지도 않았어. 나는 오직 이 이미지에 내가 보는 것을 맞출 뿐이야. 난 눈앞에 서 있는 인물의 얼굴을 낡은 여권 사진과 대조하면서 신분증명서 속의 인물과 지금 막 비행기에서 내린 오십대 사내가 동일인인지 아닌지를 알아내는 세관원이 된 기분이었어. 네 모습은 내 기억 속에 풀칠한 듯 고정되었고, 그건 지금도 마찬가지야. 그래서 분명 해리인 너를 보고 있으면서도, 세관원과는 달리 매번 놀라고 또 놀라고 더욱 놀랐던 거야. 너의 실제 모습이 그 이미지와는 갈수록 달라졌으니까.

그런 게 있다면, 피가 뜨거운 뱀 한 마리를 갖고 싶다. 그놈은 언제나 내 곁에 있어야 한다. 그리고 노란 오렌지색 커튼이 있다면 진짜 환상적일 거다. 물론 그런 커튼이야 진짜 있겠지만. 내가 뱀에게 기대 누워 몸을 녹이는 동안 노란 커튼을 통해 빛이 들어오는 거지. 매일매일 태양이 비추는 것 같을 거다. 바깥 날씨가 얼마나 안 좋은지는 아무 상관 없이.

난 내가 강하게 느껴지거나, 아니면 네가 비난조라곤 전혀 없는 목소리로, 지금 어디야, 하고 전화로 물을 때, 그럴 때만 널 보러 갔어. 그런데 시간이 갈수록 나 자신을 강하게 여기는 일도, 또 네가 전화를 거는 일도 줄어들었어. 나는 네 침대에 걸터앉아 매일 똑같은 네 일상과 필요한 게 있는지 물었어. 넌 어떤 때는 우리 사이의 의식 말고는 아무것도 원하지 않았고, 또 어떤 때는 특별히 원하는 것이 있었지. 도복, "냄새 맡기 위한 레몬 하나", "세탁한 지 오래된" 내 빨간 목욕 가운, 그리고 헝겊 동물 인형, 그것도 가능하면 호랑이나 원숭이로, 또 국수장국 일인분, 양배추롤, 바닐라 아이스크림, "태양처럼 노란 커튼" 등이었어. 권총 얘기는 다시 하지 않았어. 이 물건들을 난 다음 방문 때 갖다주었어. 자신이 어떤 걸 원했는지 하나도 기억하지 못할 때가 많았지만, 넌 기쁜 얼굴로 "생각지도 못한 멋진 선물"에 고마워하며 날 칭찬해줬어. 그래도 네가 제일 좋아했던 간병인 볼프강과 내가 달아준 노란색 커튼은 정말로 맘에 들어했지. 이제 네 노트를 보고 나니, 왜 그렇게 좋아했는지 알 것 같아.

난 한 시간 이상 머무는 적이 거의 없었어. 갈수록 네 말수가 적어진 탓도 있었지. 넌 "자발적으로는" 너에 대해 더 이상 얘기하고 싶어하지 않았어. "생각에 빠져서"라는 이유를 대면서. 무슨 생각에 빠져 있냐고 물으면, 미소를 지으며 "글쎄, 잘 모르겠네" 하고 대답했지. 그리고 9월, 넌 담배를 끊었어. "더이상 넘어가질 않아. 한 모금만 빨아도 줄에 묶인 개처럼 컹컹 짖는 소리가 나고. 어떤 때는 꿈에서 담배를 피우는데, 구역질이 날 만큼 역겨워져 그만 잠에서 깨면 온몸이 땀에 흥건히 젖어 있는 거야. TV도 끊었어. 병원의 유일한 TV 앞에 휠체어 탄 요기가 자동차극장 장기 고객처럼 버티고 앉아 줄담배를 피워 제끼니까." 네가 얘기를 하는 날은 그나마 상태가 좀 나은 날이었는데, 그런 날 중에 네가 했던 말이야.

나는 담배가 피우고 싶어지면—언제 내가 담배 피우고 싶지 않은 적이 있었나—네 방을 나와 '클럽 룸'의 그 요기한테 가거나, 요기가 업무를 보고 있을 때면 네가 가장 좋아하는 간병인 볼프강에게 갔어. 볼프강하고는 얘기가 잘 통했거든. 그는 널 좋아해서 "대선배님"이라고 불렀지. 볼프강은 현재 네 상태가 실제로 어느 정도인지 말해주며, 네가 심장만 강한 게 아니라 성격도 강인하다고 했어. 지금껏 네가 느꼈던 고통은 갈수록 심해질 것이고, 그 고통을 참을 자신이 있는가에 모든 게 달려 있다고, 그것은 너희 정키들의 "저주받은 고통"이고, 그 고통을 덜어줄 방법은 없다고 했지. "너나 나 같은 사람이 해리와 같은 상황에 처한다면 아마 마약을 해버릴 거고, 그러면 모든 게 쉬워질 거야. 하지만 해리는 얼마 전부터 폴라미돈, 그러니까 메타돈보다 부작용이 덜한 폴라미돈 처방을 계속 받고 있는데, 그런 경우에는 모르핀이 효과가 없어. 최고 용량을 투약해도 전혀 안 듣지. 우리가 아는 최고의 진통제인 모르핀 말고 평생 모르핀에 중독된 환자의 고통을 덜어줄 수 있는 게 있을까? 이게 바로 우리가 여기서 매일같이 던지는 질문이야."

나는 고개를 끄덕이며 볼프강에게 캐멀 담배를 내밀었어. 같이 담배를 피우며, 다음번에 해리에게 미니 TV와 실내 안테나를 갖다주면 어떻겠느냐고 물었지.

"좋지. 왜 안 되겠어? 해리가 TV를 볼 수 있는 한은 말이야. 기분 전환은 좋은 거고말고."

:9

내게 필요한 것은 굴뚝청소부 하나, 불 지피는 사람 하
나, 고충서한 문진 하나.

세련된 악마들……

그리고 동베를린 사람들이 장벽에 뛰어든 11월의 그날이
왔어. 물론 독일인 대부분에게 그랬겠지만, 그 사건은 나와
동서 베를린 사람들을 완전히 기습했고, 난 그다음 두 주를
비정상적인 상태로 보냈어. 모아비트의 방 하나 딸린 내 집
은 '그라나다*의 야간 진영'처럼 되어버렸지. 1986년 이후

---

* 13세기 초 스페인에 남아 있던 알모라비드 세력이 세운 이슬람 왕국.

보지 못했던 친구들이 줄줄이 우리 집으로 왔거든. 솔직히 아주 기뻤다고는 말하지 못하겠어. '반파시즘 보호 장벽'의 급작스러운 종말 전에 서방으로 왔다는 내 유일한 특권은 이제 장벽과 함께 무너지고 말았지. 이미 지나쳤던 나무들이 갑자기 다시 다가오는 기차에 타고 있는 기분이었어. 하지만 흥분된 건 사실이야. 샴페인, 와인, 슈납스 병이 나뒹굴었고, 그런 와중에도 뻔뻔스럽게 서슴지 않고 물만 벌컥거린 사람도 우리처럼 취해서 갈지자로 돌아다녔어. 이 동안엔 거의 네 생각을 하지 않았어. 미안, 용서해줘. 어쨌든 11월 12일, 체크포인트 찰리*에 가는 길에 잠깐 너에게 들렀어. 양손에 작은 샴페인병 두 개를 들고 병실 문을 박차고 들어가, 해리, TV라도 보지 않고? 하고 소리쳤지.

내가 들어선 곳이 바깥세상하고는 완전히 다른 곳이라는 사실, 너 또한 전혀 엉뚱한 곳에 있다는 사실을 잠시 후에야 겨우 알아차렸어. 네 방은 커튼이 쳐져 있었고, 노르스름하게 내리비치는 빛은 하늘색 벽과 뒤섞여 희미한 납회색으로 변했으며, 몇 개 되지 않는 가구는 거의 검은색으로 보였어. 마치 오른쪽 귀퉁이만 창백한 오렌지색으로 바랜

---

* 1989년까지 동서 베를린 사이에 있던 연합군 관계자와 외국인을 위한 통행 검문소.

흑백사진 같았지.

너는 이불을 덮고 창문 있는 벽에 쿠션 세 개를 받치고 기대앉아 고개를 저으며 네 야윈 오른쪽 팔목을 살펴보고 있었어. 난 천천히 다가갔어. 하이, 해리, 나야.

넌 나를 쳐다보며 "아, 아기곰, 나 이해가 안 가" 하며 다시 팔을 들여다봤어. 이리 보여줘봐, 하며 네 팔을 살펴보니 긁힌 자국과 비슷한 커다란 빨간 반점 두 개가 보였어. 나중에 볼프강이 설명해줬는데, 너의 약화된 면역체계가 방어하지 못한 피부곰팡이가 온몸, 그러니까 "배, 등, 다리, 그리고 불쾌하게도 성기 부분"에까지 습진을 만들었던 거였어. 둘이서 네 팔을 들여다보다가 입을 다물고, 바깥의 망치질, 함성, 헬리콥터 소리를 들었지. 마침내 네가 쉰 목소리로 속삭였어. "나 알아, 저기 저 너머 너희 쪽에서 이제 술주정뱅이 대장 크렌츠가 끈을 풀었다 당겼다 한다는 거. 그리고 호네커도 없어지고, 동서 경계선도 없어졌는데, 나만 아직 여기 있네. 사실 서베를린 사람 하나가 장벽에서 죽는 게 원래 내 계획이었는데, 이젠 그것도 안 되겠어. 타이밍이 안 좋아, 너희 동베를린 사람들이 타이밍을 잘못 잡은 건지 아니면 내가 잘못 잡은 건지."

넌 다시 침묵 속으로 빠져들었고, 난 눈물을 터뜨리고 말

앗어. 나는 네 가슴에 기대 누워 너 때문에, 그리고 나 때문에 울었어. 내가 다른 남자한테 약간 사랑을 느껴서, 장벽 딱따구리*들이 조금씩 내 신경을 쪼아서, 그리고 끔찍하게 피로해서. "해리한테로 와." 넌 말했고 난 네 어깨에 기대 울다가 잠이 들었어.

다시 깨어났을 때 넌 자고 있었어, 깊이 그리고 푹. 늦은 저녁이었어. 난 핸드백을 챙겨들고 너 주려고 가져온 베를린장벽 조각을 테이블 위에 올려놓은 뒤 병실 문을 닫았어.

1989년 11월 11일에 우르스 마이발트를 만났어. 우리가 함께 보낼 수 있는 시간이 얼마 남지 않았던 시기였기에, 이 스위스인에 대한 얘기는 너에게 한 번도 하지 않았지. 나는 HIV 음성 반응 결과를 받은 작년과 올해 반년 동안 어떤 사람, 그러니까 어떤 남자의 접근도 용납하지 않았어. 하지만 우르스에게는 신뢰가 갔어. 그는 너처럼 잘생기진 않았지만 매력이 있었고, 예기치 않은 모든 소동을 주의 깊고도 조롱 어린 냉철함으로 관찰했지. 난 그의 부드러운 목소리, 점잖음, 진솔함이 좋았어. 우르스는 나를 꾸밈없이

---

* 베를린장벽이 무너질 당시 장벽의 일부를 기념품으로 챙기려고 몰려들어 장벽을 쪼아대던 사람들을 가리킨다.

대했어. 여자 때문에 큰 문제를 겪은 사람도 아니었고. 그는 여자를 좋아하고, 한 여자를 진정으로 사랑하게 되면 함께 "침대로 갈" 수도 있다고 말했어. 어쨌든 그는 나보다 세 살 많았고, 직업은 정원사였는데, "아주 고물이 된" 부모님이 바젤 남서 변두리인 알슈빌에 몇 헥타르의 땅을 가지고 있고, 거기서 과일 농원, 채소 농원, 그리고 말 목장을 운영하고 계신다고 했어. 부모님은 수확한 사과, 배, 자두를 인근 가게와 양조장에 팔고, 하우스에서 여러 이국적인 식물도 재배하신다고. 우르스는 자신과 결혼하면, 부모님은 마침내 "웬만큼 기쁜 심정으로 일손을 놓고, 불행 중 다행으로 동성애를 극복한 외아들에게 사업체를 상속해줄 것"이라고 했어. 우리의 거래는 깔끔하게 이루어졌고, 둘 모두에게 이점이 있었지. 그는 알슈빌의 중소기업에 "식물에 대해 뭘 좀 아는 호감 가는 파트너", 더군다나 자기 부인이니 따로 임금을 안 줘도 되는 노동력을 하나 얻는 셈이었어. 그리고 나는 더이상 동독 출신이라는 과거에 갇혀 살고 싶지 않았고, 차라리 스위스 여권을 얻고 싶었어. 또, 비록 나 자신조차 한 번도 시인하지 못했지만, 해리, 너와 좀더 거리를 두고 싶기도 했어.

떠나기 직전에 널 다시 찾아갔어. 베를린을 떠난다는, 다른 나라로 멀리 간다는 말은 차마 못하겠더라. 그래서 휴가가 필요해 연말 서너 주 동안 스위스에 간다고만 했어. 속으로는 적어도 두 달에 한 번은 베를린에 올 거라고 마음먹고 있었으니까. 집도 부동산중개소에 내놓는 대신, 우리가 벤틀란트에 있는 동안 집을 빌려줬던 친구에게 맡겼고.

크리스마스 직전이라 테디베어를 별로 안 닮은 커다란 플러시 천 곰인형을 갖고 갔는데, 그날따라 넌 기분이 상당히 안 좋았어.

"아기곰, 이 뚱뚱이가 널 대신할 수 있을 거라 생각하진 마. 좋은 시간 보내고, 당당하게 지내고, 해리를 잊지 마."

우리는 포옹했고, 난 떠났어. 아쉽게도 볼프강이 없어 다른 간병인에게 내 스위스 주소와 전화번호를 적어주고, 커피, 과자, 코냑 한 병, 그리고 만약의 경우에 대비해 현금 이백 마르크를 맡겼어. 네 계좌가 아니라 내 계좌에서 찾은 돈이었어. 네 상태가 더 나빠지거나 갑자기 무슨 문제가 생기면 꼭 나한테 전화해달라고 부탁했고, 그들은 꼭 "연락하겠다"고 약속했어. 난 자유였고, 자유롭게 스위스로 갈 수 있었지만, 그렇다고 너로부터도 자유로워진 건 아니었지. 그러나 그때는 그걸 잘 몰랐어.

20

살아 있는, 우리 할머니 말씀대로, 살과 피가 있는 널 마지막으로 본 건 1990년 1월 30일이었어. 난 곧 있을 우르스와의 결혼식에 필요한 결혼자격 증명서, 출생기록 공증서, '동독 시민자격 포기' 증명서 등을 떼기 위해 베를린에 왔어. 물론 너도 보고 싶었고.

나는 코흐 거리 지하철역에 내려서 걸어가며 주변을 두리번거렸어. 포츠담 광장은 아직 여기저기 구덩이가 팬 분화구 풍경이 아니었고, 그곳을 내리누르던 유령 같은 적막감도 건설 소음에 밀려나기 전이었어. 하지만 새나 잡풀과 마찬가지로 그 적막감 역시 다시는 돌아오지 않겠지. 난 우리 둘 중 누가 닥쳐올 거대한 변화를 더 잘 빠져나갈까 자문해봤어. 알슈빌에 있을 나일까, 여기 있는 너일까. 비록 넌 미래의 씨앗이 움트는 베를린이라는 배아세포 한가운데에 누워 있긴 하지만. 나의 동베를린, 우리의 서베를린이 모두 해체된 그곳에 있고 싶지 않아 나는 떠났던 거야. 나도 마찬가지로 그렇게 해체되고 사라질까봐 두려워서. 차라리 어디론가 다른 곳으로 사라지는 게 나았지. 차라리 스위스에서 낯선 삶을 사는 게 정상적이야. 원래 모습대로 있을 수 없는 두 개의 도시 베를린. 더구나 한때 그랬던 것처럼 다시 하나가 되는 게 아니라 아무도 알지 못하는 어떤 새로운 것이 된 그 베를린에서 나 자신이 낯설게 되는 것보다는 그게 더 정상적이지. 변화가 마무리된 베를린은 어쩌면 마음에 들지도 모르지만, 지금은, 혼란, 철거, 투기, 불안을 의미하는 이 시작 단계에서는 내 마음에 들지 않는 두 개의 베를린일 뿐이었어. 동베를린 사람이든, 서베를린 사람이든 혹은 이중 베를린 사람이든—난 멀리서도 척 보면 알 수 있어—우리 베를린 '원주민'들은 그 어려웠던 지난 몇 달 동안, 스스로를 마치 황폐한 정원의 돌 밑에 붙어사는 지네처럼 느꼈어. 그러나 커다란 손이 그 돌을 치우자 조그만 미물인 지네는 고개를 숙이고 이리저리 길을 헤매거나 혹은 죽은 척하며, 그저 고향 돌을 다시 찾고 싶을 뿐이었지. 그 어두움, 그 고요함, 그들에게 익숙한 바로 그걸 말이야.

넌 미니 TV 앞에 앉아 맑은 수프를 숟가락으로 떠먹고 있었어. 상태가 훨씬 좋아진 듯 보여 난 기뻤지. 너 역시 밝은 얼굴로 맞아주며, 상처가 아문 팔을 내 목에 둘렀어. 그러고는 네 침대 위에 펼쳐놓은 내 선물을 쳐다보았어.

너는 "그렇게 조그만 나라가 이렇게 큰 판 초콜릿을 만들다니"라고 말하며 초콜릿을 빨아먹었어. 그리고 사이즈가 맞나 보려고 빨간 캐시미어스웨터를 네 가슴에 갖다대자 스웨터에 코를 박았지. 하지 마, 하며 내가 스웨터를 뺏어가는 시늉을 하니까 넌 웃으면서 안 뺏기려 했어. "아니야, 이거 내 거야. 아지랑이처럼 뭉게뭉게, 참 냄새 좋네. 아기 곰, 너처럼."

그때 뉴스가 나왔어. 연설 도중에 체포되는 전 동독 수상 에리히 호네커의 모습이 눈에 들어왔어. 수갑을 차고 두 경찰관 사이에 선 호네커는 캐시미어코트를 입고 예의 그 모피 모자를 쓰고 있었는데, 자랑스럽지는 않다고 해도 당당하게 카메라를 똑바로 보고 있었어. 혹시 네 눈을 똑바로 쳐다보고 있었던 걸까?

왜 이런 말을 하냐면, 네가 그 화면을 보다 이상한 행동을 했기 때문이야. 넌 들어올렸던 숟가락을 마치 최면에라도 걸린 듯 스위스제 판 초콜릿 옆에 내려놓고 가만히 화면을 쳐다봤어. 난 너와 TV를 오락가락하며 번갈아 봤어. 그런데 정말, 네 눈에 눈물이 서서히 차오르더니, 눈꺼풀의 둑을 넘어 흘러내렸어. 넌 소리 없이 울고 있었던 거야. 나는 네가 우는 걸 한 번도 본 적이 없었기 때문에 그 모습이 믿기지 않았어. 호네커의 화면은 서로 싸움질하는 국회의원들의 영상에 밀려 이미 사라져버렸는데도 넌 계속 울었어. 난 네 팔을 잡았어. 해리, 왜 그래? 왜 울어? 넌 내 손을 떨쳐내고 휴지를 달라고 했어.

"모르겠니?" 너는 날 쳐다보지도 않고 말했어. "저 사람은 다시 감방에 들어갈 거야. 그런데 이미 그는 십 년을 감방에서 살았어, 꼭 나처럼. 감방이 그의 청춘을 다 망쳐놓았고, 내 청춘도 전부 망쳤어. 그는 병들었고, 나도 병들었어. 감방에서 나왔을 때, 꼭 호네커 같은 사람들이 권력을 잡고 있었거든. 그래서 뾰족한 턱수염을 기른 사내 뒤를 이어 저 사람이 권력을 물려받았어. 그는 전과자가 그렇듯 오직 불신으로 사람들을 다스렸고, 자기 사람 중 몇이 자길

배신하고 함정에 빠뜨린 것을 알고 있었지. 그게 누구였을까? 그는 신중을 기하기 위해 모두를 다 가뒀어, 벌을 주고 복수를 하려고. 감옥에서 풀려났을 때 나는 그 미친 치료를 받아야 했어. 근데 누가 나한테 권력을 쥤다면, 나도 모든 걸 저 호네커처럼 했을 거야."

너와 함께한 그 이 년 동안 네가 한 말 가운데 가장 길고, 가장 이해하기 힘든 이야기였어. 난 너무 놀라 감히 너와 토론할 생각도 못했어. 또 볼프강이 전화로 네가 톡소플라스마* 감염으로 인한 간헐적인 발작 증세가 있다고 말해주기도 해서, 너의 뇌가 진짜 손상되었을지도 모른다고 생각했지. 이성이 있다면, 우리 같은 사람들을 오랫동안 압제했던 그 늙은이의 운명이 널 그렇게 뒤흔들어놓을 이유가 뭐겠니? 사람들이 도무지 개선의 여지가 없던 호네커, 파면된 늙은 호네커를 병들고 늙었다는 이유로 다시 풀어주면, 그는 서글픈 여생을 방구석이나 법치국가의 품 안에서 보내게 되겠지. 아니, 난 당시에는 잘 몰랐어. 한 인간의 판단 기준은 무엇보다도 본인의 아주 고유한 체험의 총합으로부터 나온다는 사실을. 이 인식 역시 네 덕에 얻은 거야. 나와

---

* 원래 동물이 잘 걸리는 일종의 전염병.

는 달리 넌 체포된 호네케를 마침내 자기의 행위에 대해 책임을 지게 된 추락한 독재자로 보지 않았어. 넌 그를 다시 감방으로 돌아가야 하는, 수감된 적이 있는 그로서는 틀림없이 죽음보다 더 무서운 재수감이라는 불행을 당하게 된 한 사람의 감방 동료로 봤을 뿐이야.

1990년 4월 14일, 네 서른여섯 살 생일이 이틀 지난 날 저녁 아홉시 사십팔분에 넌 숨을 거두었어.

4월 12일, 나는 왠지 마음이 불안해 DIK에 전화를 걸어 생일 축하 인사를 하려고 했어. 우연인지 필연인지 볼프강이 전화를 받았어. 너와 통화할 수 없다고 하더군. 기력이 너무 쇠약해져서 일어나지 못한다고. 네 간의 상태가 심각하고, 또 폐렴에 걸려 열도 나는데, 열이 너무 높아 오늘이 무슨 날인지도 모른다고 했어. 널 병원으로 보내려 했지만 네가 거부했다고, 서면상으로도 "생명 연장 조처를 하지 말 것"을 확실히 해두었다는 얘기도 했지. "오세요, 이제부터는 진행이 아주 빨라질 수 있으니까요."

얼마나 더 살까요. 내가 물었어.

"예언은 못하지만, 곧입니다." 그의 대답이었어.

4월 15일에 비행기를 타고 베를린으로 가서 택시로 갈아 탄 뒤 브란덴부르크 거리에서 내려달라고 했어. 넌 이미 '치워진' 뒤였어. 난 울면서 볼프강은 어디에 있는지, 왜 어제 아무도 나한테 전화해주지 않았는지 물었어. "볼프강?" 처음 보는 여자 간병인이 짜증을 있는 대로 드러내며 대답했어. "그 사람은 주말에 쉬었어요, 간만에요." 볼프강은 내일 출근하기 때문에 그도 아직 "소식을 못 들었다"고, 그래도 "크뤼거 씨의 마지막 기간 동안 볼프강이 쭉 그를 맡아왔으니까" 어쨌든 그하고 얘기를 해야 할 거라고, 아무튼 자기는 새로 왔고, 어제 근무를 안 해서 네 마지막을 "지켜보지" 못했다고 얘기했어.

그다음 날, 볼프강은 나를 '단독 상속인'으로 명명한 네 친필 유서와 물건이 가득 든 이삿짐 상자 두 개를 건네주었어. "우선 챙길 것만 먼저 챙겨 가시고, 다른 건 여기 놔둬도 돼요. 보관해드리죠." 그는 말했어.

담배를 한 대 피우면서, 네 침대 곁에 누가 있었는지, 어제 네가 어땠는지 이야기해줄 만한 사람이 있냐고 묻자 볼프강이 대답했어. "로베르트라는 학생인데, 새로 왔어요. 근데 이제 다시 오지 않을 거예요. 오늘 아침에 밤 근무를 끝내고 나서 말해줬는데, 해리가 고통 속에 죽긴 했지만 망설임 없이 명부의 강에 뛰어들었다고 하더군요. 그래요, 그는 죽음의 품에 자기를 완전히 내맡겼대요."

네 유서를 챙겨넣고 나서, 계속 사용할 수 있을 것 같은 노란 커튼, 전축, TV, 이불보 따위를 볼프강, 아니 DIK에 기증했어. 볼프강이 물어봤거든. 내 생각이 거기까지 미쳤을 리가 없잖아.

이때 가져가지 않았던 것들은 그다음 해, DIK 원장 죄렌 아르놀트가 전보로 가져가라고, 안 가져가면 없애버리겠다고 위협했을 때 가지고 왔어. 이삿짐 상자 두 개 중 한 상자의 밑바닥에 네 노트가 있었는데, 짐을 다 풀고 나서야 비로소 읽어보았어.

몇 년 동안 네 유품들을 보고 싶지가 않았어. 빛바랜 작은 사진들, 네 여권 사진이 붙은 증명서들, 율리의 목걸이, 자기로 만든 말, 헝겊 동물 인형, 도어스의 레코드판을 들여다보고, 네 셔츠, 바지, 스웨터, 가운, 잠옷을 만지고 냄새 맡을 엄두가 안 났거든.

우르스와는 진작에 이혼하고 1992년부터 다시 모아비트 집에서 혼자 살았는데, 새천년이 시작되기 직전 어느 날, 선반에서 그 상자들을 간신히 내려놨어. 목욕 가운을 벗어던지고 네 좀먹은 빨간 캐시미어스웨터를 입고는 쿠션 위에 주저앉아 상자 속을 온통 헤집었지. 어린 시절 네 모습을 담은 사진, 너와 클링 형제의 사진, 네 품에 안긴 프리데의 사진, 모아비트 카르슈타트 백화점 앞에서 찍은 우리의 사진을 보았어. 네 여권, 주민증, 기능사 자격증의 모든 페이지를 샅샅이 읽어보고, 전직 경찰관도 진짜라고 확인해주었던 운전면허증과 인조가죽 케이스를 새삼 놀라며 살펴보았지. 가죽 케이스 안에는 우체국 계좌 카드와 전화번호가 적힌 쪽지 두 개, 우표 몇 장, 그리고 무슨 가라테 행사 안내지와 달력에서 뜯어낸 잠언이 들어 있었어. "현명해지는 방법에는 세 가지가 있다. 우선 심사숙고하는 방법인데, 이것이 가장 고귀한 방법이다. 그다음은 모방하는 방법인데, 가장 단순하다. 마지막으로 경험을 통하는 방법인데, 이것이 가장 괴로운 방법이다(공자)."

그리고 처음에는 알아차리지 못했던 건데, 상자 바닥에 깔린 부채 두 개의 가려진 작은 틈새에서 오백 마르크짜리 지폐를 끄집어내고 적잖이 놀랐어. 지폐는 전형적인 정키 방식으로 접혀 있었지. 난 적갈색 지폐를 쳐다보며 민들레를 만져보고, 민들레 잎사귀를 뜯어먹고 있는 너무나 아름다운 끝검은독나방의 애벌레, 그리고 마리아 시빌라 메리

안*의 부드럽게 미소 짓는 얼굴을 가만히 쓰다듬었어. 네가 했던 말이 떠올랐어. 네게는 오백 마르크짜리 지폐가 가장 사랑스러운 지폐라고, 오직 이 지폐에서만 "뭔가 에로틱한 것"을 느낀다고 했던 말이. 난 울었어. 사실 지난 시절 내내 울었지만, 그때 비로소 제대로 울었던 거야. 그리고 그 여자 예술가의 초상화 옆에 그려진 요정처럼 고운 말벌의 모습에 푹 빠져서, 혹시 이 말벌이 하나의 상징일까, 상징이라면 무엇을 의미할까, 하고 가만히 물어보았어.

더이상 아무런 중요한 일도 일어나지 않았어. 나의 삶은 그저 지속될 뿐이야. 닥치는 대로 이런 일 저런 일을 해주고, 저녁이면 수프를 끓이고 와인 한 병을 마셔. 로또 당첨금은 다 썼고, 너의 조야 역시 다 탕진되었어. 그리고 서너 명의 남자와 시도해보았지만, 마지막 남자의 말대로 '언제나 마음이 딴 데 가 있고 뭐든 거부해서' 그들은 날 버리고 떠나갔어. 그러나 아무에게도 미련은 없어. 요즘에는 생활

---

* 여성 곤충학자이자 화가. 그녀가 남긴 유충에서 나비까지의 변신 과정에 대한 상세한 관찰기록 그림 자료는 현대 곤충학의 선구가 되었다.

보조금과 주거보조금을 받고 있고, 더이상 다이어트는 안해. 난 나를 포기하려고 했어. 네 노트를 읽기 전이었지. 그걸 읽고 너와 대화하고 심지어 너에게 편지도 쓸 수 있다는 사실을 발견하기 전 말이야. 언젠가는 네 오백 마르크를 꺼낼 거야. 그래서 그 지폐의 그림에서 찾아낼 거야. 죽음이 우릴 갈라놓기 전에 무엇이 우릴 이렇게 갈라놓았는지. 너는 감염에서 날 지켜주었듯 죽음에서도 지켜주었어. 난 이것저것 많은 것을 시도해보았지만, 아직 마약은 안 해봤어. 그러나 만약 내일이나 모레쯤 암에 걸려 죽게 된다면, 장엄한 작별을 하는 데 네 오백 마르크면 충분할 거야. 그때까지는 우리의 영화를 볼까 해. 우린 서로 머리를 맞대고 매트리스에 누워 있어. 거의 꼼짝하지 않고 그저 숨만 얕게 쉬고 있어. 네 눈은 감겨 있고, 내 눈은 높이, 열린 창을 바라봐…… 우리에게는 서로가 있고, 그리고 시간이 있어. 다른 무엇도 가진 것이 없지만, 시간은 아주 많아. 시간이라는 게 더이상 존재하지 않는 것 같긴 하지만.

옮긴이의 말

　세계사적 전환기인 독일 통일 직전의 1987년 서베를린, 숙련 식자공이자 동독 탈주민 조야는 꽃 가판대 아르바이트를 하며 외롭게 살아간다. 이방인으로 가득 찬 서베를린. 조야에게 서베를린이라는 도시는 막 도착하거나 곧 떠나갈 여행자만의 도시처럼 허허롭게 느껴지는데, 특히 이렇게 겉도는 기분은 서베를린 출신 남자들 때문에 더하다. 동독에서 살던 때를 돌아보면 자신은 나름 좋은 애인감인 듯싶은데, 서독 남자들하고는 도무지 인연이 없는 것이다. 클럽이나 술집에 가면 남자들은 탈주민에 대한 선심 반 훈계 반의 관심만 가질 뿐 그 이상 나아가지 않아, 조야는 못내 섭섭하다. 그러던 어느 날, 조야는 연하의 서독 남자 해리를 만난다. 키 크고 잘생긴 해리가 조야에게 다가왔던 것이다.

하지만 그는 정키다. 십일 년을 감옥에서 보낸 어두운 과거가 있고 미래 또한 결코 밝지 않은 마약중독자. 해리는 대체 의약으로 마약 치료를 받는다는 조건하에 집행유예를 받은 상태인데, 이미 그 조건을 깨뜨린 전력이 있어 한번 더 어기면 즉시 체포될 처지다. 조야는 하나둘씩 밝혀지는 해리의 비밀에 충격을 받으면서도 마지막까지 해리와 함께 하기 위해 모든 것을 감수한다. 조야는 해리를 대체 치료 프로그램에 참여시키기 위해 이리 뛰고 저리 뛰며 혼신의 힘을 다한다. 그러나 이미 자신의 삶에 대한 철학이 확고했던 해리는 치료 담당자와 조야의 눈을 피해가며 계속 마약을 하고, 결국 한꺼번에 폐렴과 만성 간염, 에이즈가 발병한다. 조야의 힘겨운 사랑의 막바지, 바깥세상은 독일 통일을 맞이하고, 해리의 짧은 생의 불길도 잦아든다. 해리가 병원에 있는 동안 조야는 새로운 행운을 찾아 스위스로 떠나고, 해리는 병원에서 생을 마감한다.

그후 조야는 이혼하고, 다른 남자들도 떠나갔다. 해리와의 사랑에 그녀의 모든 열정이 불타버린 것일까. 조야는 그 짧고 불행한 사랑의 추억과 긴 여운 속에 홀로 남겨졌다.

이런저런 아르바이트를 하고 돌아와 저녁으로 수프를 끓여 먹고 싸구려 와인을 비우며, 불투명한 미래를 안고 하루하루 살아가던 조야는 해리가 죽은 지 거의 십 년이 흐른, 새천년을 앞둔 어느 날, 한편에 밀쳐두고 오랫동안 차마 쳐다보지도 못했던 해리의 유품 상자를 비로소 열어본다. 그리고 상자 밑바닥에서 해리의 노트를 발견한다. 해리는 끝까지, 끝까지 조야에게 수수께끼를 남겨놓은 것인가. 그들이 사귄 삼 년간, 해리가 이런저런 속내를 적어놓은 얼마 안 되는 문장들 속에 조야에 관한 내용은 단 한 줄도 없었던 것이다. 세월이 가도 떨칠 수 없는 해리에 대한 기억 속에서 삶의 의욕과 의미를 상실해가는 조야. 그러나 도대체 해리는 조야를 사랑하기나 했을까. 해리의 내밀한 기록에 왜 조야는 존재하지 않는가.

　서운함과 의아함, 실망, 그리고 이런저런 추측들…… 결국 조야는 해리가 쓴 그 기록을 읽고 나서, 그와 함께 지옥과 천국을 오갔던 자신의 입장에서 해리의 짧은 글을 보충하고, 해리가 비워둔 칸들을 채워나간다. 조야는 해리가 남긴 여든아홉 문장에 이어, 해리의 문장들이 절대 말하지 않은 그의 삶과 사랑, 곧 그녀의 사랑과 삶을 이야기한다.

이 소설은 이렇게 탄생했다. 해리에게 쓰는 조야의 길고 긴 회상과 고백의 편지. 죽은 연인에게 부치는 조야의 편지는 그리움과 멜랑콜리, 코믹함이 뒤섞인 어조로 읊어진다. 조야의 우울하고도 유머러스한 목소리는 불행한 사랑이 한 인간의 일생에서 가장 큰 행복이 될 수도 있다는 사랑과 인생의 아이러니를 일깨워준다. 조야의 편지는 또한 1980년 대 말 베를린의 그 독특하고 데카당스한 세계에 바치는 오마주이기도 하다. 동서독 분단 상황에서 하나의 섬처럼 다시 동서독이 만나는 베를린, 양 체제의 분단과 만남이 기묘하게 어울리며, 베를린 사람보다 외국인이 더 많은 독일 속의 외국 베를린. 조야와 해리의 사랑은 구제할 길 없는 아웃사이더와 백수들, 그리고 그들을 둘러싼 또다른 아웃사이더와 백수들의 관점—그것은 바로 밑바닥에서 바라본, 역사적으로 전무후무한 베를린의 스케치가 되었다—으로 이 도시를 새로 이야기한다.

작가 카챠 랑게-뮐러는 1951년 1월 동베를린에서 태어났다. 아버지는 당시 동독 TV 프로듀서였고, 어머니는 동독 통일당 중앙위원회 위원이었다. 동독 지도층 출신이지만 '반사회주의적 행동'으로 열일곱 살에 학교에서 퇴학당

한 그녀는 열여덟에 무단 가택 점거에 가담하는 등 일찌감치 반체제 성향을 보였다. 카챠 랑게-뮐러는 숙련 식자공 직업교육 과정을 이수한 뒤 〈베를리너 차이퉁〉과 동독 TV에서 보조원으로 일했으며, 베를린 헤르츠베르크 신경정신병원과 베를린 샤리떼 정신병원 폐쇄병동에서 몇 년간 간호조무사로 일한 경력도 있다. 1979년부터 1982년까지 라이프치히 대학의 요하네스 베허 문학연구소*에서 문학을 전공한 뒤, 일 년 동안 몽골에서 유학하며 양탄자공장에서 일하기도 했다. 동독으로 돌아온 그녀는 알트베를리너 출판사에서 편집자로 일하다가 1984년에 서독으로 이주했다. 서독에서 그녀는 비록 늦깎이 작가로 출발했지만, 잉게보르크 바흐만 문학상(1986), 베를린 문학상, 알프레트 되블린 문학상(1995), 마인츠 시 작가상(2002), 카셀 문학상(2005) 등 수많은 상을 휩쓸며 입지를 굳혔다.

카챠 랑게-뮐러의 소설은 대부분 사회부적응자, 패배자와 주변인의 삶을 그리고 있는데, 이들 운명의 슬프면서도 코믹하고, 또 그로테스크한 측면을 부각시킨다. 특히 분단된 독일과 동독에서의 삶, 그리고 통일로 뒤섞인 동서독인

---

* 1955년 동독 정부가 수립한 대학 지위를 갖는 작가 양성 기관이다. 독일 통일 이후 여러 논란을 거쳐 1995년부터 새롭게 운영되고 있다.

사이의 혼란과 오해를 풍자적이고 유머러스한 문체로 포착해 폭넓은 독자층을 확보하고 있다.

어머니로부터 물려받은 성 랑게에 붙인 또하나의 성 뮐러는 이 작가의 문학적 배경을 이해하는 데 도움을 준다. 동독의 대표 작가 하이너 뮐러의 열한 살 어린 막내동생 볼프강 뮐러와의 짧은 결혼을 알려주는 흔적이기 때문이다. 하이너 뮐러는 후두암 투병 중에 죽음을 앞두고 바이마르 공화국, 히틀러 제국, 동독 체제로 이어지는 독일 현대사를 문인으로서 치열하게 살아왔던 자신의 자서전을 쓰기 위해 한때 동생의 아내이자 동료 작가였던 카챠 랑게-뮐러에게 도움을 청했다. 카챠 랑게-뮐러는 숨김없이 모든 것을 다 털어놓는다는 전제하에 그의 제안을 받아들였다. 1992년 출간되어 엄청나게 팔려나가며 통일 독일에 격렬한 문학 논쟁을 불러일으킨 뮐러의 자서전 『전투 없는 전쟁─두 독재자 사이의 삶』은 두 작가의 치열한 공동작업의 결과였다. 자신의 삶을 회상하는 하이너 뮐러의 목소리를 카챠 랑게-뮐러가 글로 옮긴 뒤 다시 하이너 뮐러와 함께 수정하고 재구성하고, 마지막으로 관련 자료를 확인하는 작업을 했던 것이다.

『차마 그 사랑을』은 주로 짤막한 단편을 써왔던 카챠 랑게-뮐러가 2007년 발표한 장편소설이다. 아직까지 한국 독자에게 알려지지 않은 이 작가를 처음으로, 또 장편소설로 소개하게 되어 매우 기쁘고 그 책임 또한 막중하게 느낀다. 무엇보다 독일 독자와 비평가에게 높은 평가를 받는 작가의 문체가 지닌 의미심장하고도 재미있는 특징을 온전히 살리기 위해 최선을 다했다. 작가의 다른 작품도 소개되어 그녀의 문학이 지닌 매력을 더욱 온전하게 한국 독자들이 느낄 수 있게 되길 희망한다.

2010년 1월

배정희

지은이 **카챠 랑게-뮐러**

1951년 동베를린에서 동독 지도층의 딸로 태어났다. 1984년 서독으로 이주한 그녀는 식자공, 정신병원 간호조무사, 동독 탈주민 등으로서 겪은 파란만장한 경험을 날카로운 감식안과 독특한 표현력으로 녹여내 인간의 삶을 세밀하게 묘사하는 작가로 주목받았다. 이후 바흐만 문학상, 베를린 문학상, 되블린 문학상, 카셀 문학상 등을 받으며 독일 현대문학계의 거장으로 입지를 굳혔다. 주요 작품으로 『카스퍼 마우저』『마지막에』『프로이센의 마지막 개척단원』『조용한 우편물』『집오리, 여자와 진실』『니카라과의 개』등이 있다.

옮긴이 **배정희**

연세대 독문과를 졸업하고, 독일 괴팅겐 대학에서 독문학, 사회학, 중세독일학으로 석사학위를, 같은 대학에서 근대성과 독일 리얼리즘문학 연구로 독문학 박사학위를 취득했다. 귀국 후 연세대, 한양대, 강원대 독문과에서 강의했으며, 연세대 미디어아트연구소에서 박사 후 과정을 마친 뒤 현재 해양대 유럽학과에 재직 중이다. 폰타네, 카프카, 괴테 등에 관한 논문을 비롯해 가상현실과 문학적 픽션, 상호문화성 연구에 관한 논문을 다수 발표했으며, 『청기사』『게오르그 짐멜의 문화이론』등을 우리말로 옮겼다.

문학동네 세계문학

차마 그 사랑을

초판 인쇄 2010년 1월 15일 | 초판 발행 2010년 1월 25일

지은이 카챠 랑게-뮐러 | 옮긴이 배정희 | 펴낸이 강병선
책임편집 류현영 오영나 강건모 | 독자 모니터 이원주 | 저작권 김미정 한문숙
마케팅 정민호 이지현 김도윤 | 제작 안정숙 서동관 김애진

펴낸곳 (주)문학동네
출판등록 1993년 10월 22일 제406-2003-000045호
주소 413-756 경기도 파주시 교하읍 문발리 파주출판도시 513-8
전자우편 editor@munhak.com | 대표전화 031) 955-8888 | 팩스 031) 955-8855
문의전화 031) 955-3576(마케팅) 031) 955-8858(편집)
문학동네카페 http://cafe.naver.com/mhdn

ISBN 978-89-546-0980-7 03850

www.munhak.com